CB066528

CORREIO PARA MULHERES

Clarice Lispector

CORREIO PARA MULHERES

Rocco

Copyright © Clarice Lispector e
herdeiros de Clarice Lispector, 2006

Organização: Aparecida Maria Nunes

Capa: Cláudia Viçoso

Direitos desta edição reservados à
EDITORA ROCCO LTDA.
Av. Presidente Wilson, 231 – 8º andar
20030-021 – Rio de Janeiro, RJ
Tel.: (21) 3525-2000 – Fax: (21) 3525-2001
rocco@rocco.com.br
www.rocco.com.br

Printed in Brazil/Impresso no Brasil

CIP-Brasil. Catalogação na fonte.
Sindicato Nacional dos Editores de Livros, RJ.

L753c Lispector, Clarice, 1920-1977
  Correio para mulheres / Clarice Lispector;
  organização de Aparecida Maria Nunes. –
  Primeira edição – Rio de Janeiro: Rocco, 2018.

ISBN 978-85-325-3109-4
ISBN 978-85-8122-736-8 (e-book)

  1. Beleza física. 2. Cuidados com a beleza.
I. Nunes, Aparecida Maria. II. Título.

         CDD–646.72
18-47879   CDU–646.7

O texto deste livro obedece às normas do novo
Acordo Ortográfico da Língua Portuguesa

Imaginei que não aceitaria. Escritora conhecida e sofisticada, certamente recusaria ser a *ghost-writer* numa página feminina diária, assinada pela linda estrela do cinema e da TV, Ilka Soares.

Para minha surpresa, aceitou com entusiasmo: recém-divorciada, com dois filhos pequenos, precisava ganhar a vida. E ao longo daquele ano em que dirigi a versão tabloide do *Diário da Noite* (Rio de Janeiro, 1960-1961), Clarice não falhou um dia.

Às vezes trazia pessoalmente os seis artigos da semana (vespertinos não saíam aos domingos), às vezes mandava pelo contínuo que atendia a outros cronistas que trabalhavam longe das redações. Profissional, esmerada: as páginas já vinham montadas e arrumadas, ao diagramador restava a tarefa de fazer pequenos acertos. Fotos e desenhos recortados de revistas francesas (do ano anterior, para ajustar as estações), os diferentes textos e títulos datilografados e colados tal como deveriam aparecer. Não era apenas uma colunista diligente, atenta à sua leitora, mas uma editora caprichosa.

Queria opiniões, cobrava sugestões, levava tudo a sério. Estávamos engajados na campanha contra a Imprensa Marrom, ameaçados de morte por policiais chantagistas, para nós o importante era que a página feminina não saísse em branco. Para ela, a sua página era a mais importante do jornal. Estava certa.

Decididamente não era *ghost-writer*, mas autêntico heterônimo. Alma gêmea. Soube que se tornou amiga de Ilka Soares, sua vizinha no Leme. Para Clarice nada era casual, tudo devia ser intenso. E verdadeiro.

Alberto Dines

PREFÁCIO

Os três avatares femininos de Clarice Lispector

Correio para mulheres resulta da fusão de *Correio feminino* e *Só para mulheres*, coletâneas organizadas pela professora Aparecida Maria Nunes, elaborando uma síntese das colunas de aconselhamento feminino publicadas por Clarice Lispector no início da década de 1960.

A carreira jornalística de Clarice teve início quando ela ainda estudava na Faculdade Nacional de Direito da Universidade do Brasil [atual Universidade Federal do Rio de Janeiro], instalada na antiga sede do Senado dos tempos do Império, diante do Campo de Santana. Movida tanto pela necessidade financeira quanto por seu anseio em se casar com o colega de turma, Maury Gurgel Valente, o que ela faria em 23 de janeiro de 1943, Clarice começou a trabalhar como repórter e redatora na Agência Nacional do Departamento de Imprensa e Propaganda em 1940. Dois anos antes de ingressar no quadro de repórteres do jornal *A Noite*.

Em 1944, Clarice se viu obrigada a encerrar temporariamente a colaboração com a imprensa brasileira, pois foi morar na

Itália, acompanhando o marido em seu primeiro posto diplomático, na cidade de Nápoles. Entre maio e setembro de 1952, quando o casal residiu temporariamente na antiga capital federal na expectativa da transferência para Washington, Clarice se encarregou da coluna "Entre Mulheres", publicada pelo jornal *Comício* sob o pseudônimo de Tereza Quadros. Essa publicação antigetulista teve duração efêmera, mas vale a pena lembrar que o convite para Clarice partiu de Rubem Braga, mestre maior da crônica, associado na empreitada a Joel Silveira e Rafael Corrêa Lima.

Em 1959, já separada e reinstalada na cidade do Rio de Janeiro, Clarice assumiu, em agosto, a coluna "Feira de utilidades", no jornal *Correio da Manhã*, empregando como *nom de plume* Helen Palmer. Publicou sob seu verdadeiro nome neste mesmo ano uma série de contos na revista *Senhor*, estabelecendo assim uma clara separação entre obra literária e trabalhos circunstanciais de sobrevivência. Depois, atendendo a um convite do mítico editor Alberto Dines, Clarice assumiu a coluna de conselhos femininos "Nossa conversa", do *Diário da Noite*, durante os anos de 1960 e 1961, na qualidade de *ghost-writer* da atriz Ilka Soares, então no auge da fama.

Clarice escreveu, portanto, colunas para mulheres sob três nomes diferentes: Tereza Quadros, Helen Palmer e Ilka Soares. Mas, mesmo escondida atrás destes descompromissados avatares, conseguiu injetar literatura em um espaço reservado ao mero entretenimento. Como bem lembrou Aparecida Maria Nunes: "É evidente que esses textos não possuem a qualidade literária daqueles que compõem a sua conceituada ficção. Mas ao problematizar as 'futilidades' de mulher, vamos encontrar temas que de certa forma constituem a base da ficção clariceana. Além do mais, podemos ainda identificar nessa produção jornalística alguns embriões de contos e/ou romances e ainda crônicas inéditas. Em suma, narrativas já prontas e outras em processo de (re)elaboração."*

Correio para mulheres não apresenta apenas dicas para "mulherzinhas" ou curiosidades "históricas", como datados conselhos para livrar a casa de ratos e baratas; oferece também aos leitores pérolas ocultas do mais puro estilo de Clarice Lispector, que surgem aqui e ali, de modo inesperado, como matreiras piscadelas da enigmática musa do Leme.

---

* NUNES, Aparecida Maria. "Clarice Lispector jornalista feminina", in LISPECTOR, Clarice. *Correio feminino*, Rio de Janeiro: Editora Rocco, 2006, p. 8.

Sumário

Um retrato de mulher 13

Saber viver nos dias que correm 49

Retoques no destino 92

Aulas de sedução 118

Entre mulheres 154

Conselhos 205

Receitas 295

Segredos 336

Um retrato de mulher

O dever da faceirice

Algumas mulheres, felizmente poucas, relegam a faceirice a um plano secundário, explicando esse desinteresse como "superioridade intelectual". Nada mais falso. A mulher moderna sabe que, apesar da evolução das ciências e das artes, o homem continua o mesmo, e o principal atrativo que encontra na mulher é a sua aparência física. Julgar que porque se casou com ele está dispensada de seduzi-lo é outro grave erro. O homem é volúvel. Sua busca da "mulher ideal" é apenas a forma romântica com que encobre essa volubilidade, e geralmente envelhece sem descobrir realmente o que quer da mulher. Só sabe que a quer. Sempre bonita e renovada, se possível.

Um rosto bonito, uma figura elegante sempre exercem grande poder sobre eles. A mulher que ama um deles tem de fazer tudo para prendê-lo, portanto, e esse tudo é a sedução diária e constante. Eu sei, minha amiga! É cansativo isso, e um pouco tolo, mas que se há de fazer?

Se o seu marido está acostumado a vê-la despenteada, em chinelas, de roupa desleixada, sem pintura, aos poucos ele irá esquecendo a figurinha bonita que o atraiu antes, quando você só lhe aparecia enfeitada e perfumada. Começará a perguntar a si mesmo o que existe em você, afinal, de interessante... e a resposta é perigosa, minha cara! Por outro lado, a rua está fervilhando de mulheres bonitas, mais bonitas porque têm a atração do desconhecido e do proibido. Nenhum homem, numa hora dessas, tem imaginação bastante para ver, sob as carinhas de boneca encontradas na rua, a mesma figura de mulher em chinelas, despenteada e malcuidada que ele deixou em casa.

Renan, com grande sabedoria, já dizia: "A mulher, enfeitando-se, cumpre um dever; ela pratica uma arte, arte delicada, que é mesmo, até certo ponto, a mais encantadora das artes."

A faceirice é, portanto, obrigação para a mulher. Nem a mulher de negócios, nem a cientista, nem a mulher de letras, nem a esportista dispensam esse dever primordial para a conquista do homem. Afinal, podemos pensar deles o que quisermos, mas precisamos deles para completar a nossa felicidade, não é mesmo? Façamos, portanto, por conquistá-los.

Manias que enfeiam

Existem muitas, e muitas também são as mulheres que as cultivam, sem pensar que com isso estão se prejudicando. Por exemplo, a mania de estar sempre comendo alguma coisa, como chocolate, um caramelo, um sorvete, como se vivesse eternamente com fome. Além de extremamente deselegante, dá a impressão de que não come o bastante em casa. Os homens detestam isso. Sem falar nas gordurinhas supérfluas que essa gulodice constante faz aparecer.

Outra mania prejudicial é aquela de falar alto, rir alto, esquecer quem está ao seu lado para dirigir-se ao público à volta. Esse público, geralmente, presta atenção, espantado e curioso, pensando intimamente coisas muito pouco abonadoras sobre a tagarela. Sem consciência disso, ela continua o seu show, alheia ao constrangimento do companheiro e risinho maldoso dos estranhos... Os homens costumam fugir apavorados desse tipo de mulher. Os homens são, quase sempre, mais discretos e têm horror ao espalhafato.

Ainda um defeito muito desagradável é a mania de ser vítima que têm algumas mulheres. Queixam-se dos filhos, do marido, dos parentes, do ar que respiram, do asfalto que pisam, do calor, do frio, de tudo. Só sabem queixar-se. Quando lhes acontece apanhar uma doença, entregam-se de corpo e alma. A doença, séria ou não, passa a ser a razão de sua vida, assunto de todas as horas.

Como centro do universo, ela, a vítima profissional, explora ao máximo qualquer dorzinha, qualquer mudança de temperatura, qualquer tonteira sem gravidade. Em pouco tempo, todo mundo detesta a sua companhia, não suporta mais as suas lamúrias. E entre esse todo mundo, estão, naturalmente, os homens, noivos, maridos ou simples conhecidos. Dos três tipos de manias que apontei, esta é a pior. O ar eternamente choroso torna feia a mulher, envelhece, cava sulcos na face, rouba o brilho dos olhos. Beleza é quase sinônimo de alegria e saúde.

A mulher inteligente procura sempre aparentar uma e outra – pelo menos aparentar – para manter o cetro de mulher atraente.

Por favor, minhas amigas, se uma de vocês tem qualquer dessas manias, ou outras que não citei, livre-se delas, o mais breve possível! Controle o vício das guloseimas, a vaidade de chamar a atenção e o desejo de atrair a piedade alheia. Afinal, piedade é sentimento que humilha aquela a quem é dirigida.

Discrição

Você naturalmente sabe que chamar a atenção não é de bom-tom e dá sempre uma impressão muito má da mulher. Seja pela roupa escandalosa, pelo penteado exótico, pelo andar, pelos modos, pela risada grosseira, seja, enfim, de que maneira for a mulher que chama a atenção sobre a sua pessoa o único troféu que merece é o da vulgaridade. A mulher elegante é discreta. Sua superioridade está nos detalhes, cuidados na harmonia das cores, no bom gosto dos acessórios. Se ela é também bonita, a beleza é por si um ponto de atração para os olhos, sem precisar ser ostentada.

Os homens, geralmente muito discretos, detestam as mulheres que se destacam demais, onde quer que apareçam. Não apenas pela sua própria maneira de ser, mas também por uma questão de vaidade masculina, já que não lhes é agradável ficar ofuscados ou relegados a um plano inferior.

A mulher inteligente procura, portanto, a discrição como regra básica de toda a sua vida. Discrição no vestir-se, no maquilar-se, nos gestos, na voz e até mesmo nas opiniões.

Seja discreta, e veja como os que a cercam tomarão a iniciativa de colocá-la em lugar de destaque, desde que você possua qualidades para isso.

O que os homens não gostam

Uma coisa é certa: nós, mulheres, desejamos e temos o dever de agradar aos homens. Ou, pelo menos, ao homem que amamos, não é verdade?

Se um homem elogia um penteado nosso, um vestido, um tom de esmalte, é porque esse detalhe realmente nos embelezou, pois, de uma coisa podemos ter certeza: nesse assunto, o homem é sincero, não há despeito nem "veneno" em elogio seu.

Assim sendo, a preferência masculina deve ser levada em consideração sempre que nos vestirmos e enfeitarmos. A título de curiosidade, e também de orientação para algumas inexperientes, dou aqui uma pequena lista de coisas, que muitas de nós usamos ou fazemos, e que um inquérito revelou ser "aquilo que os homens detestam": 1º) vestido muito justo; 2º) pintura excessiva, principalmente nos olhos; 3º) modas sofisticadas e complicadas; 4º) saltos muito altos; 5º) batom exagerado desenhando nova boca e exótica; 6º) meias com costura torta; 7º) excesso de joias; 8º) decote exagerado; 9º) moça desembaraçada demais; 10º) mulher sabichona.

Se vocês duvidaram dessas conclusões, façam com seus noivos, maridos e irmãos uma investigação particular. Ficarão admiradas como, nesses casos, estão de acordo todos os homens.

Vejamos: será que alguma de nós incorre em qualquer dessas "ojerizas" masculinas? Então, é tempo de corrigir-nos. Chamar a atenção não é a finalidade de uma mulher elegante e inteligente. Mas sim ser atraente e agradar aos homens. Estou certa?

Uma mulher esclarecida

Uma "mulher esclarecida" não é, como algumas querem fazer crer, e muitos homens sabidos teimam em convencê-las, uma mulher sem escrúpulos e sem preconceitos, pois a viver como parte de uma sociedade, toda criatura tem de seguir as leis dessa sociedade, quer as ache certas ou erradas. Digo-lhes que "esclarecida" é a mulher que se instrui, que procura acompanhar o ritmo da vida atual, sendo útil dentro do seu campo de ação, fazendo-se respeitar pelo seu valor próprio, que é companheira do homem e não sua escrava, que é mãe e educadora e não boneca mimada a criar outros bonequinhos mimados.

O fato de uma mulher ser livre não implica que ela deva libertar-se também dos liames de moral e pudor, que são, afinal, embelezadores da mulher e, portanto, indispensáveis à sua personalidade.

A mulher esclarecida sabe disso. Ela estuda, ela lê, ela é moderna e interessante sem perder seus atributos de mulher, de esposa e de mãe. Não tem de trazer necessariamente um diploma ou um título, mas conhece alguma coisa mais além do seu tricô, dos seus quitutes e dos seus "bate-papos" com as vizinhas. Ela cultiva, especialmente, a sua capacidade de ser compreensiva e humana. Tem coração. Despoja-se do sentimentalismo barato e inútil, e aplica sabiamente a sua bondade e a sua ternura. É Mulher.

Você, minha leitora, não limite o seu interesse apenas à arte de embelezar-se, de ser elegante, de atrair os olhares masculinos. A futilidade é fraqueza superada pela mulher esclarecida. E você é uma "mulher esclarecida", não é mesmo?

Para as que trabalham fora...

Se você trabalha fora, comanda ou dirige equipes, trata de assuntos comerciais com homens, interessa-se, por força da profissão, pela cotação do mercado, pela contabilidade mecanizada, enfim, se você é obrigada a deixar de lado as maneiras delicadas e muito femininas, muito cuidado! O grande perigo que a ameaça é a masculinização de seus gestos, de sua palestra, de seus pensamentos. É muito frequente ocorrer isso.

Mulheres que, em essência e nas formas, são bastante femininas, e, no entanto, deixam-se influenciar pela linguagem e pelos assuntos áridos do mundo dos negócios. Sentem que os homens, à sua volta, aos poucos vão perdendo o interesse inicial e retraindo-se a uma reserva fria, e elas não sabem por quê. Recebem muitos convites para jantar, ainda, mas os galanteios começam a rarear. Conversa de "homem para homem" é o que parece que os seus antigos admiradores passam a desejar. Por quê? Olham-se ao espelho, não encontram falhas na beleza ou na elegância, e continuam a não compreender. Pois, minhas amigas, o que acontece é que elas esqueceram a sua condição de mulher. Se observarem a si próprias nos seus gestos, no seu tom de voz, se ouvirem suas próprias palavras, ficarão espantadas. Onde terão ficado a antiga coqueteria, a graciosidade que dantes as tornavam centro das atenções masculinas? Quando conversam, já não sorriem, as frases são objetivas, geladas, e nenhuma acolhida cordial aproxima-a do seu interlocutor.

Por favor, amigas que vivem no mundo dos negócios! Sejam eficientes, trabalhadoras, objetivas, mas não permitam que isso afete a sua feminilidade. Estudem-se com cuidado, quando notarem mudança no cavalheirismo masculino. É esse o sinal de perigo.

Cultive sua boa aparência

A boa aparência faz com que a pessoa se sinta mais feliz e com um sentimento de segurança que muito a ajudará na vida. A boa opinião que fazem de nós é na realidade muito mais importante do que admitimos a nós mesmos.

Não estamos falando em beleza, perfeição de traços, mas a um correto modo de se preparar e fazer o "make-up" que ajude a mulher a parecer bela, mesmo quando seus traços são irregulares.

Com todos os recursos que temos nos dias de hoje, a mulher não pode ser feia, e só será se o quiser, deliberadamente. Mesmo para a feiura irremediável – como se dizia antigamente – há recurso. A cirurgia plástica consegue corrigir a maior parte dos defeitos e os cosméticos apropriados são capazes de esconder cicatrizes no rosto e outras deformações.

A maior parte dos problemas de personalidades desaparecem com a melhora da aparência geral. Pelo fato de estar mais bonita, a mulher se sentirá mais feliz e terá mais possibilidades de viver uma vida produtiva, cercada de amigos e pessoas a quem desejará ajudar. Sim, porque a beleza da mulher pode e deve ser cultivada, não somente para vaidade e satisfação própria, mas para seu respeito e para a satisfação de sua família e seus amigos.

Tratamento de emergência

Um dos modos mais seguros da gente saber que vai sentir-se bem é o de "sentir-se tratada".

E é óbvio que, para se sentir tratada, o jeito é mesmo tratar-se. Já conheço o seu grande argumento, que muitas vezes tem sido o meu: não temos tanto tempo assim.

Mas é surpreendente como toma pouco tempo uma coisa feita pouco a pouco: um pouquinho cada dia. (Não é comendo um pouquinho mais cada dia que a gente termina engordando muito? Pois pense nisso, em matéria de beleza.)

E se, à última hora, você precisa estar bem, estar "olhável", agradável, correta? E se há dias não fez nada em prol disso? Bem, então use expediente de emergência: a máscara.

O "maquillage" fez muito por você. Mas sob ele está a pele, que é a verdadeira base para qualquer cuidado "extra". Eis, pois, uma receita fácil e rápida de máscara de beleza, dessas que, não importa sua idade, "trabalharão" pelo seu rosto. Basta misturar manteiga, mel e algumas gotas de óleo de amêndoa – tudo isso nutre e vitaminiza a pele. Espalhe pelo rosto, conserve de quinze a vinte minutos, deitando-se enquanto espera.

Retire-a com novo tratamento de beleza: água quente, seguida de abluções de água fria. A pele com a circulação acordada também desperta em frescura.

E se você ainda tem menos tempo que quinze minutos, dê-se ao menos um minuto... Aplique máscara de um minuto de algum creme que, sem ressecar a pele, lhe tire o excesso de brilho, aveludando-a...

A verdadeira elegância

Disse alguém que a verdadeira elegância não é sequer notada. Não andemos tão longe. Mas é necessário convir que não é pela atenção que se chama que se pode avaliar a elegância. De fato, muitas mulheres creem que, quanto mais joias, mais belas ficarão. Não saber parar de se enfeitar é como não saber parar de comer. Só que, na elegância, a indigestão é dos olhos.

Não use roupas que a incomodam. Por mais belas que sejam, ao fim de algum tempo, prejudicarão a graça dos gestos, a naturalidade, dando um ar "endomingado" a quem as use.

Quem pode sorrir espontaneamente quando a cinta está tão apertada que quase tira o fôlego?

De que adianta estar com um vestido bonito, se você ficar puxando a saia ou endireitando a gola ou acertando o cinto ou alisando as pregas, ou, ou, ou etc. Um dos melhores modos de usar bem um vestido é, depois de vesti-lo, esquecer-se dele.

A mulher usa roupas que lhe assentam. Mas deve também adaptar-se às roupas que usa. Por exemplo: que acha de uma jovem em vestido de noite, caminhando com passadas de quem está jogando tênis? Ou que pensa você de uma criatura vestida com saia e blusa a atravessar uma rua como se arrastasse uma longa cauda de veludo?

Experimente

Estou hoje mais com jeito para conversinha mole, dessas partidas, à vontade, sem o menor ar de "discurso"... Não gosto de monólogo, de modo que até me parece ouvir sua voz me respondendo, concordando ou discordando de mim.

Que é que você acha, por exemplo, dessa moda de franjinha meio boba, meio desfiada, meio de lado na testa, meio "como quem não quer nada"? Pois há dias que me parece o ideal. Tal franjinha mistura um ar de preguiça com um toque de exótico, e às vezes dá a impressão de deusa bem penteada que o vento despenteou. Sou a favor de franja boba, sobretudo nesses dias bonitos de abril-maio. E você?

Acho muito bonito o coque moderno, quando o rosto permite. Você sabe ao que me refiro. Esse coque em vez de deixar a cabeça redonda faz forma de ovo... O rosto ganha certa solenidade, como a de uma figura egípcia. Os cabelos ficam bem lisos dos lados, e lá no alto o coque bem cheio, como um leque se abrindo. Vai bem para você? Não custa experimentar.

Dizem que aprender não ocupa lugar. Bem sei que ocupa tempo. Mas tempo bem empregado costuma dar juros, e os juros vêm em forma de tempo. É até engraçado observar que basta você aprender uma coisa nova e vem logo uma oportunidade que faz você se perguntar surpreendida: como é que eu me sairia desta, se não tivesse aprendido o que aprendi?

Aprender tem qualquer coisa de milagroso. O milagroso está nisso: quando se aprende... se sabe.

A gordura e a formosura

A julgar pelas esculturas pré-históricas, o interesse estético focalizava-se nas mulheres gordas. Da mesma forma, entre os povos primitivos, a predileção pela obesidade é franca. Em certas tribos da África, quando uma jovem atinge a idade de casar-se, é posta numa verdadeira ceva – trancada num recinto solitário e submetida a uma dieta especial que chega a duplicar-lhe o peso. Só depois desse processo, é ela considerada capaz de atrair os olhares masculinos.

Entre os orientais, também, a gordura feminina é apreciada como um sinônimo, não só de beleza, como de abastança financeira, pois só as mulheres de posses podem dar-se ao luxo de comer muito e de viver na quase imobilidade.

Na moderna sociedade ocidental, o conceito é quase o oposto... O sofrimento da jovem africana na ceva tem o seu contraponto no da modelo, de quem se costuma exigir que seja um "cabide humano".

Inútil dizer que o ideal, tanto do ponto de vista da estética como da saúde, se situa entre essas duas tendências. Os ossos sob a pele são um espetáculo grotesco, mas não o é menos a gordura transbordante. Assim, devemos, de acordo com o nosso tipo e idade, determinar o peso que mais nos convém e mantermo-nos nele. De nada adiantam as dietas esporádicas com perda brusca de peso. Há casos em que a pessoa, achando-se gorda, resolve passar fome até perder 5 quilos e, logo em seguida, cansada de sofrer, abandona a luta. Na maioria das vezes, ao fim de um mês, já recuperou os 5 quilos. E assim passa a vida, perenemente dando um passo adiante, outro atrás – o que se situa sempre no mesmo ponto.

Se quer um conselho, economize em outras coisas, mas se dê ao luxo de adquirir uma balança que lhe permitirá pesar-se todos os dias, sem roupas e à mesma hora (duas coisas importantes), e que atuará como uma espécie de "voz da consciência" para dizer-lhe exatamente a quantas você anda.

As roupas e o tipo...

Muito se tem dito a respeito das roupas. "O hábito faz o monge" é um provérbio muito antigo e bastante verdadeiro. No entanto, há muitas mulheres que, por uma razão ou outra, procuram se vestir em completa oposição a seu tipo físico e personalidade. Trata-se, ao que tudo indica, de um caso de conflito entre a verdadeira personalidade e a que desejaria possuir. Exemplifiquemos. Uma jovem muito tímida deseja aparecer, anseia por ser admirada e ocupar um lugar de destaque na admiração de todos. Essa jovem, um tipo delicado, fino, procura quebrar a harmonia de sua silhueta usando um vestido ousado, de cor e modelo contrastantes com seu tipo suave e delicado. Com essa preferência está demonstrando insatisfação consigo mesma, não por possuir um tipo de ingênua, mas porque não consegue atrair a atenção masculina.

Ela precisará mudar, sim, mas não as roupas, mas o seu eu, seu procedimento, seu modo de sentir as coisas. Precisará, primeiro, adquirir confiança em si própria, cultivar o otimismo e abafar a vaidade e o espírito de prepotência que a domina...

Esta jovem precisará compreender que, sendo natural e de acordo com sua própria natureza, agradará mais do que copiando gestos e atitudes de outras...

O perigo das fantasias

—O que desejo não é propriamente ser uma mulher elegantíssima. É me sentir bem-vestida a qualquer hora, é não encabular quando encontro conhecidos na rua.

Então, se você pensa isso, está na linha da sensatez. Todas nós queremos a "fantasia" e uma pontinha de extravagância de vez em quando. Mas sentem-se felizes em sentir esse bem-estar que é feito de segurança e simplicidade, e bom gosto.

Como se consegue isso? Observe antes seu guarda-roupa. É possível que, sem notar, seus vestidos tenham um excesso de fantasia. Mas é você uma pessoa que tem ânimo de usar diariamente roupas desse gênero?

Ou você se sente melhor, para o uso diário, em cortes mais clássicos e mais simples?

A questão está lançada. O que você quer é que no seu guarda-roupa predomine o que "veste bem", sem exageros, sem excessos de originalidade, mas de linha agradável e juvenil.

Mesmo que você adore fantasias, fique certa de que deve ter no seu guarda-roupa alguns vestidos de linha sóbria, de corte clássico. Há dias e ocasiões em que outro tipo de roupa choca.

Isso não quer dizer que você afaste os caprichos, pois mulher sem caprichos fica triste... É claro que você deve ter uma boa margem para "inventar" novidades e fantasias, e dar vazão a seu senso imaginativo.

Ser feliz... para ser bonita

As pessoas que se comprazem no sofrimento, que gostam de sentir-se infelizes e fazer os outros infelizes, jamais poderão orgulhar-se de sua beleza. O mau humor, o sentimento de frustração, a amargura marcam a fisionomia, apagam o brilho dos olhos, cavam sulcos na face mais jovem, enfeiam qualquer rosto. Essa é a razão por que a mulher, que cultiva a beleza, deve esforçar-se para ser feliz. Felicidade é estado de alma, é atmosfera interior, não depende de fatos ou circunstâncias externas.

Claro que se o dinheiro falta, se a saúde vacila, se o amor arma alguma cilada, seu desejo de rir será pouco. Mas combata a depressão. Cultive o bom humor, como quem cultiva um bom hábito. Esforce-se para ser alegre. Afaste os sentimentos mesquinhos que provocam o despeito, a inveja, o sentimento de fracasso, que são origem de infelicidade. Adote uma filosofia otimista, eduque-se para ser feliz. Você o conseguirá. E verá o milagre em sua própria face, nos olhos que adquirirão brilho e vivacidade, na boca que perderá o ríctus amargo e ganhará um ar jovem, na pele outra vez clara e macia.

Com o estado de felicidade íntima, a mocidade volta, a beleza reaparece. Seja feliz, se quer ser bonita!

A beleza precisa ser cultivada

Pode-se dizer que não há mulheres feias. Cada mulher tem seu encanto próprio, que pode se transformar em beleza, desde que haja persistência, força de vontade. As moças, hoje em dia, aprenderam a tirar proveito de seus dotes físicos, sem procurar se assemelhar a um tipo de beleza consagrado. Criam seu próprio tipo.

Quando puder, observe o primeiro grupo de senhoras que encontrar e verifique, destacando algumas, como ficariam se estivessem penteadas de maneira diferente, se cuidassem melhor da pele e se tivessem um talhe de roupa mais elegante.

Se tivéssemos bastante cuidado com nossa aparência, acharíamos minutos dentro das horas do dia, para aprimorar nossa figura. A cintura não poderia ser esquecida, ao se observar que ela engrossava prematuramente; os cabelos seriam escovados e rigorosamente lavados com xampu próprio; os dentes seriam logo tratados ao primeiro sinal de cárie.

A mulher pode perfeitamente modelar sua beleza, mesmo que seu tempo seja muito pouco e seus recursos não sejam grandes. É só uma questão de força de vontade.

Segredo de beleza

Há muitos conselhos para aumentar a beleza. Uns dizem respeito à pele seca, outros aos cuidados com o cabelo, mas nenhum fala, ou pelo menos poucos falam das grandes vantagens de uma atitude otimista para com a vida. O otimismo, a alegria, o riso franco são os melhores auxiliares de beleza, sem sombra de dúvida.

A mulher que deseja um método simples de conservar a juventude, entre os cuidados com a pele, o cabelo e a silhueta, deve incluir os cuidados com o espírito. A alegria, o entusiasmo pelo minuto que passa são mais importantes que muitos tubos de cremes.

Experimente e verá como a fórmula da alegria a ajudará muito a se sentir jovem e feliz. Não falo num riso apenas externo, convencional, que quando muito lhe aumentará o ríctus da boca, mas uma atitude saudável perante a vida, um desejo de ser útil e dar felicidade aos que a cercam. Insisto no pensamento de dar, pois é só dessa maneira que se é feliz e se pode sentir recompensado de todos os trabalhos. O riso inocente de seu filho e o olhar de amor de seu marido sejam o estímulo para que você continue a achar a vida uma aventura maravilhosa.

Espelho mágico

N ão é só o espelho da madrasta de Branca de Neve que é mágico. A verdade é que todo espelho tem a mesma magia. Lembram-se da madrasta ruim? Ela pegava no espelho – provavelmente espelhinho de bolsa – e perguntava:

– Quem é mais bela do que eu?

E o espelho respondia. Como qualquer espelho. Não desanime pelo fato de qualquer espelho responder. As respostas não são ruins, são informativas. E de você mesma depende o uso das informações.

Só que a pergunta da rainha não cabe. E nem importa. Você não há de perguntar "quem é mais bela do que eu". O melhor é perguntar ao espelho: "Como posso ficar mais bela do que eu?" Eis os ingredientes para um espelho mágico: 1) um espelho propriamente dito, de preferência daqueles que cabe corpo inteiro; 2) você mesma diante do espelho; 3) coragem.

Só porque falei em coragem, aposto que você está se preparando para a ideia de descobrir alguma coisa amedrontadora. Não é isso. Coragem para se ver, em vez de se imaginar. Só depois de se enxergar realmente, é que você poderá começar a se imaginar. E, sem mesmo sentir, começará algum plano cujo objetivo secreto é o de atingir o que você imaginou.

Mas lembre-se: a imaginação só nos serve quando baseada na realidade. Seu "material de trabalho" é a realidade a respeito de você mesma.

Não vou lhe dizer o que você deve fazer para melhorar de aparência. Não tenho a pretensão de ensinar peixe a nadar. E só uma coisa é que você não sabe: que você sabe nadar. Quero dizer, se você tiver confiança em você mesma, descobrirá que sabe muito mais do que pensa. Mas, de qualquer modo, estarei por aqui para ajudar você a não esquecer que sabe.

Como ser você mesma na fotografia

Dia de tirar retrato, para quem não está habituada, é coisa séria. O problema é: como sair no retrato com um ar reconhecível, um ar de você mesma, mas o melhor de você mesma?

Posso ajudar com alguns lembretes, algumas sugestões:

– Lembre-se que um penteado excêntrico, "especialmente preparado para esse dia", só lhe dará um ar irreconhecível e estranho. Que você vá ao cabeleireiro, está certo. Mas não no próprio dia do retrato: vá um dia antes, para dar aos cabelos o tempo de tomar um jeito mais natural. Mesmo porque, se você sair do cabeleireiro para o fotógrafo, estará toda consciente do próprio penteado, cuidando de cada fio, e tudo isso altera um pouco a expressão à vontade de seu rosto. Penteie-se bem, é claro, mas seguindo o estilo habitual seu, e apenas melhorando-o.

– Contorne bem os lábios com o batom, mas não se pinte muito nem use cor escura. Umedeça os lábios antes de a chapa ser batida: na fotografia os lábios parecerão mais vivos e mais brilhantes, dando vida e brilho ao rosto.

– Não use pintura forte nos olhos: a fotografia revelará o artifício, aumentando-o.

– Cuidado com o "rouge": mal aplicado pode dar falsas sombras ao rosto, e abatê-lo.

– Relaxe o corpo e o rosto por um instante, e depois recomponha-se de novo. Evite, tanto quanto puder, uma expressão forçada. Se quer parecer alegre, lembre-se de que é inútil rir com os lábios, enquanto os olhos estão assustadíssimos. Mas se você pensar em alguma coisa alegre, os olhos também ficarão alegres.

– Tente pensar na pessoa a quem você gostaria de oferecer o retrato, numa pessoa querida. Tente visualizá-la, lembrar-se de seu rosto.

Durma para manter a forma

A grande pergunta: como manter a juventude? E a resposta quase simples: dormindo.

Dormir é o melhor meio de se manter em forma, de conservar a juventude, de ter uma aparência fresca.

– Mas todos dormem, dirá você.

Dormem, sim. Mas talvez durmam "errado". Muitas vezes você pensa que seus nervos não estão bons, ou o fígado, ou não importa o quê – e no fundo o que lhe falta mesmo é dormir bem, é dormir mais. Como obter um sono mais reparador, que equilibre você para o dia?

– Cuide mais da alimentação: os alimentos devem ser frescos, as refeições sóbrias;

– Abstenha-se de tóxicos (café, álcool etc.);

– Levante-se da mesa um pouquinho antes de sentir-se "satisfeita";

– Procure fazer higiene mental;

– Evite brigas antes de ir para a cama;

– Aprenda a relaxar o corpo e os nervos;

– Tenha um quarto bem arejado. Se possível, claro durante o dia, bem escuro durante a noite;

– Durma com boa orientação: cabeça ao Norte. Se não for possível, cabeça no Leste;

– Mantenha uma janela aberta que deixe o ar penetrar sem incidir diretamente sobre você;

– Procure obter obscuridade e silêncio. Para isso, pôr cortinas duplas nas janelas, e mesmo usar para os ouvidos uns tampões especiais de cera que a isolarão dos ruídos.

A moda... e a mulher inteligente

A no a ano, variam as modas. Saias sobem, saias descem, saias armam como abajures ou se estreitam como malha de bailarina.

E as mulheres obedecem à moda.

Decotes crescem ou minguam, cinturas se alargam ou se estreitam, penteados se complicam ou se desmancham, até a cor dos lábios, das unhas, das faces, dos cabelos se modifica.

E as mulheres obedecem à moda.

Os saltos se afinam, engrossam, se curvam, deformam ou ajudam a figura. As fazendas brilham, tornam-se leves, com flores, com bordados, ou se puritanizam em cores escuras, em tecidos grosseiros.

As mulheres obedecem sempre.

Todas as mulheres? Não. A mulher inteligente não é escrava dos caprichos dos costureiros, dos cabeleireiros ou dos fabricantes de cosméticos. Antes de adotar a última palavra da moda, ela estuda o efeito da mesma sobre o seu tipo. A mulher inteligente sabe que mais importante que parecer "chique" é parecer bonita. Não quero dizer que ela ande fora de moda, use roupa e penteados antiquados. Mas o que ela usa é o que lhe fica bem, ajuda a sua figura, realça a cor e o brilho de seus olhos e cabelos, a cor de sua pele, remoça-a e torna-a ainda mais interessante para os olhos masculinos.

Espero que minhas leitoras pertençam a esse tipo de mulher. Gostaria que todas essas "escravas da moda", que andam por aí, muitas vezes despertando o riso, pensassem um pouco antes de obedecer cegamente às ordens, nem sempre equilibradas, dos costureiros famosos, cujo interesse de despertar a atenção pela extravagância e pelo exagero parece crescer dia a dia. Bem triste ideia dão da mentalidade feminina essas pobres ingênuas.

Andem na moda, claro! Adotem penteados, pinturas, adereços modernos! Mas modernizem, antes de qualquer coisa, a sua mentalidade! Raciocinem, estudem a si próprias, em detalhes, lembrem-se de que o que fica bem a uma Elizabeth Taylor, miúda, frágil, com beleza de boneca, ficaria ridículo em Sophia Loren e vice-versa. No entanto, ambas são lindíssimas. Observem como se vestem as mulheres tidas como as mais elegantes do mundo. A duquesa de Windsor, por exemplo. Nunca se entrega aos exageros da última moda, veste-se discretamente, e é a rainha da elegância. Sem ter sido jamais uma mulher bonita, conseguiu conquistar um rei. Por ser uma mulher inteligente, sabe valorizar e tirar partido dos poucos encantos que possui.

Gestos, palavras, atitudes

Muitas de vocês, leitoras, hão de conhecer esse tipo feminino, infelizmente hoje não tão raro quanto seria de desejar: a mulher de gestos exagerados, palavras livres e atitudes deselegantes. Interpretando mal a independência da mulher moderna, ela fuma como um homem, em público, cruza as pernas com uma desenvoltura chocante, solta gargalhadas escandalosas, bebe com exagero, usa gíria de mau gosto, palavreado grosseiro, quando não se desmoraliza repetindo palavrões.

Há vezes em que isso as torna centro de curiosidade masculina. Curiosidade, eu digo. Os homens provocam-na, divertem-se com as suas maneiras deslavadas, e depois saem comentando a sua "masculinidade". Exatamente, minhas amigas! Nenhum homem pode considerar feminina a mulher que os iguala em tudo ou quase tudo, e seu sentimento para com ela é muito pouco lisonjeiro.

A transformação causada pelos tempos, pela instrução, pela vida moderna, está mais na mentalidade, na cultura, nas ideias, em si, que nas exteriorizações ridículas de um feminismo caolho. A mulher continua mulher, motivo de encantamento e inspiração para o homem, ideal de pureza e doçura para o filho, e deve proceder sempre como tal. Os homens adoram a mulher bem feminina. É só não confundir futilidade, denguice e falta de personalidade com feminilidade. Cabe a ela refrear o exagero, cuidar da harmonia e da delicadeza nos gestos, nas palavras, nas atitudes.

Nunca me canso de repetir que, mais importante que a beleza, que a cultura, que um guarda-roupa elegante, para a mulher ser atraente, é ser MULHER.

Quando você discordar...

A arte de discordar consiste, especialmente, em não agredir... Discordar sem "agredir com palavras" ou com tonalidade de voz é um modo de, possivelmente, chegar a um acordo. Ou pelo menos é assim que se pode comunicar um pensamento, uma opinião, sem criar à toa um inimigo.

Não seja abrupta com sua opinião. Se você vai discordar, suavize sua frase com um "sim, de algum modo você tem razão, mas também acho que...". E na hora de dizer o "mas", não use sua voz pior. Outro modo de suavizar é, depois de dar sua opinião, acrescentar: "Que é que você acha disso?"

Por mais que você veementemente discorde, nunca diga: – "Você está redondamente enganado" ou "Sua opinião não se baseia em nenhum fato" ou "Você devia informar-se melhor antes de falar".

Brilha

A diferença entre uma mulher com belos traços e uma mulher bonita só pode ser explicada se considerarmos o "brilho interno e pessoal" de uma mulher. Em grande parte essa característica pessoal depende da saúde e esta é subordinada à alimentação. Portanto, em última análise, a alimentação é responsável pela beleza de muitas mulheres, que, não tendo traços perfeitos, são consideradas bonitas. Portanto, cuidado com a alimentação que deve ser rica em legumes e frutas.

A atenção

Uma das qualidades mais apreciadas pelos homens nas mulheres é a atenção. A mulher que sabe ouvir agrada e impressiona seu interlocutor, a ponto dele se sentir bem em sua companhia e não notar o tempo que passa. Este é um conselho de beleza, minha amiga. Seja uma boa ouvinte e será grandemente apreciada, principalmente pelos representantes do sexo masculino.

Alçada por dois barbantes

Sua elegância depende de um modo geral de suas atitudes e de seu porte. No momento em que você descansa o corpo todo sobre uma das pernas, quando está de pé, os ombros caem, o tórax fica achatado, o abdome se projeta para a frente, e a harmonia do conjunto vai por água abaixo. Se, ao sentar-se, você não mantém o busto erguido, as costas perto do espaldar da cadeira, as pernas unidas e os pés descansando no chão ou cruzados e ligeiramente inclinados para um lado, lá fica você com as espáduas encurvadas, a cintura bastante engrossada, um lamentável ar de desânimo.

Quando se sentar, imagine-se alçada por dois barbantes presos às orelhas... É ridículo, mas a finalidade dessa imaginação é que automaticamente ela levará você a aparentar uma linha mais longa de pescoço, fará você endireitar as costas e encolher estômago e adjacências.

Quando tiver de abaixar-se para apanhar alguma coisa, não se dobre. Abaixe o corpo dobrando apenas os joelhos. As costas não se inclinam; o trabalho todo deve ser das pernas.

Voz

Uma bela voz, ou mesmo uma voz calma, segura e com boas inflexões é um atributo a mais, valorizando sua personalidade. Em primeiro lugar, lembre-se de que deve evitar falar como se estivesse numa feira movimentada. Corrija-se, a cada minuto, se tiver esse defeito. Em segundo lugar, sua voz deve sair naturalmente, rica em entonações discretas, apenas, e não exageradas. As exclamações, as risadas muito altas e em contraposição a excessiva timidez, a voz sumida, não aumentam em nada as qualidades pessoais de uma mulher. O meio-termo é sempre mais bem-aceito. Para as que têm oportunidade, as aulas de dicção são excelentes, com a impostação de voz, o ritmo e outras orientações úteis para o aperfeiçoamento da voz.

Ser elegante

Muitas mulheres confundem elegância com aparato e exagero. Os quais, pelo contrário, são inimigos da mulher elegante. Elegância, disse uma grande modista, é a atenção aos detalhes e à discrição. Chamar a atenção, acompanhar religiosamente todos os caprichos, por mais extravagantes, da moda, ser exótica na escolha das joias e dos complementos da "toillete", isto é vulgaridade. A mulher realmente elegante não salta aos olhos de quem passa, não é acompanhada por comentários e alçar irônico de sobrancelhas dos que a encontram. Ela é descoberta, através dos detalhes, da sobriedade, do bom gosto com que escolheu desde a fazenda do vestido ao tom do esmalte. Na opinião autorizada de um grande costureiro parisiense, elegância não é acompanhar a última moda, mas estar sempre usando aquilo que lhe fica bem.

Tampouco os gastos excessivos representam elegância. Nem mesmo o alto preço de uma rica joia dá "classe" a uma mulher, se essa joia é vulgar, espalhafatosa, ou é usada em ocasiões impróprias ou com roupas em desacordo. Comprar bem não é comprar caro. O primeiro cuidado de uma mulher, ao fazer uma compra, deve ser qualidade. Depois, bom gosto. E, indispensável ainda, a combinação do objeto comprado com a pessoa que vai usá-lo.

Algumas mulheres não sabem escolher bem, o aconselhável, portanto, é sempre ouvir a opinião da vendedora, quando esta tem realmente capacidade para orientá-la.

Ser mãe...

Não é apenas dar à luz uma criança. Não é sofrer as dores do parto e depois esquecer o fruto de suas entranhas, deixando-a entregue a si mesma. Uma verdadeira mulher e mãe sabe que seus deveres vão além de alimentar, enfeitar e agasalhar o seu filho. Antes de tudo, deve dar-lhe amor. Amor que é devoção, cuidado, orientação e, sobretudo, participação em seus problemas e suas dificuldades. Toda mãe deve conhecer o filho que trouxe ao mundo, e isso consegue chegando-se a ele, ouvindo-lhe as primeiras queixas e os primeiros desejos. Deixá-lo inteiramente entregue aos cuidados de uma estranha, de uma babá, vendo-o por minutos, apenas, beijando-o apressadamente no momento de exibi-lo às visitas, é mais do que erro. É crime. Não acredito que as minhas leitoras sejam assim. Mas existem mulheres que o fazem. Depois se queixam dos desgostos que, adolescentes, essas crianças lhes trazem. Ressentem-se da predileção que o filho não esconde pelo pai ou pela própria babá. Desesperam-se ao descobrirem que aquele que elas julgavam um bebê inofensivo e insignificante transformou-se num delinquente, num revoltado, num adulto que não a respeita nem lhe tem amor.

Minha amiga, a primeira qualidade para uma mulher ser Mulher é saber ser Mãe. Não se descuide desse dever. Não seja o monstro responsável pelas futuras falhas de seu filho, deixando-o levianamente crescer longe de seus olhos e de seus carinhos.

Ser bonita em qualquer idade

Essa é a arte que toda mulher inteligente deve aprender e cultivar. Isso não significa procurar esconder os 40 anos sob camadas de "maquillage", modas juvenis, visitas prolongadas aos institutos de beleza ou operações plásticas. A mulher que não aceita os seus 40 anos com orgulho, mas procura escondê-los como um crime, não é inteligente. O tempo, minhas amigas, é o senhor absoluto de todas as coisas, de todas as criaturas, e lutar contra ele é tão inútil quanto tolo. Os penteados e as roupas de mocinha, o "make-up" exagerado, os "consertos" plásticos, tudo isso, na maior parte das vezes, apenas torna ridícula a mulher madura. Porque em seus olhos, em seu andar, em seu tom de voz, em todos os pequenos detalhes, que ela não pode prever, a idade revela-se. Que faz então a mulher inteligente? Aceita a realidade e dentro dela procura a beleza. Penteados, trajes, tipo de "maquillage", gestos, tudo nela é harmonioso, gentil e bonito, porque não destoam de sua maturidade. Seus olhos, que não possuem mais o brilho da juventude deslumbrada com a vida, ganham, em compensação, uma doçura nova, a doçura da compreensão, da experiência, da ternura para com os seus semelhantes. Seus gestos são seguros, nobres, sem a espontaneidade graciosa da mocidade, mas com a elegância da mulher de personalidade formada e definida.

Simone Signoret, a atraente e bonita atriz do cinema francês, há pouco confessava a um repórter: "Nós, francesas, não aprendemos como disfarçar e esconder a nossa idade, mas sim a tirar proveito dela para nos tornarmos mais sedutoras." Simone Signoret tem 40 anos, é casada com um dos astros mais famosos do cinema francês, pesa alguns quilos a mais do que devia e é uma das criaturas mais fascinantes do mundo parisiense.

A beleza não tem idade. A mulher inteligente sabe isso. Conheço senhoras de sessenta anos ou mais, verdadeiros encantos de feminilidade e beleza. Despertam a nossa admiração e nosso respeito.

Portanto, amiga leitora, se a sua certidão está lhe mostrando que os seus vinte anos já vão se distanciando, não se atormente, não se preocupe, não lute desesperada e inutilmente para recuperá-los. Seja você mesma, sedutora, elegante, bonita, com a idade que possui.

O tempo não é tão inimigo nosso como o dizemos. Se nos leva a mocidade, dá-nos a experiência, a segurança e os encantos novos de uma mulher completa e confiante em si.

Elegância e beleza...
Depois dos quarenta

A verdadeira arte de ser elegante não está em usar as últimas extravagâncias da moda, exagerar nos enfeites e na pintura, arriscando-se a fazer um triste papel. A mulher verdadeiramente elegante não é nem extravagante nem "sofisticada". Se você já passou dos 40, então, muito cuidado! Já não é uma mocinha, e precisa manter viva a sua atração feminina. Sem ridículo, é claro! Uma das proibições, por exemplo: cor vermelho vivo. O vermelho é uma cor gritante, que chama a atenção, e sua beleza, depois dessa idade, deve ser discreta, ser "descoberta" aos poucos, nunca exposta assim. Não quero dizer com isso que você deva refugiar-se no cinzento, que é uma cor triste, que fala demais de "velhice". Prefira azul-marinho, preto, branco. Enfeites e acessórios brancos para uma roupa azul-marinho são muito elegantes.

A duquesa de Windsor, já cinquentona, é considerada uma das mulheres mais elegantes e atraentes do mundo. Suas roupas são simples, preferindo sempre as joias para dar o "toque" chique. Escolha o que mais lhe convém, não siga as inovações que não a favoreçam. Seja exigente quanto ao corte de suas roupas, isso sim. "Maquillage" discreto, um bom perfume, joias escolhidas com gosto.

Se você for inteligente, a idade será "mais" um motivo de atração e não uma desvantagem. A experiência adquirida, a serenidade, que apenas o tempo lhe dá, a distinção, a compreensão farão de você uma companhia atraente e agradável.

Não alimente complexos de velhice, por favor! Mas não se esqueça também de que os seus dezoito anos vão longe!

Beleza durante mais tempo

Para muitas mulheres, a velhice é um espectro que as persegue e lhes rouba os melhores momentos da vida. De vez em quando, vem a pergunta terrível: Estarei envelhecendo? Ficarei muito desagradável, à proporção que os anos passarem? Minha pele perderá todo o viço?

A verdade é que o mais rápido sistema de envelhecer é justamente pensar sobre essa quadra inevitável de nossa vida, a última.

Em vez de pensamentos desagradáveis, por que não vamos pôr mãos à obra, e adiar essa época que se nos afigura tão terrível?

A primeira condição para manter a juventude são os cuidados para a conservação da saúde. Visitas periódicas ao médico, quando houver distúrbios no organismo ou suspeita de doença. Cuidados com a alimentação. Comer pratos saudáveis, pouco condimentados, alimentar-se o máximo possível com verduras, legumes e frutas, não esquecendo a carne, o leite e os ovos. Não abusar de bebidas e praticar ginástica diariamente.

Depois disso, os cuidados com a pele, com os cabelos. Existem milhares de cremes para o rosto, o colo, as mãos, xampus para embelezar os cabelos e muitos outros produtos que você saberá usar com sabedoria, sem exageros. Aproveite os recursos da nossa época. Faça-se bonita... E conserve sua mocidade...

Vaidade prejudicial

Contou um viajante inglês que visitou o Tibete, uma particularidade das mulheres que habitam esse planalto da Ásia. Não lavam o rosto. Nunca! Imaginem só! Mas, em compensação, usam "maquillage", um "maquillage" especial da região, formado de um "creme" escuro e malcheiroso, com o qual empastam o rosto diariamente, passando, todas as manhãs, uma camada nova sobre a anterior. Isso sucessivamente até que as feições praticamente desaparecem sob a máscara de camadas escuras. O resultado, naturalmente, é pavoroso! O viajante inglês, indagado sobre se achava bonitas ou feias essas mulheres de hábitos e vaidades tão... extravagantes, respondeu honestamente: "Não sei. Não se pode ver-lhes o rosto. O que se vê é uma máscara gretada, escura, repugnante, monstruosa." Talvez que lá para o seu povo isso represente beleza, sabe-se lá! O caso é que essas mulheres desculpam o seu horror à água com o frio que faz no Tibete. Realmente, lá faz muito, muito frio mesmo. Mas será que isso é desculpa que se aceite?

Vida ao ar livre

Quando possível, principalmente nos fins de semana, devemos passar algumas horas ao ar livre. Fugir ao movimento entontecedor da cidade, variar os nossos hábitos da semana descansam mais do que estender-nos sobre uma "chaise-longue", fechados em nosso apartamento. O domingo deve ser um dia "diferente". Não é preciso viagens longas, mas tão apenas afastar-nos um pouco do centro movimentado. A vida ao ar livre traz inúmeros benefícios para toda a família. O ar da praia, por exemplo, contém iodo, o qual age beneficamente sobre a tiroide. Além disso, o mar é estimulante, não apenas pelo choque das ondas como pela própria água. O sol fornece-nos a preciosa vitamina D, e os seus raios ultravioleta aumentam a defesa das células e do sangue.

Se você prefere o campo, você encontrará lá a calma ambiente, a ventilação perfeita, o ar fresco que estimula o metabolismo, fortalece o sistema nervoso, tornando o seu organismo mais resistente às doenças.

Nunca devemos esquecer-nos de que a saúde é o ponto de partida para a beleza. A mulher doente apresenta fisionomia abatida, olheiras, marcas, olhos sem brilho. Portanto, além da obrigação que toda criatura humana tem de tratar de sua saúde, a mulher tem a obrigação extra de cuidar do seu organismo a fim de preservar a sua beleza.

A leitura

As mulheres deveriam ler mais? – E acrescentaríamos ler mais e melhor. Não adiantaria nada que as mulheres passassem a ler mais, se não procurassem ler melhor. A seleção na leitura é algo imperioso. Do contrário, o tempo perdido na leitura de páginas medíocres não compensaria sacrificar horas de trabalho ou de repouso, para no final das contas nada aprender.

Há livros para todos os gostos. Há romances, as biografias, os livros de economia, política, que acreditamos que não sejam de grande interesse para as mulheres, os livros sobre a família, que orientam quanto à educação dos filhos, quanto ao trato com o marido, os dois últimos sendo altamente importantes para as mulheres. Outra categoria de livros que poderão ser de muita utilidade são os volumes sobre teatro para adultos e teatro infantil.

As mães fariam muito bem em entrar mais em contato com os livros que trazem pecinhas infantis sobre festividades do ano: como Natal e Páscoa. Teriam oportunidade de ensaiar as crianças para que apresentem lindas festas nas datas mais significativas. Tudo isso ajuda a educar as crianças, a desembaraçá-las socialmente, a aumentar seu vocabulário, que atualmente é tão reduzido em virtude do excesso de leitura em quadrinhos e programas de televisão.

Juventude

Há um lembrete interessante que diz: "Lembre-se de que nunca será mais jovem do que é, mas só você pode decidir quanto tempo se conservará jovem." Partindo daí, você concluirá que os cuidados que tiver com sua pessoa e, mais que isso, sua atitude mental, contribuirão decisivamente para você se conservar bela e longe da velhice. É preciso, no entanto, muita perseverança de sua parte para conseguir continuar o programa de beleza que você se comprometeu a realizar.

Pelo menos fume bem

O melhor é não fumar, tanto para homens como para mulheres. Mas se você fuma, fume bem, fume com jeito feminino. Fume sem afetação (afetação não é elegância, é tolice). Não bata a cinza do cigarro com a ponta da unha (é feio mesmo). Não fale com o cigarro entre os lábios (isso é bom para estivadores e, mesmo assim, para estivadores masculinos; mesmo sendo estivadora, você não deve). Xícara e pires não são cinzeiros, sobretudo quando a fumante é mulher (rudeza é mais tolerável em homens).

Driblando a moda

O perigo, quando se fala em moda, é que moda termina parecendo lei. E para muitas mulheres é mesmo: "Não posso porque não está na moda", ouve-se muito. Muitas não chegam a dizer, mas chegam a contrariar o próprio gosto, e mesmo o que lhes vai bem, contanto que façam da moda uma prisão.

Ora, moda é tendência, tendência geral a ser adaptada por cada uma de nós, a ser usada com prazer, e não a nos escravizar.

Por exemplo, a tendência agora é para cabelos mais compridos. Mas você há de deixar crescer os seus, se cabelos curtos a remoçam cinco anos?

E quanto ao preço da moda... Nem sempre é preciso correr e comprar o que o figurino manda – ou então sentir-se humilhada por não poder comprar. Muitas vezes a imaginação e um "jeitinho" resolvem: com o que você tem em casa não poderá, por exemplo, achegar-se à moda, sem gastar mais do que lhe convém?

Vamos a um exemplo: a novidade é usar colar de cristal misturado com colar de pérolas. Fica lindo. Colar de pérolas você deve ter. E o de cristal? Talvez sim, talvez não. Se pode comprar, ótimo. Se não, use a imaginação. Suponhamos que, à base de que a mistura com pérola é moda, você combine as pérolas com outro tipo de colar. Sei que pode não dar no mesmo. Mas quem não tem cão caça com gato, e quem viu gato caçar rato ou pescar em rio com a pata, sabe que os gatos são bichos ladinos.

Outra novidade: roxo é a cor que vem. Em algumas de vocês, o roxo irá tão bem como uma luva de luxo. Em outras, apesar de estar na moda, talvez dê um ar de tristeza e viuvez. Lembre-se: moda é moda, mas quem manda mesmo é você.

E quem escolhe também: a cor da moda é roxo, mas ninguém está lhe dizendo que tom de roxo. Quem sabe se o lilás, modalidade mais suave do roxo, vai melhor com seu tipo?

Saber viver nos dias que correm

A cartomante não muda o futuro

Também gosto de astrologia, cartomancia, ciências ocultas. Mas ainda não vi nada disso mudar meu futuro. Parece que só a gente mesmo é que pode fazer o dia de amanhã. Mas antes a pergunta que se impõe é esta: que é mesmo que você quer? Saber a resposta é indispensável. Talvez você descubra que há duas ou três coisas que você põe acima de tudo no mundo. Saber disso é um passo importante que você terá dado. E o que precisaria você fazer para conseguir o que quer? Algum sacrifício, isso é quase certo. E é quase certo que, se você quer mesmo o que quer, o sacrifício vale a pena. Tudo isso tem que se passar entre você – e você mesma. A cartomante não ajuda.

Mas se você pegou o hábito de pessimismo, é ruim. Atrapalha muito, atrapalha de fato. O dia de amanhã fica logo com ar de chuva que vem. E seu raciocínio de pessimista funciona mais ou menos assim: se não houve nuvem de chuva no céu, você aí mesmo é que se preocupa – pois que coisa estranha é essa, amanhã vai chover e hoje nem tem nuvem no céu? Mau sinal, mau sinal.

Estou brincando, é claro, mas o que quero dizer é que o pessimista está sempre arranjando um jeito de acomodar as coisas ao seu pessimismo.

O ideal é ser como uma senhora que conheço. Ela me disse – e não dizia apenas por dizer, pensava mesmo assim, sentia mesmo assim – ela me disse: quem já sofreu realmente não sofre mais por bobagens.

Bem sei que certas dores ficam doendo, a pessoa se torna toda "nevrálgica", e o que nem devia incomodar passa a perturbar. Mas é aí que entra uma conversa entre você – e você mesma. Ou entre você e uma pessoa que entenda das coisas do mundo. A conversa terá como finalidade descobrir o que é que ainda está doendo. Conversa para pôr os pontos nos iii. Nem sempre é fácil. Às vezes, a gente não sabe onde estão os iii, às vezes não sabe que pontos colocar em que i.

Mas também nisso a cartomante não resolve. É pena, você mesma terá que tomar conta do assunto. Com minha ajuda, se quiser.

Vícios modernos

Na vida de hoje, adquirimos certos hábitos, impostos pelo ritmo moderno, hábitos esses que acabam se transformando em vícios. Como recorrer ao telefone para qualquer comunicação, por mais importante; o atraso sempre explicado e desculpado com a condução difícil e muitos outros. Entre eles, um vício nocivo é o de nos interessarmos pelas gravuras das revistas, lendo os títulos das histórias, as legendas e pronto. Alegamos falta de tempo, o que não é desculpa, pois o tempo que possamos gastar lendo um artigo interessante não é muito e nem é desperdiçado. Pelo contrário, é tempo ganho. Tomamos conhecimento de coisas novas, de fatos notáveis, de assuntos instrutivos. As fotos somente não nos fornecem assunto, não nos enriquecem a cultura, quando muito nos recreiam a vista.

Nós, mulheres, principalmente, que sabemos encontrar tempo para tantas coisas, devemos arranjar uns minutos diários para a leitura. Não é necessária a leitura prolongada, nem são precisos os livros complicados. Coisa leve, variada, que nos dê uma visão rápida do mundo em que estamos e do que acontece nele, no campo das ciências, das artes, da política e... dos "disse-me-disse". Revistas, por exemplo, contendo mais matéria redacional que ilustrações, que apresentem essa matéria de forma inteligente, atraente, divertida. Esse é um tipo de revista que desejaremos ler e que podemos ler. Leitura assim não cansa, não toma tempo e nos liberta desse prejudicial vício moderno.

Não folgar...

Para que protestar e maldizer a necessidade de todas as necessidades que se chama pobreza? Ela nos faz tanto bem!... É por seu intermédio, por estarmos sempre lado a lado com ela, que descobrimos nosso engenho e capacidade.

Se estivéssemos em mole comodidade, não saberíamos nunca a que ponto poderia se elevar nossa energia. No meio da abastança apagaríamos a chama de nosso espírito, chama essa que ilumina, acende e mantém nossa pobreza.

Bocejar seria perder um minuto e é de minutos que se compõe a hora, de horas que se compõe o dia, e de dias que se constitui a vida.

Folgar é se desencontrar da ventura. A felicidade pertence aos laboriosos; o amor é daqueles que trabalham... e, se por acaso existe alguém que maldiz a necessidade de todas as necessidades; a pobreza, para ver-se livre dela só existe um caminho, o trabalho!

Dirigir um lar

Somente uma mulher, e dona de casa, sabe e reconhece a grande tarefa que é bem dirigir uma casa. A dona de casa tem de ser, antes de tudo, uma economista, uma "equilibrista" das finanças, principalmente com as dificuldades da vida atual.

O lar é o lugar onde devemos encontrar a nossa paz de espírito num ambiente limpo, sadio e agradável e cabe à mulher providenciar isso. Muitas erram ao fazer de sua casa uma vitrina permanente, onde não há liberdade para o marido fumar o seu cachimbo, para o filhinho brincar. Essas, geralmente, fazem da vida do lar um inferno e quase sempre obrigam o marido a ir procurar conforto e bem-estar noutro lugar, quando não nos braços de outra mulher. Sem permitir que o desleixo e a falta de limpeza tornem a sua casa um lugar impossível de se viver, não caia também no exagero de exigir que seus filhos e seu marido sacrifiquem o próprio conforto para não desarranjar a "exposição" que é o seu lar. Muitas vezes, um cachimbo esquecido sobre o aparador, um brinquedo largado no tapete, umas almofadas com a marca de uma cabeça que nelas descansou dão o "calor" necessário ao verdadeiro lar.

A economia é outro problema que a mulher tem de resolver com sabedoria: nem gastar de mais, nem de menos. Sacrifique um bibelô, não troque já as cortinas da sala, mas não deixe faltar bons e fartos cardápios na sua mesa. Não sirva uísque às visitas, mas dê bastantes frutas a seus filhos, frutas boas, escolhidas, não as já meio passadas e às vezes passadas demais, que diversas donas de casa costumam comprar por alguns tostões a menos.

Não entregue a direção das compras e das despesas inteiramente às empregadas, pois essa não é a função delas e quem tem de zelar pelo dinheiro de seu marido é você. A boa dona de casa é a que sabe dar ordens e acompanha de perto a sua execução. É a que mantém a limpeza, a ordem, o capricho em sua casa, sem fazer desta um eterno local de cerimônias, de deveres, onde tudo é proibido. É a que faz de sua casa o lugar de descanso da felicidade do marido e dos filhos, onde eles se sentem realmente bem, à vontade, e são bem tratados. O melhor lugar do mundo.

A boa postura é sinal de saúde

A boa postura é muito importante, desde os primeiros anos de vida. Se se criarem posições indolentes na criança, dificilmente ela se verá livre, acabando por se prejudicar grandemente com tais atitudes.

Os pais que desejam a saúde e o bem-estar de seus filhos devem atentar para que tenham roupas folgadas, calçados que não os incomodem e permitam o crescimento muscular. Se a criança tiver os pés chatos deve usar sapatos do tipo especial, receitados pelo ortopedista.

A criança deve dormir só em sua cama, que deve ser bastante grande para permitir que se mova e se vire durante o sono. O colchão e o estrado devem ser bem nivelados para que a criança se deite em sentido horizontal.

Uma cadeira baixa é importante, para que a criança fique com os pés apoiados no chão. O assento deve ser côncavo para apoiar as costas. A mesinha não deve ser muito alta e servirá para as refeições e para jogos e estudos.

Um mobiliário inadequado pelo tamanho e tipo de móveis, más condições de saúde e alimentação, o cansaço, a má posição do foco de luz na hora do estudo e a falta de exercício e atividades esportivas podem prejudicar a boa postura da criança. Tudo isso deverá ser severamente combatido pelos pais.

Orientação aos filhos

Há pais que não conhecem os filhos, mas ficam surpresos ao constatar a diferença de comportamento da criança em casa, na presença dos pais e no meio de estranhos. Por isso a maioria dos pais estabelece um modelo para seu filho e o veste com essa roupagem, julgando que ele sempre procederá assim, sem contar com as reações da criança, em face das experiências que vai adquirindo e dos conhecimentos novos.

É de toda conveniência que os pais estudem detidamente os filhos e não caiam no erro de colocar-lhes rótulos, pois a criança é um ser em formação, e está sempre se transformando.

A criança tem necessidade de se afirmar e é no lar que mais facilmente poderá consegui-lo, com os irmãos, pais e demais pessoas de sua intimidade. Com as visitas, quer sejam amigos, parentes ou desconhecidos, ela procurará mostrar-se amável e atenciosa, para merecer estima e atenções.

Será de grande vantagem para a criança que os pais lhe deem atenção, escutando sem interromper as longas histórias que tem a contar, pontilhadas de erros e muitas vezes difíceis de serem interpretadas. O clima de confiança que a criança sentir em redor de si é de grande importância para o seu bom desenvolvimento psíquico e sua adaptação ao meio. As dificuldades que encontra em seus contatos com o exterior são neutralizadas pela eficiente orientação dada pelos pais.

Uma criança bem compreendida em seu próprio lar tem as melhores armas para vencer na vida, quando tiver que enfrentá-la.

Quando a sugestão substitui o conselho

As meninas que já são mocinhas precisam muito de conselhos de beleza para se sentirem amparadas: não sabem muito bem o que são, não sabem propriamente o que querem ser. E, ainda por cima, desconfiam da vontade de "mandar" dos outros.

O jeito não é propriamente insistir. É dar-lhes uma discreta e firme mistura de apoio e liberdade.

O jeito é não esquecer que elas querem e precisam das que têm mais experiência. E também não esquecer que elas precisam ter a liberdade de, pouco a pouco, criar a própria experiência.

O estilo de dar esses conselhos consiste, em primeiro lugar, em abolir o uso "insultante" da palavra conselho. Não dê um "título" ao que você aconselha a uma mocinha. Bem, mas não é só evitando o título que você evita o tom de voz... Um tom de conselho pode encontrar mais resistência na mocinha do que a palavra.

O tom "sugestão" está mais no clima. E é mais justo também: a sugestão sempre deixa uma margem para a escolha, e todo o mundo – mocinha ou não – tem direito de escolher. Ela vai errar? Provavelmente errará. Bem, mas errar é começo de acertar também.

Se você quer ajudar sua mocinha, ou as dos outros, lembre-se de que forçar ajuda é às vezes um modo de vê-la recusada.

O que fazer, então?

Você tem modos de ajudar, e você mesma escolherá o modo. Porque também esta conversa não é conselho apenas. Deixo para você grande margem de liberdade e imaginação e seleção...

Programa de beleza

Por mais sofisticada uma mocinha é uma mocinha – e deve se tratar como tal. A beleza e a graça estão ao seu alcance. Em geral, porém, elas não sabem que programa de beleza adotar. E as mães ficam tontas. Aqui vai um programazinho de beleza. Adotado na idade certa, constitui a base de um hábito para a vida toda – não importa que o hábito vá se enriquecendo e se transformando, o principal é implantar o hábito. Este programinha não serve apenas como solução para o presente – protege a beleza nos anos que se seguem.

– Usar água e sabão com abundância. Manter a pele bem limpa e límpida, sempre com aspecto macio. Quando lavar o rosto, enxaguá-lo muitas e muitas vezes com água pura. Nenhum traço de sabão deve ficar.

– Dormir bastante todas as noites. Um mínimo de oito horas. Isso prepara os nervos sadios para a beleza de agora, e para o futuro.

– Fazer exercícios diariamente ao ar livre. Habituar-se a respirar profundamente de vez em quando. Andar a pé.

– Alimentar-se em horas certas. Refeições bem equilibradas.

– Escovar os cabelos diariamente. Manter-lhes o único brilho verdadeiro: o da limpeza.

– Usar roupa sempre limpa. Evitar roupa amarrotada. Tudo isso influi no aspecto geral.

- Usar cosméticos – mais para menos, do que para mais. Batom – claro. Pó – mas não um "empoamento" que tira o brilho da pele. Rímel para os cílios – o bastante para lhes dar cor e forma, sem nunca empostá-los. Perfume – a quantidade que dê à mocinha uma aura de aroma; nunca um perfume de tipo pesado.

Amizade valiosa

Desde bem pequenas, as crianças devem ter em seus pais os companheiros de quase toda uma vida. As mães especialmente podem ser excelentes amigas, se souberem levar a tolerância e paciência que têm para muito trabalho doméstico e para muitas distrações, até seus filhos.

A filha deve sentir que sua mãe é a confidente, a amiga que dá opiniões, que tendo experiência certamente discernirá melhor. Seria muito bom que certas mães saíssem de sua fria autoridade para discutir certos problemas de grande interesse para a filha, que muitas vezes parecem ao adulto assuntos tolos e infantis, mas que para os pequenos são de vital importância.

A maneira de se vestir de uma criança, por exemplo. Há uma tendência para a menina se embonecar, copiando as toilettes das moças. Será de grande inconveniência que a mãe combata essa tendência dando ordens peremptórias ou ridicularizando a criança. Será melhor que esse trabalho seja feito com antecedência, fazendo ver a criança que cada idade tem seu encanto e seu valor, como também tem sua roupa. Nada de pinturas, bases e sombras para meninas de pouca idade.

O seu quarto de dormir...

Algumas pessoas têm o hábito prejudicial de deixar animais de estimação dormindo no mesmo aposento de seus donos. Se as crianças, depois de alguma idade, podem dormir em quartos separados, sem perigo, por que não podem os cachorrinhos mimados ou os gatos mais queridos? Compreendo e partilho o amor aos animais, o cuidado e o carinho que eles merecem de nós, mas esse triste costume de ter animais no próprio quarto de dormir é errado, além de perigoso.

Os quartos devem ser arejados, não se deixando nele nem animaizinhos de luxo nem roupas usadas.

Ao dormir, o ideal será fazê-lo com as janelas abertas, para renovar o ar e evitar qualquer mau cheiro que possa ter. Também plantas de qualquer espécie não devem permanecer nos quartos. Um dos fatores de maior importância para o nosso conforto é a higiene, não apenas com o nosso próprio corpo, mas também com a nossa casa, a nossa roupa e os nossos móveis.

Às vezes, quando permanecem fechados por muito tempo, os aposentos adquirem um cheiro peculiar, bastante desagradável. Muitas mulheres usam defumadores aromatizados, muito agradáveis. Pode-se também usar a seguinte receita, como aromatizante: alfazema, 40.0 – carvão em pó, 50.0 – mirra, 10.0 – incenso, 40.0 – benjoim, 10.0 – Mistura-se e queima-se sobre brasas. Essa mistura, porém, como, aliás, todos os preparados similares, não deve ser usada durante a noite, quando estiver alguém no aposento. Feche-se o aposento enquanto se queimar a mistura, e deixe-se permanecer assim até o final da queima do aromatizante. Abrem-se então portas e janelas para arejar todo o quarto.

Prepare-se para o inverno

É tempo de pensar no inverno, antes que ele chegue. Lembre-se de que o inverno assusta a cigarra, não a formiga. Minhas simpatias vão para a cigarra porque cantar é que é bom. Mas quem vai ser a formiga da gente? Mas não é ruim ser formiga. Tem um lado ótimo. É tão bom preparar a recepção do inverno. Quando este chega, até uma lareira imaginária já está acesa. É verdade que não é imaginário que você tem de preparar... É tanta coisa real que só com um papel e lápis a gente resolve.

Uma lista de roupas para você. (Pense no essencial e não se esqueça da possibilidade de retoques que renovam o velho.) A lista de roupas de seus filhos: como é que vão eles de suéter, por exemplo? E os cobertores poderiam levar uma boa semana de sol, algumas horas todos os dias, pois naftalina e um pouquinho de mofo e cheiro de mala não constituem a melhor mistura para se dormir bem.

Mas nem só de roupa vivemos nós. E a casa, o melhor lugar quando faz frio lá fora? Torne o seu abrigo confortável. Há alguma vidraça quebrada? Alguma porta ou janela que não fecha bem? O aquecedor do banheiro está em ordem? Há boa luz junto da poltrona preferida de seu marido? Também é a hora de mandar emoldurar a gravura ou desenho de que você gosta: no inverno dá tempo de olhar. Tempo e gosto. As cortinas, que a separam do frio de fora, estão bem limpas?

E os móveis? Aproveite uma folga para examiná-los. Não há nada para melhorá-los? É possível que estejam foscos e sem graça. Dê-lhes brilho com algum óleo apropriado ou mande envernizá-los, conserte o que estiver quebrado. A casa ficará limpa e nova em aspecto. E, por falar em aspecto, cuide também do seu.

No inverno a mulher é mais feminina.

Você sabe aconselhar?

"Coisas que aprendi"... Você não acha que cada uma de nós poderia escrever pelo menos um folhetozinho, se não um livro (as felizardas), sobre as coisas que foi aprendendo na vida?

O que é que você aprendeu, por exemplo? Em aprender, vale tudo. Eu, por mim, não aprendi muito – e é por isso que valorizo cada fiapo de ensinamento que os dias foram me dando. E valorizo sobretudo o que aprendi à minha própria custa. Não é por vaidade, acho que é porque doeu mais aprender desse modo, custou mais caro, e a gente esquece menos.

Que é que você aprendeu, por exemplo, a respeito de conselho? Quero dizer dar conselhos?

Aprendi que ouvir quem tem um problema é quase mais importante que aconselhar. Enquanto a pessoa vai falando – e sabendo que alguém ouve realmente – ela própria vai se esclarecendo. Sem falar que desabafa também.

Outra coisa que aprendi sobre o mesmo assunto, se você disser à pessoa que ela está "completamente errada", você a coloca na mesma hora na defensiva, o que também significa "disposição de não aceitar". E você que está com a melhor boa vontade do mundo em querer ajudar só consegue é criar uma infeliz animosidade.

Conheço uma pessoa que descobriu um jeito muito bom de "contrariar". Depois que ouve o maior absurdo responde pensativamente: "É, sim. Mas por outro lado... etc." – e então diz com suavidade o que realmente lhe parece.

Remédios esquisitos

Um dia desses aprendi um bocado de coisas estranhas sobre duas coisas muito corriqueiras – sobre alho e cebola... Não digo que lhe conto para que você tenha bom assunto de conversa, na próxima reunião, porque há muita gente que tem alergia a uma ou a outra palavra.

Vendo a conversa pelo preço que comprei. Fiquei sem saber se acreditava ou não, e você provavelmente ficará assim, também. Por exemplo: disseram-me que a cebola, esfregada sobre a calva, faz nascer cabelos... Pelo menos, mal não faz, suponho.

Outra: que a rainha Isabel da Inglaterra comia, como refeição matinal, um pedaço de carne, cerveja e muitas cebolas – e daí vinha o seu extraordinário vigor.

E alho para asma... No século XVIII um médico fez fortuna com uma fórmula de sua descoberta. Cozinhava um pouco de alho até que este perdesse a rigidez: juntava à água do cozimento uma quantidade igual de vinagre. E para dar ao composto um sabor de xarope, punha açúcar à vontade. Então jogava nesse xarope os dentes de alho cozidos. No dia que o doente tomava dessa mistura, não tinha asma. Verdade? Mentira? Contaram-me como verdade.

Erros do passado

Para quem – por desespero ou por gosto – vive aludindo aos erros do passado, eis uma frasezinha de um homem chamado Fénelon: "Pode-se corrigir o passado com o futuro." Talvez seja, aliás, o único modo de corrigir o passado. Pois uma verdade óbvia é esta: enquanto você lamenta o passado, o presente lhe foge das mãos.

E não há tanto do que se recriminar e lamentar: não há outro modo de viver senão o de errar e corrigir-se, e depois errar de novo e corrigir-se de novo. O que não chega a ser trágico: trata-se do jogo da vida, e todos nós jogamos o mesmo jogo.

Agora, o que é mesmo uma pena é uma pessoa sentar-se num canto da sala (figuradamente), e lamentar, lamentar, lamentar. Quem está no jogo tem que aceitar as regras do jogo.

Você há de dizer: "Eu não pedi para entrar no jogo, não pedi para nascer." Pois esse argumento é uma mistura de neurastenia, vontade de despistar, má vontade e chicana.

Tenha cuidado com uma coisa: quando lamentar-se começa a ser um consolo, é tempo de prestar atenção.

Alegria de viver

Conheço inúmeras mulheres que definham de tédio. Permanecendo em casa o dia todo, vão ficando nervosas, insatisfeitas, mal-humoradas, criando doenças imaginárias, aborrecendo os outros e a si mesmas e acabam mesmo doentes, neurastênicas. O remédio mais fácil e direto para evitar isso é uma ocupação que as distraia, que lhes desgaste as energias. O ser humano inativo torna-se triste, consome-se e não sente o menor prazer em viver. O trabalho é necessário não somente como justificativa para a vida em sociedade como para a saúde, a alegria e a juventude.

Receita para resolver problemas

Cada uma de nós conhece as horas em que os problemas parecem maiores de que nossa capacidade de resolvê-los. É hora difícil, bem sei. E, conforme o problema, a hora pode chegar a dar uma sensação de desespero.

Tenho uma amiga que tem uma receita para isso, e diz que é boa receita, que sempre dá certo.

Diz que faz o seguinte, quando está às voltas com um problema gênero "encruzilhada". Procura ficar sozinha um instante, senta-se junto de uma mesa, com um lápis e um papel. E escreve simplesmente: 1 – o que procura; 2 – quais seriam os vários modos de sair da situação, mesmo que esses modos sejam no momento impossíveis de se realizar; 3 – escreve para si mesma um amigável conselho sobre calma e paciência.

Bem. Ela pega em seguida a folha de papel e guarda-a longe dos olhos por dois dias ou mais, segundo a urgência do caso. E procura não pensar mais no problema.

Parece que a coisa não falha: mesmo sem sentir, as hipóteses de solução se "trabalham" dentro dela. E, quando chega a hora de olhar a folha de papel, quase sempre se surpreende: vê claramente qual a melhor solução, enxerga as impossíveis – e nota que o desespero da irresolução passou.

Acordar-se

Sonhar é bom, é como voar suspensa por balões. O problema é que um simples bodoque de criança, e os balões estouram. Se é verdade que do chão não se passa, também é verdade que "quanto mais alto se está maior é a queda".

Não é por ser grande a queda que se evitará o grande gosto de subir. Mas subir em balões? Voar assim é, muitas vezes, melancólico.

Há vários modos de alçar-se em balões. Um deles consiste em cair em devaneios que levam longe, e mal. E para voltar? A aterrissagem é difícil. Quando se dorme fora de hora, o despertar é meio ruim.

Outra variedade de subir em balões é a de não enfrentar os fatos, e mentir sem cessar – e sem mesmo sentir. É bom mentir? Você nunca poderá enganar totalmente a si mesma. E – como a força mínima dos balões – a mentira só fará você se evadir alguns centímetros.

Por que então não tentar subir pelas escadas? É menos bonito, menos rápido. Mas cada degrau alcançado ainda é a boa terra da realidade. Em cada degrau alcançado se pode, inclusive, parar um pouco para descansar, sem por isso perder terreno ou bater com a cabeça no chão. "Também da escada se pode cair", dirá você, que gosta mais de balões. Bom, cair pode-se cair, todos sabem disso, sobretudo as crianças que nem por isso deixaram de andar. Mas levante-se, então; também as crianças sabem disso.

Com a cabeça fervendo

Você também está transbordando? Então faça exatamente o que você faria com essa chaleira: tire-a imediatamente do fogo.

Há vários modos de tirar a chaleira do fogo. Um deles consiste em adiar por uma semana a resolução de seus problemas. Aja como se eles não existissem. Há poucos problemas que não possam esperar uma semana. Quem sabe, você terá a surpresa de ver que eles se resolveram sozinhos. – Aproveite a mesma semana para deixar de lado pensamentos e sentimentos que "fazem ferver", com ambição, sonhos impossíveis, ressentimentos etc. – E, como em geral sua pior inimiga é você mesma, tente por uma semana ao menos ser boa para consigo própria, ser tolerante, até meio distraída. No fim da semana, a água da chaleira esfriou um pouco, desceu de nível – você terá restabelecido o equilíbrio...

Limpar a casa e ficar bonita

Tenho uma amiga tão sabida que, quando falta empregada e ela mesma tem que limpar a casa – então aproveita e faz um tratamento de beleza.

A essa altura você estará se perguntando: sabida ou maluca? É sabida, mesmo. E vou contar como, repetindo o que ela me contou. E, para maior garantia sua, devo lhe dizer que um dia já a surpreendi em pleno tratamento de beleza, ao limpar a casa...

Primeiro – antes de começar a faxina mais pesada, ela retira o esmalte das unhas, embebe as mãos com loção apropriada, e põe luvas velhas que mantenham a loção no lugar. Acontece que, ao acabar a tarefa de limpar coisas sujas, está com as mãos macias como nunca, e com as unhas a meio caminho da aplicação do novo esmalte.

Segundo – antes de iniciar trabalhos que lidam com vapor d'água – como cozinhar ou lavar roupa em água quente – ela passa um bom creme nutritivo no rosto. A combinação de creme e vapor d'água não só faz com que o creme penetre nos poros, como tonifica a pele.

Terceiro – aplica um tônico de cabelo que fica trabalhando pela sua beleza enquanto ela trabalha pela beleza da casa. Às vezes espalha gema de ovo pelos cabelos – e quando acaba de trabalhar, lava a cabeça.

Sem falar que, de vez em quando, para o trabalho pra respirar profundamente – o que, além de descansar, tonifica o corpo todo.

Agora eu lhe pergunto: sabida ou maluca?

Como tratar a empregada

Como se dar bem com a empregada? Eis uma verdadeira charada... Há quem tenha tentado todos os métodos, e ficado sem a cozinheira. Há quem trate a cozinheira como se esta fosse uma rainha, só para verificar que o trono está vazio. E há donas de casa tão perfeitas, mas tão perfeitas, que terminam elas próprias lavando os pratos. Como se vê, quase tudo pode dar certo ou errado. Mas, enfim, eis algumas sugestões que talvez deem resultado. Bom resultado, espero.

Procure, por exemplo, pelo menos não demonstrar que você não sabe fazer o serviço que está exigindo "dela".

Procure esconder o seu mau humor. É inútil empurrar com um gesto irritado a comida que não lhe agrada. Explique com bons modos que você prefere faisão ou peru, em vez de picadinho todos os dias.

Interesse-se pelos problemas pessoais de sua empregada (mas só até certo ponto, a menos que você queira ter "problemas pessoais" em vez de empregada). Lembre-se de que ela vive na mesma casa que você. Ajude-a a melhorar de vida, trate-a como uma pessoa que, igual a você, tem alegrias e sofrimentos, humilhações e aspirações. Se isso tudo fizer com que a empregada vá embora, pelo menos você terá sido humana, o que lhe servirá de consolo enquanto você lava os pratos com ódio.

Não a confunda com mil ordens nem modifique essas ordens a torto e a direito. Procure estabelecer um plano de trabalho, racional e fácil de entender. Respeite os dias de folga de sua empregada. Não aproveite o fato dela estar pronta para sair para lhe pedir que dê um recado em Niterói. E se na segunda-feira ela não estiver em casa para fazer o café, então suspire, e faça-o você mesma. Não há outro remédio.

Enquanto a empregada nova não chega

A cozinheira se despediu... Bem sei o que significa como "tragédia". Mas dizem que, quem tem um limão, em vez de chorar que é azedo, deve fazer uma limonada... Não estou sugerindo que você faça uma limonada da cozinheira, e um dos motivos de impossibilidade é que esta foi embora.

O que quero dizer é que você podia aproveitar o intervalo entre uma empregada e outra – espero que intervalo pequeno... – para reorganizar a casa, fazer um plano.

Você há de me perguntar: por que aproveitar a mudança de empregada? É porque uma das coisas mais difíceis de se conseguir é fazer alguém mudar de rotina, mudar de método, ou aceitar "novidade".

Mas, enquanto você aguarda a empregada nova, pode planejar vários melhoramentos. A empregada que vier nunca saberá que houve transformação: aceita a novidade sem saber que é novidade, já que tudo na casa ainda lhe é um pouco estranho.

Por exemplo: os hábitos alimentares. Quem sabe se queria que a família comesse mais legumes? Quem sabe se você gostaria que todos os sábados fosse dia de bolo? E que, às três horas da tarde, lhe agradaria um lanche leve? Pois, quando a nova empregada chegar, você lhe diz com naturalidade: "Aqui em casa costuma-se... etc. etc."

As preocupações não ajudam

Reflita bem nisto. As preocupações não a levam a nada de útil, nada de produtivo. A maioria das preocupações que você já teve até a sua quase totalidade, podemos afirmar, não se realizaram felizmente. Portanto é um preço muito caro por uma coisa que poderá acontecer, o que você está pagando desde já.

Reconhecemos que o hábito da preocupação é o mais difícil de ser extinto. Há um sem-número de razões a serem apontadas por aqueles que se preocupam com as coisas que poderiam acontecer e uma delas é: não aconteceu até hoje, mas pode acontecer. E o fulano? Não chegou a vez deste?

A estes responde que nada mais estéril e tolo do que sofrer por antecipação, pelo que talvez jamais chegue a acontecer. E se por má sorte chegar a acontecer, então sofreremos, mas na ocasião, depois do caso consumado e depois de termos empregado todos os esforços para remediá-lo.

A preocupação rouba a saúde e por incrível que pareça atrai desgraça. Se não por outras razões, você que está me lendo, desista de ser tão preocupada, porque afinal pode ser que lhe aconteça o que tanto teme.

Presa às preocupações

Você está parecendo com o bicho do desenho: só que em vez de estar amarrada a uma lata barulhenta, está amarrada às próprias preocupações. Tanto a lata como as preocupações vão atrás, para onde quer que o bicho e você queiram ir. Mas há duas diferenças: a) não foi o bicho que amarrou em si mesmo a lata, e você é quem inventou as preocupações; b) o pobre animal não tem poder de desamarrar a corda, e você tem. – Analise a palavra "preocupação". Não, não é aula de gramática. A palavra divide-se em "pre" e "ocupação". E quer dizer, ocupar-se antes; ocupar-se antes do tempo. Na verdade, preocupar-se não é mais do que antecipar-se aos acontecimentos, o que é logicamente uma tolice. – Você tem gasto sua capacidade de emoção da pior maneira possível.

Por que não pega uma tesoura e simplesmente corta o cordão que a prende à lata? A indecisão envelhece mais que os anos. Resolva hoje mesmo o seu problema. – E se este for insolúvel? Então... resigne-se, pois esse também é um modo de cortar a corda. Havia uma senhora que tinha uma verruga no rosto e o médico não queria extirpá-la. Um dia, olhando-se ao espelho, ela se perguntou curiosa: há quanto tempo examino a verruga para ver se tem diminuído? A resposta foi espantosa: há vinte anos. Por que, perguntou-se ela, não dei o assunto por encerrado, em vez de sofrer durante vinte anos?

Preocupar-se pode se tornar um hábito, como o de roer unhas. Talvez chegue o dia em que lhe perguntem: por que está preocupada? E sua resposta honesta deve ser: por nada, estou simplesmente preocupada.

Mulheres cansadas

"Estou convencida de que a grande maioria dos mal-estares e doenças que afligem as mulheres tem causas psíquicas. E por causa da tensão moral de que falei, por causa de todas as tarefas que elas assumem, das contradições do ambiente no qual se debatem, que as mulheres estão constantemente cansadas, até o limite das forças. Isso não significa que seus males sejam imaginários: eles são reais e devorantes como a situação que exprimem. Mas a situação não depende do corpo, é este que depende dela. Assim, a saúde não prejudicará o trabalho da mulher quando esta tiver na sociedade o lugar de que precisa. Pelo contrário, o trabalho a ajudará poderosamente a obter um equilíbrio físico, não lhe permitindo que se preocupe com este sem cessar."

Quem diz isso? Uma das mulheres que mais estudaram os problemas de outras mulheres: Simone de Beauvoir. Você concorda?

A felicidade se fabrica

Alguém já disse, certa vez, que, para ser feliz, uma mulher necessita de apenas duas coisas: uma boa saúde e uma memória ruim!

Assim, falemos da saúde, que vem primeiro, pois permite às mulheres viverem melhor, serem mais belas e suportar com ânimo os incidentes da vida. A saúde baseia-se sobretudo no sono... muito sono.

Dormir é acumular energias, eliminar o cansaço que, insidioso, nos arrasta às vezes à cólera, à tristeza, aos desentendimentos. Dormir é tão mais simples – e mais garantido – do que se ingurgitar, por exemplo, de "pílulas tranquilizantes"!... Em certos círculos da sociedade, essas andam agora muito em voga. Mas não constituem uma panaceia. Ao contrário, são uma arma de 2 gumes, como não se cansam de advertir os médicos. Antes de se "doparem", as mulheres devem tudo tentar e só recorrer a esse paliativo em circunstâncias de emergência.

Tudo tentar... Não diga que é fácil dizer, que a vida de todos os dias exige demais para que você tenha tempo de cuidar-se e de descansar, não responda que isso é bom para as mulheres que não trabalham ou que são ricas. Não é esta a verdade. Pelo contrário, frequentemente se dá o oposto. As que têm uma profissão, seja ela qual for, aquelas que não podem dar atenção demais a seus achaques, são mais fortes do que as outras.

Quanto à memória ruim, ela consiste em esquecer o que nos causou desgosto e lembrar só das horas boas. A felicidade, pode-se "fabricá-la" progressivamente, dia após dia. As pessoas infelizes, frequentemente, o são por sua própria culpa.

Lembre-se, pois, do nosso conselho e procure melhorar a saúde – e piorar a memória!

A medida das coisas

O descanso não é um luxo, é uma necessidade. A maior parte das pessoas acha que uma mãe, enquanto tem filhos pequenos, nunca pode repousar porque tem que estar permanentemente ao lado deles. É verdade. Mas é verdade também que a mãe realizará melhor o seu trabalho se puder desfrutar de vez em quando de umas verdadeiras férias. Pois mães e filhos se cansam mutuamente: vigiar e ser vigiado é relação que fatiga um pouco os nervos... Não é verdade que certas cozinheiras perdem o apetite porque estão sempre na cozinha? Pois medite nisso...

Não basta ter dinheiro. É preciso saber comprar. E não basta saber comprar... É preciso saber usar... Um vestido, por mais bonito que seja, usado fora de ocasião, não enfeita. Pelo contrário. Um penteado "rico" pode ficar simplesmente "deslocado" se acompanhar um traje esporte, você sabe disso – e sabe que o dinheiro gasto no cabeleireiro será dinheiro perdido.

A verdade é que a gente se sente mesmo bem é quando se sente – "apropriada", adequada.

A carne para o jantar é pouca? Use a cabeça. Quero dizer, ponha-a a serviço da invenção de um menu que exija menos carne. Uma salada de berinjela, por exemplo, "aumenta" o prato principal. Arroz de forno é, muitas vezes, uma grande solução. E ovos? Uma omelete com legumes desfiados? E uma sopa de tomate que preceda o prato de carne e faça com que esta não precise mais ser tão abundante?

Você sabe se divertir? Pois até devia haver cursos para isso. Para muita gente, divertir-se significa fazer passar o tempo ou matar o tempo. Há outros que se divertem com a maior seriedade, e, ao menor contratempo, reagem ofendidos. Há os que se divertem bocejando... Há os que têm medo de achar graça. Há os que levam para o divertimento uma tensão quase explosiva.

Parece que o curso de divertir-se é uma necessidade. Mas curso divertido, é claro.

Para descansar, ande

O trabalho nobilita... mas deforma. As costas se arredondam, se a pessoa trabalha curvada; os tornozelos engrossam, trabalhando-se em pé; trabalhando o dia inteiro sentada, suas cadeiras ficarão volumosas.

O remédio – desde que não seja possível mudar o tipo de trabalho – é combater diariamente as deformações do seu ofício. Do contrário, dentro de dez ou vinte anos, algum ponto do seu corpo estará definitivamente prejudicado.

Como lutar contra o mal, pergunta você, cuja ocupação a mantém confinada e sedentária? As respostas são várias e todas elas simples.

Não passe seus domingos no cinema ou espichada na cama até tarde do dia. Viva, o quanto possível, ao ar livre, faça provisões de oxigênio que é como um banho interno. Purgue-se das suas toxinas com exercícios respiratórios. Procure praticar um esporte para combater sua deformação profissional: ande de bicicleta, se suas pernas não se movimentam o bastante; nade, jogue tênis, pingue-pongue ou bola, se suas costas se curvam.

Durante a semana, procure distender-se um pouco. Pode-se, mesmo sem parar o trabalho, descrispar os braços, as pernas, esticar as costas, pôr os ombros para trás – respirar.

Pela manhã, ao tomar banho, aproveite que a água quente amoleceu seus músculos para desenferrujar as regiões do seu corpo que "cansam" mais. Por exemplo, se seu trabalho a mantém curvada, faça movimentos com os ombros e exercícios abdominais. Se, pelo contrário, trabalha em pé, deve procurar ativar a circulação das pernas com exercícios da parte inferior do corpo.

Utilize também seus trajetos de trabalho. Se forem curtos, faça-os corajosamente a pé, com um bom passo, a cabeça erguida, o corpo ereto. Se forem longos, caminhe pelo menos uma parte do caminho.

E não diga que fica cansada de andar. Quando anda, na realidade, está descansando.

Cuide de seus nervos

O bom humor, a compreensão, a alegria são virtudes que a mulher deve cultivar com especial cuidado, pois elas se refletem na sua pele, no brilho de seus olhos e de seus cabelos. O principal inimigo e obstáculo desses "trunfos" para a sua beleza está em você mesma: os seus nervos.

O nervosismo produz insônia, má digestão e esse estado de irritação constante que, além de prejudicar a aparência física de qualquer mulher, ainda a torna insuportável como companhia. Os homens detestam a mulher sempre irritada, irrequieta, geniosa. O que, quando não a faz perdê-lo para sempre, destrói a felicidade no seu lar.

Procure aprender a dominar-se, a deixar os problemas insolúveis do momento para quando puder resolvê-los, a controlar suas explosões de raiva, a evitar que os pequenos dissabores a transtornem. Não seja pessimista, procure rir.

Quando insistimos tanto em que a mulher deve esforçar-se para preservar a sua beleza é porque, na verdade, a beleza feminina está de certa forma ligada à sua felicidade, pois está ligada à admiração masculina e à atração sobre o homem amado.

A mulher dominada pelos nervos não pode ser uma mulher bonita, ou, pelo menos, não tão bonita como poderia ser. Se você não tem força suficiente para controlar-se e controlar seus nervos, procure então um médico, trate-se, obedeça-lhe as indicações, não apenas tomando remédios, mas descansando bastante, alimentando-se de forma regular e sadia.

É preciso que você faça isso. É indispensável para a conservação de sua felicidade conjugal e do homem que você ama. Será difícil, no início, mas o bem que isso lhe fará compensará você de tudo.

Cura de sono

D ormir é o melhor modo de se manter em forma. Não pense que o sono é tempo perdido: esse é um argumento que pessoas nervosas usam. Os que não querem se conformar com as regras do sono terminam por sentir algum desequilíbrio, em geral no sistema simpático, acusando injustamente fígado ou estômago.

Há vários modos de dormir mal. O mais comum é o de ir acumulando, pouco a pouco e sem sentir, noites não muito bem-dormidas e terminar sentindo-se mal, sem saber por quê. Essa forma acumulativa de fadiga termina por fazer com que se instale no corpo e na alma um cansaço crônico, já mais difícil de combater.

Se você quiser, pode fazer uma cura de sono. Um mês, mais ou menos, desse tratamento – que é ao mesmo tempo uma cura de beleza – e você terá a impressão de que vem de longas férias.

O que fazer? Em primeiro lugar, corte o mais possível os compromissos noturnos muito demorados. Depois, tente levar uma vida sadia. Sobriedade é a palavra que resume essa vida sadia. Sobriedade na comida, sobriedade na bebida: ausência total de tóxicos, como álcool, café, cigarros. É necessário manter também higiene mental: aprenda a relaxar os nervos, a trancar os problemas antes de dormir. E a evitar discussões antes de ir para a cama.

Seu quarto deve ser arejado. Claro e ensolarado de dia, bem escuro à noite. Se você é friorenta, cubra-se com mil cobertores, mas não conserve a janela fechada.

Se seu quarto, de madrugada, é invadido pela claridade, durma com os olhos protegidos por uma máscara. (Você mesma poderá confeccioná-la, em cetim preto duplo com cordões de elástico.)

Os ruídos da rua ou da casa perturbam seu sono? Use algodão nos ouvidos, ou melhor, umas pequenas bolas de borracha que se encontram em boas casas de negócio.

A cura de sono deve ser natural, e não provocada por hipnóticos ou sedativos. Aprenda nesse tempo como dormir bem e nunca mais você esquecerá a lição.

Personalidade

Existem dois tipos de personalidade, os introvertidos e os extrovertidos. O primeiro tipo é o da criatura cujos interesses estão voltados para dentro de si mesmo. Pertencem a ele, geralmente, as pessoas sem grandes responsabilidades, sonhadoras, espectadores e não participantes da vida. Os extrovertidos têm seus interesses em objetos e ações externas, geralmente são criaturas que lutam para viver tendo outros sob sua responsabilidade, são ativas, dirigentes.

O ideal é o meio-termo, o equilíbrio entre o sonho e a realidade, entre a vida prática, externa, e o profundíssimo mundo interior. Aqui estão algumas sugestões para o desenvolvimento, o equilíbrio de sua personalidade:

1) procure variar e ampliar suas atividades. A limitação de interesses torna você própria limitada;

2) tome decisões com firmeza e confiança. A indecisão é a pior coisa do mundo;

3) modifique as opiniões próprias quando as razões que lhe apresentaram sejam justas e convincentes. A teimosia sem fundamento é sinal de pouca inteligência;

4) procure rir, ser alegre. O riso faz bem à saúde e aumenta a simpatia;

5) não remoa as suas raivas, que isso lhe faz mal. É muito natural que sinta raiva, vez ou outra, apenas não controle, deixe-se explodir para se ver livre dela;

6) não cultive com exagero o amor-próprio e o orgulho. A admiração e o respeito alheios não podem ser exigidos, mas devem ser conquistados;

7) estude, procure instruir-se interessando-se por toda espécie de leituras.

Com essas qualidades, você será você mesma, adquirirá autoconfiança, e, para sua própria surpresa, as vitórias se tornarão muito mais fáceis.

A que não quer ser "trouxa"

Quando a criança apanha porque disse que comeu muitos doces, da próxima vez comerá possivelmente os mesmos doces, tomando o cuidado mínimo de não contar.

Quando o marido chega tarde e diz que ficou conversando com uns amigos, a mulher faz tal cara de aborrecimento ou de dúvida que da próxima vez ele conversará com os amigos, mas dirá que foi retido pelo trabalho. Bem, um dia a esposa descobrirá que não foi o trabalho. E, é claro, pensará que também não foram os amigos.

Quando a empregada diz que não comprou ovos porque se esqueceu, a patroa se sente de tal modo desconsiderada pelo que imagina ser desaforo ou pouco caso que a empregada, quando se esquecer de alguma coisa, arranjará uma razão falsa porém mais verossímil.

Depois que a rede de mentirinhas estiver traçada será difícil desmanchá-la – sem um trabalho enorme, sem algumas ofensas mútuas, sem ressentimentos e incompreensões. No entanto, a rede foi traçada principalmente pela desconfiança.

Não excite a criança

Nunca se deve comentar, diante de crianças, acontecimentos impressionantes, como doença grave, morte, desastre. A criança, que tem uma imaginação fértil e saltitante, comporá com tintas fortes todo o acontecimento, virando e revirando em sua cabecinha os detalhes do caso. É como se tivesse presenciado o acontecimento.

Quando qualquer coisa impressionante acontece, que não pode ser oculto das crianças, procure dar ao fato um aspecto natural, evite comentá-lo com outros adultos e, se o fizer, que seja na ausência das crianças. Uma ou outra pessoa falará sobre o acontecimento e esse fatalmente será conhecido da criança. Você então usará como escudo, para desviar a atenção da criança, palavras confortadoras, tirando do acidente o máximo de proveito, no sentido de servir como exemplo para possíveis perigos frente à criança. Seu procedimento calmo e natural dará à criança uma impressão menos desagradável ao fato e fará com que ela aceite o caso com certa naturalidade.

Se o seu filho é "problema"

A culpa, minha amiga, é do método de educação que você está empregando. É preciso compreender o seu filho. E o caminho principal para chegar a essa compreensão é o amor. Amar um filho, porém, não é absorvê-lo, dominá-lo, moldá-lo às ideias e aos objetivos dos pais. Esse erro, muito comum entre pais que desejam ver seus filhos vitoriosos, provoca na criança ou no adolescente a reação para fugir à sufocante atmosfera do lar. A personalidade desses jovens quer firmar-se, e o faz, escolhendo caminhos quase sempre errados e prejudiciais a eles mesmos. Procuram agir "contra" os ensinamentos e as imposições dos pais, dando a impressão a estes de ingratidão, maus instintos e falta de sentimentos. Cria-se o ambiente de desconfiança e ressentimento mútuos.

Outro erro na educação dos filhos é o "respeito" levado ao excesso. Manter os filhos a distância, destruindo qualquer elo amistoso, torna pais e filhos estranhos entre si, criando na criança o sentimento de abandono e solidão. "Quando ele estiver maior para compreender-me..." é como alguns pais desculpam essa maneira de proceder. Errado. Quando a criança tiver se transformado em adulto será tarde demais. Nada mais poderá então uni-lo aos pais.

Também a bondade excessiva, a condescendência exagerada afetam e prejudicam o seu filho. Os pais que acedem a todos os caprichos infantis, que se lhes curvam sempre, passam a ser considerados pela criança um joguete, quando muito um companheiro de brinquedos mais fraco. O filho não sente nos pais a proteção, a compreensão e o apoio de que precisa. Sente-se, pelo contrário, desamparado. Perde a confiança que deveria ter nos adultos.

Não se formulam leis gerais para a educação de uma criança. É verdade que existe a lei-base para todas, e que é a compreensão através do amor. Mas os métodos de aplicá-la variam de acordo com o temperamento, a sensibilidade, os sentimentos de cada um de nossos filhos. Cada criança é um mundo novo, e cabe aos pais descobri-lo para conquistá-lo e fazê-lo frutificar.

Educação

É preciso incutir nas crianças certas regras de boa educação que possam perdurar por toda a vida.

Procure treinar sua criança para que ela possa sair à rua e gozar as delícias de um passeio, sem estar a todo momento pedindo coisas impossíveis, ou insistindo em ficar em lugares inacessíveis.

Os jardins públicos têm os lugares próprios para brincar e aí a criança poderá se divertir à vontade, mas ao mesmo tempo deve procurar não perturbar os mais velhos, espalhando terra pelos bancos, ou perturbando com gritos e interrupções a conversa dos adultos.

Com os amiguinhos deve procurar ser gentil e não forçar os outros a fazer suas vontades. As renúncias devem partir de todos os lados, para que haja contentamento geral. Uma criança que brinca com todos e não fica mal-humorada é uma companhia ideal e será sempre procurada pelos companheirinhos para fazer parte dos seus folguedos. Isso disciplina a criança, preparando-a para viver no mundo dos adultos, que é cheio de sacrifícios e concessões.

Enfim, a criança, tanto quanto permite sua idade e compreensão, deve ser ensinada a se adaptar às diversas situações com que se defronta, para que seu êxito futuro seja completo, proporcionando-lhe uma vida mais feliz.

Para que servem os amigos?

Esta é uma pergunta que costuma se fazer na crista de algum problema mais grave. Para que serve um amigo? Para socorrer nas ocasiões mais difíceis.

Não estamos de acordo com esse raciocínio utilitarista. O amigo pode servir, eventualmente, para uma grande necessidade, e isto é uma prova cabal de que a amizade é verdadeira. No entanto, ele servirá muito e também para os momentos de alegria, satisfação e para as horas serenas de confidência. Um amigo será tanto mais precioso quando conseguir provocar recordações as mais agradáveis nos que partilham da amizade. As longas horas de entretenimento, em conversa agradável, os partidos tomados em favor do amigo, os pequenos sacrifícios.

Grande coisa, importante coisa é ter um amigo. Desses que têm a serena autoridade de divergir da opinião emitida sem que haja choque, sem que haja orgulhos feridos. Desses que se tem a certeza que acudirá em momentos difíceis, mas que desejamos jamais precisar lhes dar esse trabalho. Desses que não precisam passar pela prova dos "momentos difíceis".

A arte de receber os seus amigos

Fazem parte dos conhecimentos que uma mulher elegante deve ter o saber receber, servir e agradar suas visitas. Aqui estão alguns conselhos, que terão alguma utilidade: Se você vai oferecer um coquetel em sua casa, comece afastando a mesa para um canto da sala e sobre ela coloque os salgadinhos ou doces. A toalha deve ser de preferência toda branca, e os frutos vistosos e as flores servirão como ornamento. Estas, de seu gosto particular, colocadas no centro da mesa ou espalhadas artisticamente, darão o toque chique. Para tirar maior efeito, você deve distribuir os pratos de maneira que a própria cor dos alimentos ajude a decoração. Sirva, de preferência, aperitivos salgados e picantes, azeitonas recheadas, pasteizinhos delicados, picles, sanduíches cortados pequenos, anchova, arenque, canapés de todas as espécies, queijos, camarões, salsichas, rabanetes, carnes frias e mais uma variedade enorme, que poderá escolher. Os palitos, para os convidados usarem para espetar os salgadinhos, podem ajudar também na arrumação da mesa, se forem de tipo plástico, coloridos, e devem ser colocados em paliteiros diversos. A variedade de pratos vai depender de sua preferência, naturalmente. Existem receitas deliciosas e muito fáceis.

O coquetel é servido geralmente à tarde, no princípio da noite, e podem ser precedidos por refrescos ou um ponche. Os coquetéis (bebidas) a serem servidos serão de preferência tipo "Seco", e o uísque com soda ou apenas gelo também pode ser servido com sucesso. As bebidas são servidas em bandejas e levadas até os convidados, ou servidas num bar improvisado no local.

O gelo, dentro dos copos, não deve ultrapassar 4 pedacinhos. Os copos de uísque são grandes e sem pé, mas para os coquetéis são usados os cálices, de 5 a 7 centímetros. Se quiser servir doses maiores, pode usar também copos sem pé, dos pequenos.

Em sociedade

Quando chega a hora das apresentações chega, para muita gente, a hora de gaguejar. Às vezes até o nome das pessoas escapa. O remédio? Um segundo antes de esboçar o gesto de apresentação, rememore para você mesma os nomes – e, sentindo alguma dificuldade, ainda terá tempo de lembrar-se ou mesmo de disfarçar, prolongar um pouco o intervalo, e, se necessário, pedir a alguém que refresque a sua memória.

Que nome dizer antes? Começa-se pelo nome do cavalheiro, apresentando-o a uma senhora – exceção em caso de altos dignitários ou de senhores muito idosos, quando a senhora é quem lhes é apresentada. Uma senhora é apresentada a uma senhora mais velha.

E apresentam-se moças e senhoras casadas.

Economize para hoje

Economizar atualmente nem é questão de "guardar para mais tarde" – é poupar para dar conta do presente mesmo.

O que fazer para não gastar mais do que o necessário? Vou sugerir algumas medidas gerais que sempre terminam dando resultado.

Você precisa saber do preço dos gêneros. E do gás e da eletricidade. E você mesma é quem deve determinar, em linhas gerais, o cardápio da semana: a família terá refeições bem equilibradas sob o ponto de vista de nutrição, e sem desperdícios.

Quanto ao vestuário, há pequenos cuidados que asseguram ao mesmo tempo economia e boa apresentação. Lavar com frequência as roupas de uso interno significa, além de bom gosto, conservá-las por mais tempo. Qualquer tecido se enfraquece se, na lavagem, é necessário esfregá-lo muito para torná-lo limpo.

Os sapatos, por exemplo. O melhor é não esperar para mandar consertar os saltos quando os sapatos já estão pedindo outros: um conserto feito a tempo prolonga a vida e o aspecto de qualquer coisa de uso. As alças das combinações – costuradas quando necessário, e não pregadas com alfinete. Além de ser feio, o alfinete termina por rasgar a fazenda. Os vestidos devem ser escovados e arejados antes de repostos no guarda-roupa.

As bolsas devem ser revistas, e retirado delas tudo o que for inútil. O inútil só faz deformar uma bolsa e prepará-la para ser jogada fora. Uma graxa incolor também pode ser aplicada no couro, conservando-lhe ou restituindo-lhe a flexibilidade.

Economia, quando não se torna mania nem usura, é fonte de sobriedade, e, é claro, de mais dinheiro.

Beleza para seduzir

Você já pensou em quanto tempo e dinheiro as mulheres gastam na beleza?

Quanto ao tempo, pelo menos metade das horas em que estão acordadas.

Tudo para o quê? Para conseguir a beleza pela beleza propriamente dita? Não, é claro. Para agradar e seduzir os homens, para se casarem com eles.

Os que lidam, como técnicos, com a beleza feminina acentuam a importância do uso da pasta de dente certa, do xampu correto, de perfume, batom, pó, desodorante, tecidos, couro, permanentes.

A beleza feminina está numa indefinível qualidade (quase química) de atração. E os elementos dessa atração quase química variam em relação a cada homem.

Bom, mas o que fazer, então, já que uma jovem não pode assumir a estranha e impossível responsabilidade de agradar a todos os homens de uma só vez? Marlene Dietrich responde: "Uma mulher inteligente visa um único homem. Veste-se, anda, e fala para agradar exclusivamente a ele. Uma mulher tola visa todos os homens e geralmente não agrada a nenhum."

Robert Palmer, um dos juízes em concursos de "Miss Universo", diz que nesses concursos o que ele às vezes considerava uma beleza de tirar a respiração era considerado por outro juiz como um desastre.

Ainda Robert Palmer: "O que mais conta na beleza de um rosto são os olhos, porque têm linguagem própria e eloquente. São a chave da personalidade. Depois dos olhos, a estrutura óssea do rosto é o que mais importa. Mas tudo isso é superficial. A verdadeira beleza é muito profunda, e o homem que não é superficial pode encontrá-la e apreciá-la."

As hesitações inúteis

Quando você chega a dizer de um vestido: "Talvez eu ainda queira usá-lo algumas vezes, de modo que vou guardar", é porque na realidade ele não serve mais para uma vez sequer. Está velho ou "demodé" ou com um ar de usado que não há ferro nem jeito nem tinturaria que tire.

Mas se você pendura-o de novo no armário podem acontecer duas coisas: você esquecê-lo por dois inúteis anos ou, lá um dia, resolver usar, sair e como sempre será nesse dia que você encontra pessoas na rua e se encabula. Há também uma terceira hipótese, das mais cacetes, todas as vezes que você abre o armário para escolher uma roupa e esse vestido-problema provoca as hesitações. "Boto mais uma vez ou não? Hoje não. Mas por que não?" Enfim, uma dessas coisas enjoadas de vida diária. Quero dizer as hesitações inúteis que só fazem encher a cabeça de "sim ou não?".

A verdade também é que a gente parece ter um gosto de usura em abrir um armário e vê-lo bem cheio. Agora pergunte-se: quantos desses vestidos você realmente usa? Se a resposta for antes meditada, será surpreendente. Tenho uma conhecida que descobriu apenas dois ou três vestidos de estimação.

O resto ela adiava tanto para usar que, pensando bem, não usava mesmo. O que fez então? Depois desse "inventário" objetivo, ela resolveu duas coisas:

1) precisava de mais uns dois vestidos de "uso real" desses que fazem alguma coisa por você, e não servem apenas para encher o guarda-roupa; 2) bastaria pensar um pouco e desco-

briria várias mulheres para as quais seus vestidos inúteis serviriam de agasalho e de alegria.
Então ela resolveu dar agasalho e alegria. E ela mesma ficou alegre.

Vestido de cinema

Estou falando de vestido de artista de cinema que a gente vê na tela, descreve bem para a costureira – e na vida diária não fica bonito.

O figurinista que desenhou o vestido para a tela sabe que ele será visto dos ângulos mais diversos e não apenas da altura dos nossos olhos, como na vida diária. Sabe que será iluminado para que se consigam efeitos especiais. Muitas vezes mesmo os tecidos são especialmente fabricados para os filmes, misturando fios diversos (até de metal) para se conseguir a especial fotogenia do conjunto.

O figurinista da tela não cria apenas uma indumentária. É um criador de um personagem, um criador da segunda pele do ator – e quem admira é exatamente quem está sentado como espectador. Mas o mesmo modelo, copiado para a vida diária, poderá perder a magia e tornar-se um trapo...

Para ratos (ou melhor: contra ratos)

Até hoje não se sabe se os ratos vivem perto da gente porque somos criaturas simpáticas; ou porque eles nos classificam como "animais úteis"; ou se simplesmente somos um celeiro ótimo. Quem sabe se somos para os ratos um "mal necessário" – do jeito como se assustam conosco é de crer que eles ainda não descobriram um remédio contra pessoas.

Nem nós. Isto é, não descobrimos ainda o remédio perfeito contra ratos. (Quem for um dia passear na Urca, já que as autoridades não "passeiam" por lá, há de querer que o próximo Prêmio Nobel seja dedicado ao descobridor da morte rápida desses bichos.)

Matar talvez seja coisa que não nos compete. Mas pelo afugentar os ratos (eles irão para outras casas, de onde serão afugentados para outras etc. etc., até o infinito).

Humildemente, eis aqui um paliativo dos mais brandos para mandar os ratos para as casas dos vizinhos: colocar nos armários folhas de hortelã-pimenta. O segredo é simples, é modesto: rato não gosta de cheiro. Pimenta em pó também serve: espalha-se bem pelos armários, por exemplo. (Se o rato não vai embora, pelo menos espirra muito, e pelo menos tornamos sua vida insuportável.) Fora de brincadeira: parece que dá mesmo certo. E, se for hortelã-pimenta, dá um perfume agradável às coisas.

Retoques no destino

Arranjar marido...

Nós não estamos mais no tempo em que a única finalidade de uma jovem era arranjar marido. Não importava de que qualidade fosse. Um marido era o objetivo. Felizmente, isso passou. Hoje, frequentando Universidades, libertando-se dos falsos tabus que faziam da mulher um ser inferior e eternamente submisso, o problema casamento passou a ser encarado de forma muito mais acertada e serena. Se uma jovem não encontra o seu ideal, não casa, pronto. Nada de mal lhe advém daí.

A sociedade esqueceu o antigo preconceito contra as solteironas, e a mulher passou a ser respeitada pelo seu valor próprio, sem precisar de uma presença masculina a seu lado para se impor. Existem ainda algumas mocinhas antiquadas que vivem esse drama ridículo do "caçar" marido. A essas, gostarei de aconselhar a acompanharem a época. Que queiram casar-se, ter seus lares e seus filhos, é natural. Naturalíssimo. Mas escolham seu marido como o companheiro de sua vida, o homem que hão de amar e respeitar até o fim de seus dias. Nada de precipitação. Se o homem ideal não aparece hoje, aparecerá amanhã. Um erro na escolha de seu marido pode ser a causa de todo um futuro estragado. Não apenas do seu futuro. Mas também o de seus filhos.

Os namorados e os presentes

É muito comum a troca de presentes entre jovens que se amam, e mesmo entre amigos. Naturalmente, tais agrados devem ser oferecidos na ocasião oportuna e, o que é mais importante, devem ser escolhidos de acordo com a intimidade e a extensão do compromisso que une os dois namorados.

Uma jovem que namora um rapaz ainda sem compromisso poderá presenteá-lo com qualquer objeto que represente apenas uma lembrança e não um valor. Uma caderneta para anotações de endereço, um pequeno calendário para a mesa de seu escritório são mais apreciados do que presentes custosos e mais íntimos. Um jovem poderá dar presentes de mais valor à sua namorada, se assim o desejar, mas com essa atitude estará dando maior importância ao vínculo sentimental. Ela poderá interpretar tal gesto como um desejo de aprofundar a amizade, ou simplesmente achará que o seu namorado é "mão aberta".

De um modo geral, a jovem deverá sempre esperar a iniciativa do rapaz, para então presenteá-lo, quer dizer, quem deve iniciar a troca de presentes deverá ser sempre o homem, e não a mulher.

Qual o marido ideal?

Há mulheres que preferem os louros, outras preferem os morenos do tipo atlético. Isso de preferências físicas é fácil de escolher. O que importa saber é que tipo de homem uma mulher elegeria como o marido ideal. Que conjunto de qualidades, virtudes e aptidões precisaria ele possuir para satisfazer as exigências de uma esposa.

De acordo com a opinião de um grupo de moças, um marido deverá ser carinhoso e fiel. Esses são os principais atributos. Deverá ser também trabalhador, preferindo umas, depois dessa qualidade, que o marido em apreço seja ambicioso. Outras preferem que além de trabalhador seja pacato, amante do lar.

Portanto, carinhoso, fiel, trabalhador e ambicioso ou pacato, são essas as principais qualidades que um marido ideal deverá ter. Mas será que o marido ideal existe mesmo, ou só vive na imaginação das moças sonhadoras?

Não é tão difícil – achamos – encontrar um marido que preencha as exigências das filhas de Eva. Isso porque, quando um homem está apaixonado, ele consente em se tornar aquilo que sua amada deseja que ele seja. É pena que passado o período da paixonite aguda, o homem volta a ser o que era, com todos os seus defeitos e as limitações.

As mulheres são mais astuciosas?

Em matéria de astúcia, parece que as mulheres ganham a palma. Os homens parecem não ter especial pendor por essa qualidade própria de gatos...

As mulheres, quando não conseguem algo ou alguma informação diretamente, procuram, com manhas e meneios, saber o que desejam. Acabam, naturalmente, bem-sucedidas e isso graças à astúcia que usam para dissimular situações e se adaptar a elas.

Os homens, quando desejam alguma coisa, vão sempre por meios diretos, o que pode dar bons resultados ou não, enquanto que as mulheres não se arriscam a perder a partida e tomam todas as cautelas para que seus planos sejam vitoriosos.

Há mulheres que têm especial predileção por esses jogos indiretos e se saem com tanta habilidade de situações embaraçosas, que mostram extraordinário pendor para a espionagem ou outra atividade de semelhantes características.

Não há dúvida que a astúcia e a dissimulação são armas autenticamente femininas e as mulheres fazem uso delas para vencer o combate travado na vida, principalmente contra as outras mulheres, quando o assunto é: homem!

Eva e o dinheiro

As mulheres gastam demais! Parece que as mulheres, mais do que os homens, têm a tentação de gastar. Talvez seja porque são elas que fazem as compras para a casa, ou porque tenham uma fraqueza toda especial por vitrinas bem arrumadas. O certo é que os comerciantes consideram as mulheres as grandes compradoras.

Os maridos costumam reclamar contra esse desejo de gastar, que é tão próprio do sexo feminino e que acarreta tantos prejuízos para a família. No entanto, se atentarmos bem, as mulheres não gastam tanto assim e, se o fazem, é por necessidade. As aspirações de toda a família encontram eco no coração solícito da mãe extremada. Ora é o marido que deve usar uma camisa mais fina, ora são as crianças que precisam de sapatos ou que desejam presentes que estão sendo a coqueluche da cidade. Tudo isto precisa ser resolvido pela dona de casa que mantém sob seu controle os cordões da bolsa do lar. Comprará ou não comprará... eis a questão. Se o coração fraqueja um pouco, nem que seja por um minuto, as últimas reservas de resistência desaparecem e a mercadoria passa para as mãos da compradora. Muitas vezes tal concessão vai custar muito caro para equilibrar as finanças. Mas quem pode julgar o coração de uma mãe, quando deseja ver o sorriso de felicidade estampado nos olhos de um filho, nem que seja por um momento?

Os homens e os conselhos femininos

O homem sempre acha que a sua opinião é a melhor e que portanto deve prevalecer, custe o que custar. A teimosia masculina neste particular é um fato já comprovado. Prova isto o conselho de um dignatário chinês, que sugere aos homens nunca aceitarem os conselhos das esposas, mesmo quando estas estiverem com a razão. Tanto pior para eles!

Se a mulher aconselha o marido a não comer tanto daquele molho, provavelmente ele comerá mais ainda e terá uma indigestão duas vezes pior, só para provar que a cara-metade não sabe o que diz.

Um caso típico dessa "alergia" masculina foi o que há pouco tempo aconteceu num tribunal: a esposa se queixava do marido surdo, porque todas as vezes que começava a falar qualquer coisa para o bem dele, na mesma hora o cabeçudo desligava o aparelho auxiliar da audição.

Pois se até o rei do Sião não pode compreender como uma mulher pode estar com a razão e o rei errado?

No entanto quantos maridos poderiam evitar situações embaraçosas e desagradáveis se ouvissem mais os conselhos das esposas.

Conselho é aquilo que não aceitamos porque desejamos experiência; e experiência é o que nos resta, depois que perdemos tudo o mais.

Compreenda o seu marido

Não é tão difícil como parece. Desde que tratado com carinho, um pouco de mimos, raramente contrariado, todo homem é um anjo. Carinho não nos é difícil dar-lhe, se o amamos. Mimos... afinal, penso que é esse mesmo o destino das mulheres, não acham? Não contrariá-lo... aí está o problema. Nem sempre isso é fácil, e nem sempre também é possível. Contudo, devemos ter cautela, tato e inteligência, quando decididamente não podemos concordar com ele. Nunca fazê-lo com sobranceria e severidade. Isso desperta no homem o instinto de luta, e nasce a discussão muitas vezes destruidora do seu lar. Os homens detestam as discussões ainda mais que nós, ou dizem isso. Não as enjeitam, porém, quando há uma pequena razão para elas. A mulher, pelo seu temperamento mais afetivo e predisposto ao perdão, esquece com facilidade as más palavras surgidas numa discussão. Com o homem não acontece o mesmo. Conheço alguns que tiveram seus casamentos arrasados por uma palavra ou uma frase impensada de sua mulher. Um desses, habitando a mesma casa que a esposa durante doze anos sem dar-lhe uma palavra, contou-me que se casara por amor, mas todo esse amor desaparecera no dia em que ela maldisse o seu casamento, e no auge de uma discussão exclamou: "Maldito o dia em que me fizeram casar com você." "Fizeram-na casar." E ela respondera que era uma criança, na época do casamento, e que os outros adultos eram responsáveis pela tolice. Não é tão grave, ou não nos parece assim, o que ela disse. No entanto, por essa frase, ela perdeu o marido, toda sua felicidade foi por água abaixo. Terminada a educação dos filhos, separaram-se definitivamente.

Cuidado, portanto, na maneira como trata seu marido, minha amiga e leitora! Pense no que será perdê-lo... e faça-lhe as vontades. Quando não, use de diplomacia e delicadeza. Garanto que é o melhor meio de domá-los.

Reciprocidade

A maior parte das mulheres sonha com o homem ideal. Para esse homem ideal exigem físico atraente, personalidade, cultura, cavalheirismo, e, quase sempre, dinheiro e posição social. Está certo. Ninguém vai desejar para companheiro um homem que não possua tais requisitos. Aceita-o, quando não há outro remédio, mas não o coloca no altar do ideal.

O que acontece, no entanto, é que quase nunca as mulheres pensam no que irão dar a esse homem, em troca de tantas qualidades exigidas. Um físico bem cuidado? Um espírito brilhante? Meiguice? Compreensão? A primeira qualidade usam--na, geralmente, apenas como arma de sedução, e, apanhado o marido, desinteressam-se dele. Continuam a enfeitar-se, sim, mas para os estranhos. Para o marido, não. Espírito brilhante? Não gastam essa riqueza com o pobre companheiro, de quem exigiram e continuam exigindo tanto; guardam seus ditos espirituosos, seu bom humor, sua alegria, para uso dos salões. Na intimidade, quase nem falam, ou se o fazem é somente para queixar-se das mazelas, dos aborrecimentos com as empregadas e da falta de dinheiro. A meiguice feminina transforma-se em ranzinzice insuportável. A compreensão passa a ser lenda.

Vejamos, minhas amigas e leitoras, isso não é justo! Se um homem existe que merece de nós toda a simpatia, o carinho e todo o calor do nosso encanto, esse homem é o nosso marido que nos proporciona um lar, nos dá apoio nas horas de depressão, nos ajuda nas doenças, nos protege com o seu nome e a sua pessoa. Além disso, resta-nos ainda não esquecer que o fato de estar ligado a nós pela lei não o escraviza, e que outras mulheres há pelo mundo, também à procura do seu homem ideal, e que poderão desejar o nosso. Insatisfeito, sem nada receber do que se lhe deve, ele será presa fácil. E reconquistá-lo, depois de perdê-lo, é muito mais difícil do que qualquer uma de nós pensa. Quase posso dizer que é impossível.

Receita de casamento

Há muitas receitas para um matrimônio feliz como há inúmeras receitas para um mesmo tipo de bolo, de torta ou pudim. Os ingredientes variam apenas ligeiramente, para que a uniformidade não se transforme em rotina.

Esta receita tem como pontos principais dois ingredientes: o desejo de acertar e a noção falsa da felicidade.

Os jovens nubentes que desejam sinceramente acertar, fazendo concessões razoáveis e não procurando medir o que dão na mesma medida do que recebem, têm um ponto muito importante a seu favor e poderão dizer que a batalha está meio ganha.

O segundo é um conceito mais arraigado: a falsa noção de felicidade. A maioria dos jovens está convencida que a felicidade entra em nosso coração por pura sorte, ou acaso, que não precisa de nenhum esforço de nossa parte e que se não casarmos com o homem ou a mulher do nosso destino não seremos felizes.

Tudo isto não passa de preconceito, ideias repetidas vezes sem conta, que acabam por receber guarida em nosso coração. A felicidade, para ser conseguida, precisa ser duramente perseguida, atraída por dezenas de meios e modos. Nada de sentar-se à espera que ela nos chame. Nós é que devemos acenar-lhe com uma vida ordeira, de objetivo equilibrado e razoável, com uma dose de sacrifício, e o coração cheio de otimismo!

Os feios são melhores maridos?

Não se pode colocar a questão em ângulo tão restrito, mas podemos argumentar, tomando o outro lado do problema, a respeito dos homens bonitos. Já se disse certa vez que os homens de bela aparência física são uma praga para a sociedade. Isso é uma crítica injusta e não isenta de inveja. Alguém já disse que uma mulher bonita é um mal? Muito pelo contrário... Na verdade, as probabilidades de um homem bonito ser um bom marido são menores do que as que enfrenta um homem com poucos atrativos físicos. Um homem tipo galã está sempre cercado de admiração feminina, e a admiração vai a tal ponto que muitas mulheres chegam a desprezar o fato do homem ser comprometido. A aparência física sempre exerceu uma profunda atração sobre as mulheres em geral.

Se, de um lado, uma esposa casada com um homem bonito tem um justificado orgulho de ser acompanhada por ele e receber seu amor, por outro lado, viverá sempre em constantes sobressaltos, porque sabe que seu marido é terrivelmente cobiçado. Em compensação a esposa de um homem feio, sem ter a seu lado um galã, que atrai a atenção de todas as mulheres com quem cruza, terá uma vida mais tranquila e sem apreensões, pois sabe que seu marido quase passa despercebido.

Não é só o príncipe encantado

Tanto se fala em moças que não escolhem bastante o companheiro de vida e que, por isso, falham no casamento – que a gente até esquece as que escolhem demais e ficam sem companheiro...

Quem sabe se você, sem mesmo ter consciência disso, continua à espera do príncipe encantado. E, quem sabe, você faz uma ideia vaguíssima do que é príncipe encantado, e não encontra em nenhum homem os sinais de um sonho que você sonhou quando tinha quinze anos. Se é este o seu caso, não é chegada a hora de viver na realidade? Não é uma paixãozinha o que melhor guia para um casamento. Se você tem ternura, não importa que sua cabeça não rode de paixão. Casamento também é amizade, também é delicadeza, companheirismo e alegria serena.

Ah... as definições...

Às vezes entendemos tão bem as coisas, mas na hora de definir não conseguimos. Já pensei se seria incapacidade minha ou se é mesmo difícil a hora de definir. Ou as duas coisas.

Mas um dia desses vi uma definição tão indireta que cheguei à conclusão que o jeito muitas vezes é contornar o assunto –, ao contorná-lo, quando se vai ver, a coisa fica dita. E a definição era das mais difíceis. Era sobre religião, dada por S. M. Shoemaker, no seu livro *A experiência da fé*.

Ele diz: "Um homem não consegue descrever ou definir sua noiva, e muito menos o que sente em relação a ela, nem analisar o que é que faz com que ambos se gostem – embora o brilho em seus olhos e a dificuldade em achar palavras sejam bem eloquentes. Pessoas e relações pessoais não se deixam enquadrar em definições precisas. Um fotógrafo consegue dizer-nos algo a respeito de uma pessoa. Mas um apaixonado termina por desistir:

"Não sei explicar, o jeito é eu lhe apresentar minha noiva."

"E é isto", conclui o autor, "o que temos a dizer a respeito de Deus."

E com esta frase ele tenta nos apresentar Deus.

As brigas

Os casais que brigam eventualmente são infelizes? Há mulheres que começam a falar cedo, tentando implicar com o marido, e se esse consegue guardar um silêncio heroico, começam a acusá-lo de indiferente, cruel e marido que não presta atenção ao que diz a esposa. Essas mulheres, com tal atitude, estão apenas criando um enorme abismo entre elas e o marido, vítima da incompreensão e do egoísmo da esposa.

As brigas, no entanto, podem ocorrer, como fonte esclarecedora, ou para usar uma palavra mais moderna, para desrecalcar o cônjuge que se sente oprimido ou injustiçado, na ocasião. A briga sem grande consequência tem também o efeito de desanuviar um ambiente carregado. Se essas discussões versam sobre assunto corriqueiro, como a desatenção do marido ou o atraso da esposa ao encontro marcado, mais de duas horas; ou se o marido se queixa que não tem tido boas refeições ultimamente ou a esposa acha que seu marido a está esquecendo e não lhe dedica tanto carinho como antigamente, então não há receio de que se transformem em coisa mais grave e possam acabar em separação. São apenas conversas necessárias entre esposos para esclarecer dúvidas e tomar novas diretrizes. São, por vezes, muito eficazes.

A gota d'água

Existe no matrimônio um ponto-limite, em que a tensão entre o marido e a mulher pode explodir com o menor incidente. Seria interessante, e útil, localizar precisamente esse ponto-limite, mas não é fácil. Poderíamos mesmo citar vários motivos de divórcio julgados recentemente em tribunais americanos, sem, com isso, conseguir catalogar as razões que levam um casal a separar-se.

A humilhação, por exemplo, foi o que levou um marido a apelar para o divórcio. Sua esposa gostava de animais, contou ele ao juiz. O gosto em si não era censurável. Mas é que ela o obrigava a partilhar o quarto com um gato, um cachorro, um papagaio, três aquários de peixes e seis cobaias. Além disso, vivia dizendo-lhe que preferia a companhia dos animais à dele.

O que fez outro marido atingir o ponto-limite foi a idade ajustável de sua mulher. Antes do casamento, ela lhe dissera ter 39 anos. Depois, corrigiu o número para 49. "E é essa a verdadeira idade dela?", perguntou o juiz ao marido. "Não, tem mesmo 55 anos!"

Um dos motivos mais comuns de rompimentos matrimoniais é um dos cônjuges querer modificar o temperamento, hábitos e até gosto do outro. Um marido recentemente requereu divórcio porque, segundo ele, "minha mulher começou por impedir-me de tomar cerveja. Depois, fez me prometer não fumar mais em casa. Cedi a essas exigências, inclusive a de me abster de usar pijamas listrados; mas quando ela resolveu interferir no meu gosto em matéria de gravatas..."

É claro que, na falta de gravata, qualquer outro artigo pode servir, desde que se tenha atingido o ponto-limite. Um casal chegou à conclusão de que era-lhe impossível a vida em comum porque os dois não afinavam como parceiros de jogo. Mas, evidentemente, antes do jogo, outros desentendimentos haviam surgido que se foram acumulando até formar a famosa gota de água que transbordou o copo...

Elas mandam

Que tolas são certas mulheres que ignoram serem elas as que mandam e governam!

À primeira vista, parece que o homem manda, mas é sempre a mulher quem decide. É também ela a que conquista.

Quando ela quer esconder alguma coisa, esconde com tranquilidade, consciente do seu poder e ascendência. Quando o homem faz algo de secreto, seja o que for, logo pensa: "Se minha mulher soubesse." Isto revela que a mulher manda... e que o homem teme.

Por isto digo: Tola, não lutes por impor tua vontade, pois, ao final, tudo dará na mesma, e "ele" pensará como tu pensas.

Napoleão era um gênio, ninguém ousava falar em sua presença; porém, na presença de Josefina, Napoleão se punha de joelhos.

Não grites para impor tuas ideias: atingirás o seu objetivo com bondade e ternura... Guerreando, jamais a mulher ganhou uma batalha...

Indiscrição

Os homens dizem que nós, mulheres, não sabemos guardar um segredo. Será verdade isso? Plutarco já contava esta historieta, que não lisonjeia muito a nossa discrição: os senadores romanos iam reunir-se para discutir um assunto que não queriam tornar público. A esposa de um deles, muito curiosa, tanto insistiu com o marido, que este acabou por lhe contar que uma ave gigantesca passara sobre Roma, armada com uma lança e de capacete. O Senado ia reunir-se para saber com os sacerdotes se o fato representava perigo ou bom augúrio para o Império Romano. A esposa do senador, excitada com a notícia, correu a contá-la "em segredo" à sua criada de confiança, que prometeu também não contá-la a ninguém. Ao chegar ao Senado para a reunião, o senador encontrou-o em alvoroço, e uma multidão à sua espera, desejando saber detalhes e exigindo a resposta dos sacerdotes para o estranho acontecimento. O senador desvencilhou-se como pôde, e, mais tarde, ao chegar em casa, foi chamar a atenção da mulher sobre a sua tagarelice. Esta, muito mulher, assegurou-lhe que não contara a nenhuma pessoa o segredo e se este se fizera público devia ser leviandade da esposa de outro senador qualquer, que não soubera calar--se. O marido disse-lhe então que toda a história do pássaro não passara de invenção sua, de última hora, para se ver livre da insistência dela, o que provava que a origem do boato só podia ser uma.

Plutarco conta isso naturalmente para nos desmoralizar. Mas será que eles, os homens, sabem guardar um segredo? Se não guardam nem os de suas conquistas... ou das conquistas que nem fazem!

A mulher ou o ouro?

Parece que diferem de povo para povo as fontes de inspiração para as suas obras de arte. A *Ilíada* e a *Odisseia* tiveram como estímulo e razão de ser de seus heróis o amor. Já na Alemanha, o famoso Anel de Nibelungo conta a luta pelos tesouros, e lança deuses, uns contra os outros, pela conquista do ouro. O amor aí foi relegado a segundo plano. Será isso prova de que os alemães amam menos? Não creio. Embora menos românticos, não são eles insensíveis às loucuras do amor. Vale bem lembrar que foi o amor mais lírico de todos os tempos o que inspirou Goethe a escrever o seu *Werther*. No mundo atual, que dizer? A mulher, se não tratar de firmar seu prestígio, vai acabar mesmo ficando para trás. O dinheiro e o poder estão decididamente dominando mais os homens e o chamado "belo sexo" perdendo o "cartaz". Decididamente, é preciso reagir, minhas amigas!

E o amor se esvai

Ter um amor! Amar!... Ser dono de um carinho!... Será que alguém imagina o que isso significa?... É como ter o sol irradiante dentro d'alma! É a alegria de andar sobre a terra, e a arte de voar até as nuvens. É o dom de tornar brandos ou duros os deveres...

Nossa existência converte em luz as opacas névoas, e nos alivia de tudo quanto está dentro ou fora de nós mesmas...

O amor concilia tudo, prendendo-nos à vida, e pondo-nos no coração o medo de perdê-la.

Utilizamos toda a energia material e espiritual que possuímos, nesse grande e profundo bem terreno.

Quantas vidas renascem por um pouco de amor; quantas ilusões tomam corpo...

Cuidemos muito bem do amor que possuímos, pois se é verdade que ele nasce de menor coisa, também é verdade que se esvai sem facilidade, e qualquer coisa pode matá-lo; às vezes, a falta de uma carícia; outras vezes, uma simples corrente de ar frio...

Eles detestam...

● ● ● combinação aparecendo, mesmo que seja bonitinha.

... cabeleira tipo "existencialista", que mais parece novelo embaraçado ou penteado "vira-lata".

... bolsa que, por um instante aberta, dá a rápida impressão de uma miniatura de chiqueiro, com perdão pela comparação: contas antigas e amarfanhadas, pente com fios de cabelo, um pouco de pó derramado, lenço que deveria ter sido lavado há algumas semanas, papeizinhos esparsos com mil anotações, batom com estojo manchado de vermelho. Isso tudo de vez em quando acontece a qualquer mulher – o que não é permitido é "sempre".

... unhas com esmalte descascado, dando a penosa impressão de cicatrizes ainda não curadas.

O que elas dizem

Mme. Jolie Gabor, mãe das três Gabor, e bonita como elas: "Se você quer ser amada em qualquer idade, comece por rasgar o calendário e jogar fora o relógio. Esses dois objetos são a obsessão errada da maioria das mulheres!"

Paulette Goddard perto dos cinquenta anos: "É preciso lutar pela juventude. Eu luto com auxílio da bicicleta!" (Com efeito, além de Marilyn Monroe, ela é a única a não se incomodar de passear de bicicleta entre os Cadillacs dos outros).

Marlene Dietrich: "Ser bela é faca de dois gumes. É preciso evitar que ela se vire contra você, com o correr do tempo. Eu compreendi muito cedo que a beleza não era o bastante para ser amada toda a vida. E comecei então a lutar..."

A coragem

Quem é mais corajoso? O homem ou a mulher? É muito simples. Fale em arrancar dente ou tomar injeção na veia. Aconselho a um amigo e a uma amiga, igualmente, que devem tomar uma série daquelas injeções maiores, na veia, e verá a reação de cada um deles. Com frequência, um homem aparentará coragem até o momento de enfrentar a seringa, mas muitas vezes tem acontecido que desmaia com a simples aplicação de uma injeção intramuscular. Não é anedota, qualquer enfermeira poderá atestar o que se diz aqui.

O homem mais facilmente enfrenta uma situação difícil, em que uma mulher tremeria da cabeça aos pés, como um roubo em casa, ou um desastre, mas fica completamente desarvorado com uma dor de dentes ou de cabeça. Tem-se como certo que é por faltar paciência e espírito de compreensão num homem, ao mesmo tempo porque tem menos oportunidade de adoecer, que ele reclama tanto quando sente qualquer coisa, mesmo insignificante.

Há, portanto, uma grande diferença, na coragem do homem e da mulher. A mulher tem coragem para o sofrimento, reage vigorosamente numa desgraça, mas corre de um ratinho, enquanto que o homem resolve problemas intrincados e sai de peito aberto em noite escura, atrás de um ladrão que tentou lhe assaltar a casa, mas geme perdidamente com uma dor de cabeça banal.

Teste de polidez

Não seja demasiado exigente com os modos "dele". Mas se você quiser ajudar seu marido a parecer mais polido, faça com ele esse teste, e vejam os dois em que adiantamento ele está.

– Quando ele entra num restaurante com uma senhora, deixa sua companheira precedê-lo? (O homem entra primeiro no restaurante, para procurar a mesa.)
– Quando sai do restaurante, vai à frente da companheira? (A senhora deve precedê-lo à saída.)
– Quando passeia com uma senhora e um amigo, ele enquadra a senhora entre os dois ou anda junto do amigo? (A senhora fica entre os dois cavalheiros.)
– Ele desce do ônibus ou bonde, antes ou depois de uma senhora? (Desce antes para ajudar a senhora descer confortavelmente.)
– Quando os lugares no teatro ou no cinema estão no meio de uma fila, ele deixa a senhora precedê-lo? (Não.)
– Que faz ele quando sua companheira cumprimenta, na rua, alguém que ele não conhece? (Diminui um pouco a marcha, para o caso da senhora querer parar um instante.)

Marido e mulher

As mulheres têm e deverão ter grande influência na vida do marido. Há um ditado antigo e pouco original que diz que "A mulher faz o homem". Nada mais verdadeiro, pois a esposa, com seu amor e capacidade de organização, pode ajudar o marido a subir na vida, fazendo com que ele ganhe mais confiança em si.

Uma mulher que recebe o chefe do lar com um ar cansado, e desfiando a ele um rosário de lamúrias sobre seus problemas caseiros, brigas com as empregadas e as malcriações dos filhos, está entediando o marido e só conseguirá que ele se aborreça gradativamente do seu lar. Numa tal atmosfera, os aborrecimentos que o marido talvez traga da rua, suas preocupações, seus problemas, não encontram uma válvula de escape e aumentam, tornando-o mal-humorado, nervoso e pouco apto para resolver as situações que o aguardam no dia seguinte.

Que deverá você fazer para ajudar seu marido a progredir na vida? Primeiramente, deve mostrar-lhe por diversos meios que tem confiança nele: ao mesmo tempo deve tomar interesse por seu trabalho, ouvir suas longas dissertações sobre os acontecimentos do dia, e procurar manter sempre a casa limpa, apresentar refeições gostosas e agradáveis à vista.

Vida em comum

Os homens e as mulheres se aborrecem mutuamente! Quando se casam duas pessoas, elas concordam em viver juntas, olhar uma pela outra, e partilhar suas refeições, seus pensamentos, seus hábitos e suas férias, enfim, tudo, até a morte. Um mundo que não tem mais fim: – Nada de estranhar, portanto, que se aborreçam um ao outro.

Na realidade, cada homem precisaria de cinco esposas – uma que seria o encanto, outra que seria a dona de casa, uma terceira que seria o seu amor e, finalmente, uma para escutá-lo com paciência. Por outro lado, a mulher também precisa de cinco maridos – o primeiro para ganhar dinheiro, o segundo teria que ser brincalhão, o outro um guarda-costas, o quarto carregador, e o último para diverti-la.

Robert Louis Stevenson disse, certa vez, que duas pessoas que vão viver tantos anos juntas têm que ter uma certa dose de inteligência para não se aborrecerem até a morte. De acordo com os psicólogos, um indivíduo do sexo masculino passa geralmente $1/3$ de seu tempo sentindo-se aborrecido enquanto que as mulheres se aborrecem com muito maior frequência. Uma esposa em cada sete tem aborrecimentos crônicos e está sempre achando que precisa mudar de ambiente, conversar com outras pessoas e ver coisas novas. Só mesmo quando duas pessoas têm muitos interesses em comum e mútua tolerância é que podem viver juntas sem períodos de desânimo.

Por outro lado, num caso de desquite, o marido disse ao juiz: "Ela não sabe falar de outra coisa a não ser de cozinha. Não consigo olhar para ela sem bocejar." Pobre mulher!

Eles detestam...

● ● ● camadas superpostas de esmalte sobre as unhas, emprestando a estas um ar de velhas garras gastas. Quando o verniz está descascando, e não há tempo de renová-lo, é melhor tirar tudo que tentar corrigir com emendas.

... mulheres que se penteiam à mesa do restaurante. Retocar o batom ou empoar-se muito ligeiramente é tolerável à mesa. Mas pentear-se, nunca mesmo.

... mulheres que fazem mil caretas para passar o batom. Inútil ser linda um minuto antes e um minuto depois, se de repente acontece essa coisa inesperada: uma cara fazendo ginásticas incríveis.

... moças que passam pó no rosto, desse modo discreto: sacudindo a esponja antes de usá-la e levantando uma nuvem que empoa também a roupa do cavalheiro.

... travesseiro cheio de marcas de batom só porque madame não retirou seu "maquillage" antes de dormir.

A ilusão da generosidade

Todos gostamos de dizer que somos generosos e desprendidos, mas se nos analisarmos com objetividade, chegaremos à conclusão que o primeiro amor, a primeira generosidade, a grande preocupação é por nós mesmos. Quando o "eu" tem tudo, quando o "eu" está contente, então começamos a ser generosos com os outros. A ninguém amamos tanto como a nós mesmos; somos o nosso grande amor.

Quando estamos apaixonados, não amamos porque nosso carinho dá felicidade à outra pessoa, mas sim porque isto nos traz felicidade. Se se trata de defeitos, julgamo-nos sempre isentos deles. Se são virtudes, estão tacitamente incluídas na opinião que formamos de nós mesmos.

Raramente temos a coragem de perguntar: "Por que estou fazendo isto? Por mim ou pelos outros?" Sempre a consciência nos responderia: "Por ti; se não te agradasse e não te desse vantagem, nada farias."

Os mais generosos são culpados deste pecado. E os que o ignoram ou negam, é porque não possuem o valor e a coragem de reconhecê-lo.

Generosidade

Serão os homens mais generosos do que as mulheres? Um mendigo profissional costumava dizer que as mulheres não são generosas como parecem. Costumam ser muito mais avarentas. Dão conselho em vez de dinheiro. Quanto aos homens, são muito mais fáceis de dar esmolas, principalmente quando estão acompanhados.

Aliás, essa generosidade quando estão acompanhados é apenas um esforço para impressionar a namorada, portanto não se devia contar como um ponto favorável.

Conta-se o caso, por exemplo, daquela mulher que foi obrigada a separar-se do marido, porque o mesmo por medida de economia não permitia que ela comesse sobremesa. Impreterivelmente todos os dias, arranjava uma discussão na hora do jantar, logo depois do prato principal.

Mas os porteiros e empregados em geral estão de acordo em que as mulheres dão gorjetas muito pequenas em comparação com as que dão os homens.

Em compensação, os homens não deveriam ganhar tanta fama de generosidade, apenas porque gastam mais dinheiro saindo com a namorada ou comprando-lhe umas orquídeas, quando não poderiam dar-lhe nem uma margarida. Desde pequenos que os homens sentem essa necessidade de "se mostrar", principalmente diante de uma garota.

A verdade é que a generosidade real não pode ser julgada por tais aparências exteriores. O único lugar onde um julgamento desses pode ser feito é na intimidade do lar – e aí, ambos os sexos se equivalem.

Você está pronta para casar-se?

Quanto maior número de vezes você responda "sim" às perguntas que se seguem, mais pronta você está. Só vale o "sim" verdadeiro, sincero...

– Você acha que ter namorados está perdendo a graça?

– Sente que pode resolver problemas sem consultar sua mãe ou seu pai?

– Você e seu noivo já concordaram quanto à religião?

– Você evita planos de reformar ou corrigir seu futuro marido depois do casamento?

– Você acha que terá prazer em ficar muitas noites em casa, ocupada com pequenas tarefas domésticas, se não estiverem ao seu alcance muitas saídas?

– Se casar-se agora significasse, por razões financeiras, viver com seus sogros, você preferiria adiar o casamento?

– Você dispensaria um vestido novo ou um artigo de luxo em favor de um objeto para a casa?

– Você adiaria a "casa ideal" em prol da casa prática e realística que suas posses permitem?

– Você estudou o custo de vida em relação ao dinheiro de que dispõem depois do casamento?

– Você e seu noivo acham certo o exame pré-nupcial?

Inutilidade

Quando fazemos tudo para que nos amem... e não conseguimos, resta-nos um último recurso, não fazer mais nada.

Por isto digo, quando não obtivermos o amor, o afeto ou a ternura que havíamos solicitado... melhor será desistirmos e procurar mais adiante os sentimentos que nos negaram.

Não façamos esforços inúteis, pois o amor nasce ou não espontaneamente, mas nunca por força de imposição.

Às vezes é inútil esforçar-se demais... nada se consegue; outras vezes, nada damos e o amor se rende a nossos pés.

Os sentimentos são sempre uma surpresa. Nunca foram uma caridade mendigada, uma compaixão ou um favor concedido.

Quase sempre amamos a quem nos ama mal, e desprezamos quem melhor nos quer.

Assim, repito, quando tivermos feito tudo para conseguir um amor, e falhado, resta-nos um só caminho... o de nada mais fazer.

Aulas de sedução

Sedução e feminilidade

A sedução da mulher começa com a sua aparência física. Uma pele bem cuidada, olhos bonitos, brilhantes, cabelos sedosos e corpo elegante atraem os olhares e a admiração masculinos. Para que esses olhares e essa admiração, porém, não se desviem decepcionados, é preciso que outros fatores, muito importantes, influenciem favoravelmente, formando o que poderíamos chamar a "personalidade cativante" da mulher.

A alegria, a delicadeza e a feminilidade nos gestos, nas atitudes, nas palavras, por exemplo. Uma criatura alegre predispõe sempre os outros à simpatia, desde que não seja uma alegria ruidosa ou vulgar. A moça tristonha, desinteressada de tudo, de ar doentio ou entediado, aborrece sempre os homens. E eles fogem dela como de um castigo.

A feminilidade é outra qualidade positiva. Muitas mulheres modernas adotam atitudes masculinizadas, palavreado grosseiro, liberdade exagerada de linguagem ou de maneiras, e julgam que isso é bonito, que vão encantar os homens. Engano. Até hoje não conheci um só homem que não confessasse preferir a feminilidade a todas as demais virtudes da mulher.

Outro fator de sedução é a personalidade. Não a personalidade que se impõe aos gritos e com exigências, mas uma personalidade que forma ao lado da de seu companheiro, ajudando-o, incentivando-o, compreendendo-o. Nunca diminuí-lo, nunca recriminá-lo porque não é brilhante, não é rico ou atraente como outros que conhece. Uma personalidade formada de um pouco de vaidade, um pouco de coqueteria, um pouco de malícia risonha, um pouco de ternura, um pouco de abnegação. E muito, muito de feminilidade.

A cor do glamour

Tecnicamente, o preto é a inexistência. Mas, em termos de moda feminina, é a cor do momento, ultrapassando as outras todas em sedução e elegância. Deixando de ser agora uma prerrogativa do inverno, é a cor que será usada também neste verão, não de maneira clássica e discreta, mas para ser ultrachic e encabeçar as tendências da moda. Aliás, qual a mulher que não se sente atraída por ela? Tanto para as louras como para as morenas, é a cor do charme, da personalidade. Conforme sua aplicação, pode ser suave, ousada, marcante, pura ou violenta...

Mas, atenção! É uma cor que não suporta a mediocridade. Cuidado se sua pele estiver sem viço ou se você já ultrapassou os 40 anos. O preto exige uma maquilagem impecável, um aspecto "soigné", cabelos bem penteados. Madeixas caídas nos ombros e cabeleiras revoltas são um veneno para o preto. Se sua tez está perdendo o tom quente que lhe emprestou o sol, se você se sente "cinzenta", não hesite em, nesse momento de transição, recorrer a algum produto que lhe dê artificialmente uma pele dourada, ou faça sua maquilagem com uma base que iguale as manchas.

Suas sobrancelhas e pestanas devem estar impecavelmente escovadas e maquiladas. Escolha uma "sombra" clara ou mesmo prateada para as pálpebras, em harmonia com a tonalidade de seus olhos. E abandone o batom muito claro. Um batom vivo faz destacar melhor a cútis e o preto de um vestido. Um vermelho puxado para o azul assenta muito bem à sua pele cor de marfim. Se seus cabelos são ruivos ou de um louro avermelhado e a sua pele dourada, escolha um batom alaranjado, porém não muito.

Escusa dizer que mãos e unhas maltratadas enfeiam o preto, bem como luvas e bolsas manchadas. Mas isso, como nenhuma de vocês ignora, se aplica a todas as cores. Quando, porém, escolhe o preto – a cor mais nítida, mais impecável, mais sedutora, a mulher tem a obrigação de ser, mais do que nunca, nítida, impecável, sedutora.

Perfume, a mais antiga das armas

É arma, sim, mas daquelas que você precisa usar traiçoeiramente. Certo tipo de honestidade, em matéria de truques de sedução feminina, é contraproducente. Você não poderá, por exemplo, perfumar-se diante do "ser amado", porque, em vez de estar usando uma arma, estará apenas demonstrando como se usa...

Há desonestidade nesses cuidados estratégicos? Não, pois perfume é coisa que se anuncia por si mesmo: todos sentem que você se perfumou, e não há como desmenti-lo.

Não se trata, portanto, de esconder a realidade. Trata-se de cercá-la de um esquivo mistério. Perfumar-se diante de um homem seria, por assim dizer, como oferecer-lhe um vidro de perfume. E o que este tem de fazer por você é misturar-se de tal modo a você mesma que sua presença seja imaterial e se torne parte de sua personalidade.

E personalidade também é uma coisa sutil. Personalidade é aquilo que, embora indefinível, faz de você uma presença.

Cerque sua presença de um halo de perfume, e você estará se cercando de seu próprio mistério – você não estará mentindo, estará dizendo a verdade de um modo bonito.

E é por isso mesmo que, se você fizer do perfume mais do que um leve halo, estará apresentando o perfume, e não a si mesma.

O perfume deve anunciar a presença da mulher

O perfume que você usar deverá ser como uma emanação de sua personalidade. E não como os eflúvios de um perfume. (sic)

Usar um perfume que "dá certo" em sua amiga, mas que não se adapta a você, é como cumprimentar com chapéu alheio.

Quantidade? Você não é um frasco, é uma pessoa. Você é um anúncio de perfume? Você é apenas perfumada.

Não deixe seu perfume entrar numa sala muito antes que você mesma. O perfume deve envolvê-la, não precedê-la. Isto se chama usar um perfume discretamente.

O perfume acentua sua presença. Você gostaria de ser "acentuada" aos gritos? Muito perfume significa para o olfato o que a voz alta estridente significa para os ouvidos.

O mistério do perfume

Não aplique perfume na roupa. Você estragará ambos.

A roupa pode manchar. E o perfume termina por ficar muito cru e sem mistério.

O mais recomendado é passar o perfume na pele. Esta absorve-o, e o resultado é mais pessoal. Você ganhará um perfume que ninguém tem totalmente igual, pois nem todas têm sua pele, com seu odor próprio e com o seu grau de calor. Sua pele absorve o perfume e devolve-o com o acréscimo de você mesma. Daí em diante, o perfume não se chamará mais, digamos, "Me adorem, por favor", mas passará a se chamar "O me adorem, por favor, da Maria" – isto na suposição de que uma de vocês se chame Maria.

Entre passar perfume na roupa e na pele, há uma diferença mais ou menos comparável àquela que existe entre um vestido pendurado no cabide e usado no corpo.

Perfume e veneno

Talvez seu tipo combine com um perfume penetrante, envolvente. É, mas não dá certo usá-lo para um almoço ou jantar. Você "envenenará" a comida, e tirará a fome das pessoas ao seu lado. Depois de tal almoço ou jantar, haverá certa confusão: as pessoas pensarão que comeram um assado com cheiro de jasmim, digamos, ou que você tem um perfume engraçado de assado. Enfim, não dá mesmo certo.

Se seu tipo combina com perfume doce, a coisa não melhora muito. Maionese com perfume doce? Não vai mesmo.

O que usar, então? Um perfume bom mas que não "domina". Alguma coisa que de vez em quando "vem", de vez em quando "some". Talvez o mesmo perfume, penetrante ou doce, sirva muito bem: depende da quantidade aplicada.

Frascos

Prefira vidros pequenos, quando comprar perfumes. O conteúdo dos grandes evapora-se antes que você tenha tempo de usá-lo.

Não só se evapora. Mas se altera com o tempo. Torna-se às vezes de algum modo oleoso, pesado, e bem desagradável. Você usará o vidro pequeno completamente; mas o grande se perderá à toa.

Não guarde vidro de perfume em lugar exposto ao sol: a essência altera-se sob o calor.

Não guarde o vidro de perfume em lugar de muita luz: a claridade transforma o perfume.

Quando comprar perfume, não experimente muitos na mesma hora: seu nariz fará grande confusão, e você não saberá bem o que está comprando.

Como se perfumar

Uma gota atrás de cada orelha. Outra gota em cada pulso. Uma ou outra na nuca. Se quiser, outras duas no interior do cotovelo – e com esse estranho "interior de cotovelo" quero dizer nas dobras dos antebraços com os braços. Uma gotinha nas têmporas. E assim, a cada movimento seu também o perfume se movimenta.

De um modo geral, é preferível um perfume mais para seco do que para doce. A menos que seu tipo exija, pela sua doçura de índole e de intenções, uma essência realmente doce.

Na verdade, perfume é mesmo questão de gosto, e você está livre para escolher o que lhe agrada.

Mas não é só questão de gosto: é de ocasião também. Você nunca deve usar um perfume mais pesado, à base de almíscar, para fazer esporte, por exemplo, ou para um passeio ao ar livre. A languidez que tais perfumes comunicam tiraria o ânimo dos outros esportistas, ou dos que se propuseram a uma caminhada de quilômetros.

Qualidades para tornar a mulher mais sedutora

Os tempos modernos trouxeram a emancipação da mulher em quase todos os campos. Eis um grande bem. No entanto, muita confusão se faz em torno disto e o que se vê é que muitas representantes do sexo feminino entendem que ser emancipada e ter personalidade marcante é imitar os homens em todas as suas qualidades e seus defeitos. A agressividade, o hábito de tomar atitudes pouco distintas em público e muitas outras coisas vêm prejudicando a beleza da mulher e tirando-lhe o predicado que mais agrada aos homens: sua feminilidade. A faculdade de ser diferente dos homens em atitudes, palavras, mentalidade.

Temos em mãos uma lista de qualidades essenciais a uma mulher, que não só a fará encantadora, como, o que é mais importante, aumentará sua atração junto ao elemento masculino.

A mulher deve ser primeiro que tudo feminina. Deve ter a habilidade de se controlar a ponto de deixar que outras pessoas se tornem mais importantes que ela dentro do seu estrito meio de relações. Inteligência e senso comum devem ser duas qualidades imprescindíveis à mulher. A mulher deve possuir senso de humor e dignidade e deve saber resguardar sua individualidade. A única qualidade que a mulher não precisa ter é... lógica.

O que é "sex appeal"?

Não se analisa, não se copia; até mesmo a expressão é intraduzível para qualquer outra língua.

É a atração. Olhe bem para Brigitte Bardot, no cinema, nos retratos. Seu rosto, seu corpo estão muito longe dos cânones de beleza. No entanto, ela atrai extraordinariamente. E Marilyn Monroe? Se você a examina bem, vê seus defeitos físicos. Mas tudo o que ela faz, subjuga, fascina.

A questão é: pode-se conseguir "sex appeal"? pode-se adquirir o fluido magnético?

Que é que você acha?

A beleza explica o "sex appeal"?

A beleza não explica. Marilyn Monroe, por exemplo. Ela encarna o "sex appeal" no estado natural, aquele que não se pode adquirir. Do mesmo modo que, no passado, ninguém pôde igualar o poder de sedução que foi o apanágio de Eve Lavallière, de Mae West, ou de Marlene Dietrich.

Se você procurar imitar esse poder misterioso e inato, não conseguirá. O "sex appeal" não se transmite.

Você pergunta, então a mulher que não tem, por natureza, "sex appeal", está condenada a jamais experimentar o mistério de ser sedutora? Edwige Feuillére, a grande atriz francesa, acha que quem não tem, não tem – e acabou-se. Mas a famosa vedeta Line Renaud afirma: há dez anos eu não era nada, há dez anos que me aperfeiçoo, e veja o que sou hoje! Bem, hoje Line Renaud é o próprio "sex appeal"!

Descobrindo o próprio "sex appeal"

À s vezes basta um "nada" – e a descoberta foi feita. Há mulheres que, acentuando um mínimo detalhe, o transformam em arma de sedução.

Lembre-se: não é necessário uma transformação radical, pelo contrário. A modificação é quase invisível: trata-se às vezes do comprimento adequado da cabeleira, de uma nuca bem "acabada", de um "maquillage" mais sabido dos olhos, de um desenho mais generoso dos lábios – tudo depende da matéria--prima que é você mesma.

Uma mulher que anda curvada talvez se transforme toda quando aprender a andar melhor. Uma mulher que se veste de um modo impessoal talvez com um mínimo de coragem seja mais individual.

Do momento, aliás, em que você se convence de que você mesma é a sua própria matéria-prima, desse momento você já começou a ter um novo encanto...

Como ser atraente

P ara começo de conversa, você ficará realmente desnorteada se pensar que uma mulher atraente atrai todos os homens. Não creia que seu encanto possa sensibilizar indistintamente morenos e louros, esportivos e boêmios.

E, estabelecido que não adianta copiar o "sex appeal" de outras mulheres – e, sim, criar o próprio – o que você pode começar por fazer é examinar-se metodicamente. E descobrir as características que você deve e pode acentuar.

Faça a descoberta de si mesma – e aos poucos você descobrirá que é mais seguro e compensador valorizar-se, do que ser hoje um carbono manchado de Sophia Loren, e amanhã outro carbono manchado de Lollobrigida. Livre-se da "obsessão-vedete", e você encontrará o seu próprio caminho.

Sempre mulher através dos tempos

Mais pura que uma pintura – pela Idade Média a ideia de beleza mudou drasticamente.

Inspiradas pelo que o gentil-homem considerava perfeição, como lutaram para santificar seus encantos bem mortais!

O que faziam? Quase que arrancavam fora as sobrancelhas, o que lhes dava suavidade aos olhos. Raspavam a linha de nascimento dos cabelos, afastando-a bem – e o resultado era uma testa bem mais ampla, bem mais nobre.

E empoavam os rostos até conseguir a palidez que, na Renascença, ainda foi mais louvada.

Seja irresistível

"Ela não é bonita, mas..." É, mas é sedutora. A beleza apenas não interessa aos homens. E nas amizades, também não é a beleza que conta. O "sex appeal" interessa por pouco tempo, é fogo de palha. Mas a sedução prende. É coisa mágica:

envolve, mesmo que não se entenda de que modo. Talvez você não seja bonita. Não tem importância. Você pode ser irresistível sem ter beleza. Depende de você, em grande parte. Esta é a primeira aulinha. Talvez você pense que não aprendeu nada de positivo. Mas aprendeu, sim. Aprendeu que ser amada não depende de beleza.

Amor *versus* idade

Os especialistas no assunto afirmam que a mulher moderna prolongou por mais vinte anos o período mais rico de sua vida, o da sedução. E tudo isso afirmado com base biológica. Segundo as estatísticas, a longevidade humana foi consideravelmente aumentada: no século XVII, a maioria das pessoas morria pelos trinta e cinco anos, enquanto que atualmente a data fatídica gira em torno dos sessenta e cinco. Hoje a mulher de cinquenta anos não é mais velha do que a mulher de vinte e nove anos de 1830, ou de trinta e cinco anos em 1900.

Conselhos da médica Anna K. Daniels: "Interesse-se pelo que a rodeia. Uma vida psicologicamente pobre é uma vida que tem pouco contato com a dos outros. Uma vida rica e feliz atrai. Viva de um modo útil, prestando serviços. Não abandone suas atividades (ou o mais tarde possível). Se você se aposentar, que seja para ir ao encontro de alguma coisa e não para abandonar alguma coisa."

Convença-se de que, se as mulheres mudam, também os homens evoluem com a idade, nos desejos e nas exigências. O amor que eles reclamam se alimenta mais de compreensão, de presença. Deseja uma plenitude sentimental mais delicada, mais profunda. A dra. Daniels cita a fórmula de Saint-Exupéry: "Amar não é um olhar para o outro, mas os dois olharem na mesma direção."

Equilíbrio entre vivacidade e calma

Ninguém quer ser "mosca morta", nem parecer desenho de flor na parede. A gente quer estar viva, e transmitir vida. Mas isso não quer dizer que a gente se transforme numa "pilha de vivacidade". Por exemplo: ensine às suas mãos a ficarem imóveis quando estiverem desocupadas. O nervosismo é um dos grandes inimigos da sedução. Falar com a boca é muito mais eficiente do que falar com gestos. E, por falar em mãos, lembre-se de que unhas femininas não são garras afiadas. Mesmo que você tenha simbolicamente garras, disfarce. Também não pense que simplicidade é ter mãos de cozinheira. (Você hoje relembra que o equilíbrio é coisa tão rara que, por isso, nem toda mulher é sedutora.)

Elegância e beleza

Muitas são as mulheres que cuidam da pele, escovam os cabelos, vão a costureiras e preocupam-se em geral com a aparência. Pouquíssimas, no entanto, revelam qualquer inquietação quanto à linha da coluna vertebral. Falar na coluna vertebral a surpreende. No entanto, se você pensa em elegância e beleza, pense também que não há renda, veludo ou joia que disfarce uma posição má do corpo. Quem não sabe ficar de pé ou andar ou manter a cabeça, deveria meditar um pouco nisso. Não estou querendo que você aprenda a desfilar. Mas lembre-se de que a postura errada do corpo é fonte de mal-estar e, com o tempo, pode se tornar definitiva. Todos os órgãos ficam um pouco alterados e até no rosto isso se reflete. Lembre-se também de que "andando bem", a mulher infunde confiança, otimismo. E, certa de que uma silhueta quem quer ser jovem, fique arrumada, sem encurvamentos diminui anos na aparência (sic). Não há beleza que resista a uma figura aquebrantada e relaxada.

Para ajudar quem precisa de um corretivo de posição, eis alguns exercícios:

1 – Posição de partida – Calcanhares juntos. Eleve os braços retos até o nível da cabeça. Depois incline o torso, projetando os braços para adiante, cuidando em que as pernas se conservem tensas. Os braços e os ombros devem fazer uma linha horizontal perfeita.

2 – Conseguida essa posição, e repetida, tente uma variante: flexione uma perna para a frente e depois a outra, conservando a horizontalidade dos braços. Execute esses movimentos várias vezes.

3 – O terceiro exercício exige o ponto de partida do primeiro, com os braços dobrados e pregados ao corpo, os punhos à altura dos ombros. Incline o torso para a frente e para trás, em movimento elástico e sem rigidez.

4 – O quarto exercício é idêntico ao descrito, mas você o executa sentada no chão, com as pernas esticadas e bem juntas. A flexão do busto, naturalmente, é menos pronunciada.

Dosar os defeitos

Ser sedutora não consiste em não ter defeitos – mas dosá-los... O tédio – há coisa mais destruidora que isso? Quem resiste à caceteação de uma mulher, por mais bonitinha que seja? A pessoa deveria fazer de vez em quando uma revisão de si mesma: estou repetindo demais as mesmas histórias? Falo demais? Faço perguntas sem parar? Lamento-me demais? Estou me tornando dessas pessoas que grudam? Vivo pedindo desculpas? Todo o mundo tem disso um pouco, e são os defeitos comuns a todos os que nos irmanam... Mas cuidado com a dose. (Você hoje relembrou que você é perfeitamente aceitável com os possíveis defeitos que tem, mas não os deixe galopar: mantenha as rédeas nas mãos.)

O ouro... na arte e na vaidade

Houve pintores que, suprimindo a paisagem e a perspectiva de suas telas, apresentaram suas figuras sobre um fundo fortemente dourado. Buffon, o grande naturalista, somente escrevia com penas de ouro, como se estas fossem influenciar os seus pensamentos.

Já Madame de Montespan, que se tornou famosa pelo horror que tinha ao banho e às mais primárias regras de higiene, apresentou-se, certa vez, na corte de Luiz XIV, com um vestido que Mme. de Sevigné descreveu como "de ouro sobre ouro, rebordado de ouro, e por cima um ouro frisado, canutilhado de ouro, misturado com um certo ouro, que faz disso tudo o tecido mais divino que se possa imaginar". Para nós, hoje, isso parece ouro demais, mau gosto demais, exibicionismo demais. Preferimos antes um corpo bem lavado e perfumado envolto em simples algodão. Mas, enfim, aqueles eram outros tempos...

Ser feia...

Não existem mulheres feias. Não é uma afirmação leviana, digo-o baseada na experiência que adquiri sobre a arte de embelezar a mulher e atrair a atenção masculina. Com a variedade de cosméticos e artificialismo que os laboratórios atualmente criam para melhorar o que a natureza deu à mulher, só é feia quem quer. Não vou afirmar que qualquer uma poderá ter um rostinho de uma Elizabeth Taylor ou o corpo de uma Gina Lollobrigida, mas um bonito sorriso, uma pele macia, uns cabelos sedosos, uns olhos brilhantes, isso todas nós podemos obter. Com um pouco de trabalho, muito de perseverança e alguma inteligência. A mulher moderna já não depende apenas dos dons que a natureza houve por bem dar-lhe para ser atraente. Porque também o homem moderno já não vai à procura apenas de uma linda carinha ou de umas curvas mais ou menos harmoniosas. Claro que isso influi. Muito. Mas não é tudo. Cuidados com a própria aparência, uma palestra interessante, finura, feminilidade são dons que se podem adquirir facilmente e que fazem de uma mulher, sem nenhum dote físico especial, uma criatura atraente e até bonita. Portanto, se você, ao olhar-se ao espelho, não recebe de volta o reflexo de uma figurinha à la Marylin Monroe, não se entristeça. O mundo hoje é da mulher inteligente. A beleza também. E... consequentemente, o amor. Estude-se em detalhes, trate-se, e descubra nos olhos masculinos que a admirarem como o espelho também pode mentir-lhe.

Cultura geral em cores – I

Quase todo o mundo pinta a casa de branco porque não tem coragem de escolher outra cor. E veste-se com a cor que "calhar" porque não confia no próprio gosto.

Em primeiro lugar: você tem direito de gostar ou não de uma tonalidade e de usá-la em si ou em casa como lhe aprouver. Você é a dona de suas cores.

Por exemplo, você talvez não tenha notado que um pêssego tem mais gosto de pêssego quando comido na claridade: a cor ajuda o gosto.

Por exemplo: uma caixa pintada de azul-marinho parece mais pesada (e portanto mais difícil de se carregar) do que pintada de amarelo-claro.

Paredes pintadas em tons puxando para vermelho ou laranja dão sede. Você sabia? Se está sabendo mais do que antes, aqui termina a aula I do curso de culturinha geral específica.

Cultura geral em cores – II

As mulheres sempre dão um jeito de pôr um toque vermelho em alguma coisa.

Os homens gostam de azul. No ambiente de trabalho, o azul "esfria" a cabeça. A temperatura mental pode ser restaurada, até o seu ponto de eficiência normal, se o azul for equilibrado com cortinas alaranjadas ou almofadas alaranjadas.

O cinza reduz a emocionalidade. O amarelo, ao contrário, é cor que dá energia, deixa as pessoas mais "convivíveis", com mais faíscas mentais e emocionais.

Há técnicos que aconselham classes de aula pintadas de amarelo para as crianças retardadas.

O amarelo não é bom para o bebê dormir: deixa-o alerta demais.

Se você está sabendo mais do que antes, aqui termina a aula II do curso de culturinha geral específica.

Cultura geral em cores – III

O quarto pintado de azul acalma as pessoas. "Pessoas" inclui o bebê, que dormirá melhor.

Outra cor estimulante é o vermelho. (Na aulinha II falamos do amarelo.) Desperta o pulso, o cérebro, a fome. Já houve quem pintasse o vestiário de jogadores de futebol de vermelho para que eles não esmorecessem durante os intervalos de jogo.

Para uma sala de espera, o melhor mesmo é azul: fica-se menos impaciente.

Se você ficar à mesma distância de uma cadeira vermelha e de uma cadeira azul, a vermelha lhe parecerá mais próxima. Um chofer acha mais difícil passar à frente de um carro vermelho, amarelo ou creme do que um preto, azul ou verde.

Se você está sabendo mais do que antes, aqui termina a aula III do curso de culturinha geral específica.

Cultura geral em cores – IV

As cores também afetam os seres não humanos. Os mosquitos, por exemplo, gostam de preto, azul e vermelho. Odeiam apaixonadamente o alaranjado. As moscas acham o azul francamente repelente. Os açougues ficariam mais livres de moscas se pintassem portas e janelas de azul. No seu terraço, uma lâmpada alaranjada repelirá mosquitos.

As cores devem trabalhar para você. Poucas pessoas sabem como a preferência individual pelas cores tem importância numa casa. Um casal deve escolher junto a combinação de tonalidades. E, sobretudo, saber o que lhe agrada num lar. Se este representa o paraíso depois de um dia tenso de trabalho, as cores devem "combinar", e harmonizar-se. Cores contrastantes, no caso, não seriam aconselháveis: estimulantes demais. (Harmonizar, de um modo geral, significa usar vários tons da mesma cor, ou cores da mesma família.)

Se você está sabendo mais do que antes, aqui termina a aula IV do curso de culturinha geral específica.

As cores e o nosso estado de humor

Quase que se poderia dizer (acertando): "Ela estava triste, então pôs um vestido vermelho." Não se diz porque, em geral, quem está triste quer que os outros vejam claramente a tristeza em que se está, e escolhe roupas sombrias, cores mortas. Ou então deseja ser coerente consigo própria e veste o sentimento com a cor simbólica do sentimento.

Mas quem deseja combater a depressão faz o contrário. Da primeira vez que você se sentir deprimida, experimente dispor no aposento onde você permanece mais tempo alguma coisa vermelha: flores, quebra-luz, não importa o quê. Contanto que tenha um tom vibrante, rubro. É provável que você tenha vontade de sair da depressão com a fúria de um touro. (Se bem que dizem que os touros não distinguem cores, enfurecem-se com a provocação dos gestos do toureiro.)

E também há o caso em que, desde cedo de manhã, você "sente" que "tudo conspira contra você". Como, na realidade, nada conspira contra você (é raro o oposto), o mais provável é que você tenha acordado com o que se chama de humor de cachorro. Nesse caso, experimente rodear-se de verde ou azul, que são cores frias, frescas, serenas. Seu humor se adoçará.

Cores apropriadas

Existem cores que, embora muito bonitas e agradáveis ao olhar, são muito juvenis e não ficam bem na mulher que passou dos quarenta anos. Estampados com bichinhos, excesso de colorido, vermelhos muito vivos, amarelos, verdes espantados ou mesmo azul e rosa muito doces e muito "quinze anos".

Assim como uma adolescente deve evitar as cores tristes e escuras, a mulher, chegando à meia-idade, deve fugir do que é próprio da mocidade. Ambas ficam ridículas, agindo de outra forma.

Assim como as fazendas que lembram o arco-íris, com listas de todas as cores e os tons. Podem ser alegres, luminosas, mas só estão realmente bem nas mocinhas até os 15 anos.

Como para as modas, os penteados, o "maquillage", a idade deve influir também na escolha das fazendas. Os cetins brilhantes, os tafetás, devem ser usados com discrição.

Os estampados graúdos nunca ficam bem nas pessoas gordas. Além de aumentarem a silhueta, chamam a atenção sobre a pessoa e o excesso do seu peso. O ideal para as gordas é a tonalidade igual, mais para escura. Se gostar muito do estampado, deve escolhê-lo então dos menores e mais discretos. Já as magrinhas ficam muito bem de estampado, podendo abusar livremente dos padrões e das cores. Devem evitar, no entanto, as cores lisas em feitios juntos, pois isso afina ainda mais a silhueta. O preto e o azul-marinho são tonalidades que emagrecem. O branco, o creme, o amarelo, as linhas horizontais são indicadas para quem deseja alargar a figura.

O que seria do amarelo...

Um ditado antigo parece preocupar-se muito com o que aconteceria ao amarelo, se não fosse o gosto. Ou talvez o ditado fale diretamente em "mau gosto".

Tal ditado não poderia mesmo ser mais antigo. Há muito tempo não é mais necessário referir-se ao amarelo como o último refúgio dos que têm a liberdade de ter mau gosto...

Em primeiro lugar, amarelo é cor do sol, o que sempre facilita a gente gostar dele. Depois, amarelo, mesmo sem comparar com o sol, tem em si uma luminosidade que transmite brilho a quase todo tom de pele.

Sem falar no fato de que o amarelo ainda sofre das consequências desse antigo preconceito. E isso é até uma vantagem: foi desse modo que essa cor pôde se conservar meio original, não se tendo realmente vulgarizado.

E por falar em vulgar, há quem ache o amarelo um pouco vulgar. Pois com essa cor acontece algo curioso: só torna vulgar quem já o é, ou tem tendência nesse sentido.

Naturalmente não se trata de cor pacífica; apresenta seus perigos, e quase sempre no campo dos acessórios. Não é com tudo que o amarelo combina sem "gritar". Os acessórios têm que ser estudados, bem medidos, e decididos na base do "discreto". Como o amarelo é cor muito positiva, o que o acompanha "casará" melhor dentro da linha do entretom, ou do preto, ou do branco.

Depois existe ainda outro capítulo a analisar: é que há amarelos e há amarelos. Não é necessário usar aquele tom que parece existir para afugentar moscas. O amarelo tem suas delicadezas, seus modos de ser bem esquivos...

Se bem que... até o amarelo para afugentar moscas tem sua vez. Quer ver? Imagine-o numa saída curta de praia (não para essa temporada, é claro) em tecido grosso de lonita. Imaginou? Pois eu também, e gostei...

Cores e gostos

Gostos e cores não se discutem – mesmo porque o seu gosto em cores revela sua personalidade. A prova disso pode-se tirar com um teste bastante simples.

Faça uma lista de cores, 1-º as de sua preferência, em ordem decrescente; 2-º as de que não gosta, sempre em ordem decrescente; e em 3-º as que lhe são indiferentes. O sentido de suas escolhas poderá basear-se na seguinte relação:

AMARELO – Positivo: procura uma porta de saída para melhor expandir-se. Negativo: sua qualidade é a concentração. Indiferente: tende para a displicência e o egoísmo.

MARROM – Positivo: quer enraizar-se nas coisas simples da vida, fugir de inovações. Negativo: deseja singularizar-se. Indiferente: ama acima de tudo o conforto.

CINZA – Positivo: precisa cercar-se de afeição. Negativo: tem sede de ação e de novidades. Indiferente: é inconstante.

VIOLETA – Positivo: uma natureza reservada, temerosa. Negativo: tendência a adotar atitudes impessoais. Indiferente: reage com vigor contra interferências.

VERDE – Positivo: não é influenciável. Negativo: tem a necessidade incessante de libertar-se. Indiferente: não teme a solidão.

PRETO – Positivo: seu desejo é absoluto e afasta tudo mais. Negativo: só tem confiança no que faz. Indiferente: nunca renuncia às suas ambições.

VERMELHO – Positivo: quer sempre conquistar. Negativo: é inabalável em suas resoluções. Indiferente: abafa seus impulsos.

AZUL – Positivo: ama o repouso, a segurança. Negativo: tendência à astúcia. Indiferente: uma natureza suave.

Procure combinar o sentido das diferentes cores de acordo com o significado que tenham para você, e conseguirá assim um quadro em tecnicolor da sua personalidade – não se esquecendo, porém, que, para cada cor, são muitas as nuances...

A atitude geral

Um andar que encanta depende de você. É preciso saber manter o pescoço harmoniosamente sobre as espáduas, e a cabeça harmoniosamente sobre o pescoço. Isto não faz parte do andar? É o que você pensa... Pois isto também é o andar. Evite o nariz no ar, como se estivesse procurando sinal de chuva. Evite o nariz para o chão, como se tivesse perdido dinheiro e coragem. E seus sapatos? Pouco importa o preço que custaram. Se estão apertando, seu rosto se crispa, seu humor azeda, o andar fica lamentável, e toda você fica com ar de sapato. Não ande como soldado: viver não é desafiar o mundo, nem cumprir dever. Mas há quem pense que ser feminina é andar como passarinho. Andar de passarinho só interessa a outro passarinho. E, por favor, não "rebole". Ser feminina em doses maciças é pretender sedução por atacado. Sedução é sutileza. (O que você relembra hoje é que lhe é permitido ser o que você é: naturalmente sedutora, sem precisar ser agressiva.)

Mãos... detalhe da beleza

À s vezes, encontramos mulheres bonitas, bem-vestidas, bem cuidadas, que apresentam, no entanto, esta falha grave na sua elegância: mãos feias. As massagens com um creme especial, o esmalte sempre correto, de tonalidade que combine com a cor da pele, gestos harmoniosos e a escolha acertada de joias, que harmonizem com o seu formato, podem tornar bonitas essas mãos.

Estude com a manicure o corte de unhas que lhe fique melhor, de acordo com o formato e o comprimento dos dedos. As unhas não devem ser nem rentes nem excessivamente longas. Nas mãos morenas ficam bem os esmaltes escuros, que ajudam a clareá-las.

Não use joias em excesso, principalmente se as mãos não estão impecáveis. Ao escolher um anel, tenha em mente que as cores pálidas ficam melhor em mãos avermelhadas, e vice-versa. Se você possui mãos pequenas, não use anéis com pedras exageradas, pois estas só ficam bem nas mãos grandes, de dedos longos.

Acostume-se a usar um creme apropriado, diariamente, a fim de clarear e amaciar a pele das mãos. Faça massagens nos dedos, descendo pelas palmas, como se estivesse calçando luvas. E, por falar em luvas, se você tem de fazer certos serviços de casa, como lavar, cozinhar etc., não o faça sem luvas, pois o calor, a água quente e a potassa, que os sabões de cozinha geralmente contêm, avermelham, irritam e estragam as mãos.

Estude os gestos, procurando torná-los harmoniosos, delicados. Dão uma péssima impressão as mãos irrequietas, de gestos nervosos e duros. Nunca se esqueça de que as mãos denunciam, muito mais que os olhos, o seu estado de alma e o seu temperamento. Procure controlá-las. Os homens apreciam sempre as mãos delicadas e claras de uma mulher. Inúmeros sonetos têm sido feitos para elas e é preciso, portanto, não descuidar desse detalhe, que é importantíssimo para a sua beleza.

O gesto

Se você acha que tem capacidade de ser boa atriz (com o que quero dizer também "discreta"), então use os gestos para maior sedução.

Se você acha que é capaz de ser natural, dentro da arte dos gestos, aperfeiçoe os seus.

Mas se você sente que ter gestos harmoniosos é "fingir", então nem leia esta aulinha. Pois é preferível sentir-se à vontade do que ter a impressão de que está num palco.

Gestos comunicam tanto quanto a palavra, e às vezes muito mais. Mas nem sempre devem substituí-la: quem tenta substituir demais a palavra pelo gesto termina gesticulando, o que é completamente diferente.

Você quer saber o que chamo de gesto? Pois bem: até o olhar é um gesto.

E quer saber até que ponto o movimento representa você mesma? Pois lembre-se de que é quase impossível ter gestos suaves quando a alma está rígida.

Mulher botão de rosa

Pois no século XVIII, caíram artificialismos, perucas, mulheres fatais.

Surgiu o ideal da mulher botão de rosa. Na palidez de um rosto, os lábios eram mal e mal rosados, se rosados eram. Os cabelos enrolavam-se em longos cachos. Era o estilo da era vitoriana: a simplicidade virginal.

E as coisas iam tão bem, aparentemente, que um otimista da época fez comentário: "Parece-me impossível que o 'rouge' volte jamais às faces de um rosto feminino."

O comentarista não sabia o que é moda. Não lhe ocorrera que as mulheres se haviam tornado tão "virginais" porque este era o ideal moral e convencional dos homens. Que, evidentemente, mudaram em seguida.

Sedução... da limpeza

Rosto fresco é rosto limpo. "Meio limpo" é um problema: a dona do rosto julga-se desobrigada, o rosto não está sujo mesmo, e no entanto fica meio embaciado, meio turvo, meio... sujo. Tudo isso vem do invisível depósito de poeira, base, pó, rouge, e da pressa em retirar o maquillage.

Mas não é só isso: passar pó de arroz com esponja que já precisava ser lavada há três dias é como passar pó de arroz com pó de poeira.

Escova de cabelo que não está limpa empana o brilho dos cabelos, e faz com que se precise lavá-los com maior frequência.

As roupas

Quem sofre mais com as roupas que usa? Os homens ou as mulheres? Uma mulher não pode andar direito de salto alto. Um professor de educação física chegou mesmo a dizer que os sapatos apertados que elas usam prejudicam muito os músculos. Tente, porém, uma mulher sair de casa com seu vestido melhor e de sapatos de salto baixo!

As roupas masculinas também são bastante incômodas: colarinhos apertados, mangas compridas, ternos quentes demais. Alguns deles ainda usam certas roupas mais formais. O almirante Dewey usou um colete durante a batalha de Manila. De qualquer modo, as mulheres ainda sofrem mais do que os homens.

No tempo de Shakespeare, algumas mulheres tinham a cintura tão fina quanto a perna de um bezerro e isso devido aos coletes apertadíssimos que usavam. No começo desse século, estabeleceu-se mesmo uma questão médica a esse respeito, e os coletes foram abandonados. No entanto, ainda são gastos milhões, anualmente, com cintas e outras coisas que elas usam para controlar a natureza, como dizem.

Talvez consigam mesmo controlá-la, mas dificilmente a vencerão. A maioria das mulheres quando usa shorts ou *slacks* consegue aumentar seus encantos, mas nunca melhorá-los.

Definindo o flerte

Todo mundo sabe o que é o flerte e ninguém consegue encontrar uma definição precisa pelo simples motivo de que não existe nada mais impreciso do que o flerte. Isso, porque não se trata de um sentimento partido do coração como o amor ou a amizade ou mesmo a ternura.

Frequentemente, ouve-se uma garota dizer: "Gosto dele para flertar, mas não o quero para namorado firme, e muito menos para marido."

A frase pode ser traduzida como: "É um homem para um passatempo agradável, mas não o desejo para todos os instantes de minha vida. Gostamos de dançar juntos, ouvir discos juntos e, quando há dinheiro, fazer passeios de automóvel ou passar algumas horas da noite numa boate, mas não é o companheiro a que aspiro."

Na verdade, o flerte, para uma jovem solteira, é uma espécie de teste para o futuro, uma ficha de controle. Uma moça, mesmo quando assume ares de segurança, sempre se sente um pouco inquieta com relação ao seu sucesso junto ao chamado sexo forte. E o flerte é o meio de pôr à prova o seu charme e, ao mesmo tempo, conhecer melhor os homens, julgá-los, descobrir o que cada um pensa das mulheres em geral e dela em particular...

Há também as casadas que flertam e é comum alegarem que agem assim para estimular os sentimentos do marido, que não lhes parece tão solícito. Uma pequena dose de ciúme é sempre salutar, dizem elas... e talvez tenham razão.

Ah, se os maridos compreendessem que, pelo fato de ser casada, uma mulher não se transforma em estátua de pedra, que é natural que goste de ser cortejada e que se outro homem nota que ela é bonita e lhe diz isso, se repara nas suas mudanças de penteado ou num vestido novo – é natural também que ela preste ouvidos a quem lhe incute uma confiança em si mesma que o seu marido se esquece de alimentar.

Mas talvez os maridos, depois de ler o que se disse acima, passem a ser mais atentos e a flertar, eles próprios, com as suas esposas!

A sedução do olhar

Pois as mulheres do antigo Egito anteciparam por dois mil anos a mulher de hoje, em matéria de olhos. Também elas se concentravam na sedução do olhar, usando uma substância negra chamada "kohl", para alongar as sobrancelhas e escurecer os cílios.

Também naquela época já usavam sombra verde nas pálpebras: e isto não é invenção nossa, foi provado.

E peruca? Pois usavam perucas negras para conseguir o "estilo sensual do Nilo".

Vitamina A e os olhos

Para se ter um bonito olhar, é preciso ter bons olhos. É preciso que os olhos sejam sadios, e a vitamina A é a vitamina da boa visão. É aquela que combate a chamada "cegueira noturna" – o que a gente sente quando entra no escuro no cinema e fica aflita por não distinguir coisa alguma. A vitamina A é, também, a que empresta maior brilho ao olhar. Você a encontra (a vitamina) no leite e nos derivados, e nos legumes, sobretudo na cenoura. A cenoura crua, ralada – eis a salada para seus olhos.

E, falando ainda em vitamina, a B2 desempenha papel muito importante na beleza do olhar. Encontra-se no fígado, no leite, nos ovos, no espinafre, nas ervilhas verdes.

Não existe beleza em olhos adoentados.

Cursinho de emergência

E quando você recebeu um convite à última hora, depois de ter passado um dia exaustivo? Você se olha ao espelho e vê o que lhe parece irremediável: um olhar sem brilho. Não se assuste, não vou sugerir que você pinte brilho dentro dos olhos, brilho é coisa que vem mesmo de dentro.

Não há remédio, então? Há, sim. Quando a falta de brilho vem do cansaço, recupere-o (ao brilho) relaxando os músculos tensos do corpo. Como? Assim: dobre o corpo para a frente, pela cintura, e deixe a cabeça, o pescoço e os braços literalmente pender, bem frouxos, bem moles. Passado um momento, ponha-se de novo ereta, e estique-se para o alto, com os braços erguidos, o mais que possa. Não bruscamente: mas com toda a intenção de espreguiçar-se até a última ponta de você mesma. Repita tudo de novo, algumas vezes.

Outra coisa que à última hora tira o cansaço do rosto e dá vivacidade aos olhos: massageie os lóbulos das orelhas ou o alto das mesmas. Até elas ficarem vermelhas. Não se trata de mágica: este é um modo seguro de dar ao rosto e pescoço um banho de circulação. Depois dessa prática, até se pensa melhor: o despertar é completo.

Mais dicas de emergência

Você tem que sair e vê que mal dá tempo para tudo o que teria de fazer em prol de "sair bela" – pois só parece dar tempo para o banho!

Então faça desse banho o seu tratamento de beleza, como quem mata dois coelhos com uma só cajadada.

Por exemplo, suponhamos que você esteja agitada depois de um dia cansativo, e queira reassumir seu aspecto repousado e tranquilo. Tome então um banho de imersão com água bastante esperta, onde você terá dissolvido dois punhados de sal grosso. Dez minutos apenas (não mais) e você se sentirá outra – ou melhor, voltará a ser você mesma. Ou então, em vez do sal, algumas gotas de óleo de pinho na água.

Se você está precisando de um estimulante, o chuveiro bem quente ou bem frio a acordará realmente. (Água morna adormece.)

E se você se sente estimulada quando sabe que está bem tratada? Então tome um banho amaciador, desses de onde você sai "criatura de luxo". Antes: cosa um saquinho onde estarão umas cinco colheres de sopa de farinha de aveia. Em seguida: mergulhe o saquinho na banheira cheia. Depois: mergulhe-se na banheira. Em seguida: friccione a pele com o próprio saquinho. Resultado: pele clara, fina, aveludada, sensação de conforto e luxo que se refletirá em seu rosto, em suas atitudes. Você sabe que tomou um banho de beleza – e sente-se bela. Sentir-se bonita é um dos meios mais eficazes de ser bonita.

Cursinho de perguntas

(Saber que se está "correta" dá confiança em si mesma, e ajuda muito a ter uma "pose" natural que faz parte da mulher naturalmente sedutora. Esta é uma aulinha de perguntas. Você aprenderá com as próprias respostas.)

– Quantas unhas com verniz descascando você considera número suficiente para renovar o verniz de todas?

– Apesar de não ser realmente um crime, que é que você acha de usar sapatos com o calcanhar torto? (Em tempo: calcanhar do sapato.)

– E que é que você acha de sapato com o couro "arrepiado", quando a graxa resolveria o problema?

– Você acha que não tem a menor importância usar o vestido do dia anterior, sem tê-lo arejado?

– Você se sente bem quando encontra inesperadamente uma pessoa na rua, e então nota que está (você) com o vestido bem amarrotadinho?

– Você acha que unhas imaculadas são apenas um luxo?

– Você acha que se a anágua custou caro não faz mal ficar aparecendo além da bainha do vestido?

– Você pensa que dá no mesmo coser a alça partida ou prendê-la com um alfinete de fralda?

Cursinho sobre cabelos

O que é um cabelo? Talvez você responda que "é claro que um cabelo é um cabelo" – e, é claro, você tem razão. Ou talvez você responda: "Quero saber cuidar de meus cabelos e não saber o que eles são." Bem, mas acontece que saber alguma coisa sobre você mesma – e você também é seus cabelos – sempre informa alguma coisa sobre o material de que você é feita, o que por sua vez esclarece sobre o modo de você lidar com você mesma. Bem, o cabelo é um elemento anexo à pele, sua parte visível é a que você conhece, constituída por células mortas. A parte invisível, a da raiz, implanta-se no folículo, e é formada de células vivas. A química do cabelo, vejamos. O cabelo é feito de queratina (como as unhas, por exemplo, e as penas e os chifres). Nesta matéria incluem-se carbono, hidrogênio, oxigênio, azoto, enxofre. As partes do cabelo que contêm enxofre são as mais vulneráveis e descolorantes, alcalinos, permanentes etc.

Depois da festa

Há uma coisa em geral um pouco triste: chama-se de "depois da festa". É meio triste porque faz uma diferença enorme. E a diferença, em geral, é causada por você mesma, pela falta do que se chama "savoir vivre" (a tradução literal é "saber viver"; a tradução nossa mesmo é "saber dar um jeitinho").

O jeitinho a dar consiste em não parar subitamente de ser sedutora só porque a festa acabou. Quer dizer: o dia seguinte não deve ser como um "soufflé" que murchou. Você se preparou toda para uma grande noite, usou todos os processos de sedução ao seu alcance – e acha que depois pode parecer um espantalho maldormido, de cabelos duros de laquê, restos de pintura no rosto – enfim, o desmazelo instalado. Não quero dizer que você deve, no dia seguinte, manter-se ainda em atitude de baile. Mas seu rosto deve estar fresco, sua roupa esporte bem agradável, seus gestos suaves. O dia seguinte vale muito.

Malicioso detalhe

Pois monumento na cabeça já foi lindo. Isso aconteceu no período de extravagância que precedeu a Revolução Francesa. Oh, a grande explosão na cabeleira. E podemos vos garantir que, se era moda, era uma beleza.

As aspirantes à graça usavam perucas que atingiam a monumentalidade de paisagens marinhas.

Não era só o monumento o que valia. O malicioso detalhe tinha sua vez também. O "sinal de beleza" era colado com amor perto dos lábios – e então se chamava "Coquette". O mesmo sinalzinho negro, quando perto da asa do nariz, recebia o nome de "Perverso". E se era colado no canto do olho chamava-se "Apaixonado".

Com jeito de ar adocicado

Pelos arredores de 1940, os rigores da guerra talvez tenham "pedido" que o rosto feminino fosse menos "planejado", e a mulher tivesse aparência mais suave. O que os americanos chamam de "girl next door" (a moça que mora ao lado) tornara-se o ideal. Queria-se que a moça fosse muito atraente, mas, ao mesmo tempo, representando uma imagem familiar, o que repousava.

Então Betty Grable era a "pin-up" de sucesso, e seu retrato fazia bater de saudade o coração dos soldados.

E as outras moças, é claro, aproximavam-se do tipo Betty Grable. Cabelos longos, por exemplo, apenas encimados por um discreto "pompadour", eram a marca essencial da beleza. Copiava-se também a maquilagem moderada da Grable, o contorno de seus lábios.

E todas tinham o ar adocicado – que hoje consideraríamos ligeiramente enjoativo.

Entre mulheres

Baú de mascate

As leitoras devem conhecer de vista ou de ouvido um "Baú de mascate", a pequena loja ambulante, que tanto serviu as nossas avós, isoladas do mundo nas casas-grandes de fazenda como nas casas de sapé, à beira da estrada. E que ainda serve a legião de mulheres que se esconde por esse mataréu afora do nosso interior e só pode chegar ao povoado mais perto no tradicional lombo de burro, porque as picadas estreitas não dão passagem ao automóvel – o estranho bicho de "pé redondo" e olho aceso de lobisomem. Mulheres que, talvez, ainda nem saibam direito o nome desse novo pássaro prateado, que brilha ao sol e não canta, ronca, ronca um ronco surdo que desce, quebrando o silêncio das suas choças. Aqui, do asfalto, com toda a espécie de bazar à nossa volta, com as lojas sortidas de tudo, a cada canto: com magazines de luxo, que atordoam a gente com as suas luzes e as suas belezas, oferecendo, aos que têm a bolsa recheada, as coisas mais lindas e ricas que saíram da cabeça dos joalheiros e costureiros do Rue de la Paix e St. Honoré; com os Institutos de Beleza que se multiplicam dia a dia e vendem, diluída em ampolas, até cara de boneca de porcelana, tirada de embrião de pinto, cabelo líquido em qualquer cor, cútis em pasta e em pó, no tom que a freguesa escolher, toda a sorte de cremes e loções, no centro de um tal paraíso é difícil às mulheres imaginarem a existência de sítios em que o mascate e o seu baú são esperados com a ansiedade com que se esperava o Messias. Mas quem já correu chão e ainda, de vez em quando, come poeira por esse sertão bravo do Brasil sabe que existem e sabe que o mascate é também pioneiro, desbravador de mato, que leva, dentro do seu baú, princípios de civilização, rudimentos de higiene a lugares onde dificilmente poderiam chegar por outro meio. A figura anônima do mascate de baú nunca foi suficientemente lembrada pelos homens que escreveram sobre a nossa vida, pelos que têm amor às nossas coisas. Nunca se prestou ao mascate a mais humilde homenagem. E bem que o merecia. Porque ele carrega também um pouco de alegria entre as suas bugigangas, alegria ingênua para a sua numerosa freguesia feminina. Quando o mascate chega é um alvoroço na redondeza. Alguém ouviu o péc-péc-péc do instrumento com que ele se anuncia, a notícia corre de boca em boca, o mulherio acode e faz o cerco ao baú. Baú milagroso que tem de tudo um pouco. Pente grosso de pentear, pente fino de limpar a cabeça, pentinho de enfeite com pedrinha que brilha, fivela ou passadeira, grampo de todo o feitio e tamanho, brilhantina que deixa o cabelo "alumiando que é lindeza", água de cheiro, pó de arroz alvo que nem farinha, caixinhas de carmim que dão cor de saúde, peças de renda, cadarço, barbatana, colchete, agulha, linha, botão de ceroula, de madrepérola e de vidro em todas as cores, alfinetinho de cabeça, pregadeira, chinelo, meia de seda e algodão, remédio de curar dor de dente e de botar no ouvido de criança, óleo de Sta. Maria para dar cabo das bichas, garrafinhas de óleo de rícino, que tanto serve pro cabelo como de purgante na hora do aperto, meu Deus, o que é que não sai do baú de mascate! Os olhos das caboclas brilham de alegria. "Que buniteza!" É um colar de conta vermelha que vai "dá hora" no pescoço da Rosenda. "Espia só comadre Cotinha, não dá gosto de se vê?" São o colorido das fitas que esvoaçam na mão encardida e grossa de Nhá Bé. "E isto pr'a mode u que tem serventia?" E o mascate paciente explica o uso da escova de dente e do "soutien" de pano forte, que modela o busto. Se o arraial é grande, o mascate esvazia o baú, porque só daí a dois ou três meses estará de volta, no seu constante giro pelo mundo. E a vaidade das mulheres, que é a mesma na grã-fina ou na caipira, não pode esperar tanto tempo. Lá se vai o mascate. Alegre, porque deixou alegre a clientela e já não lhe pesa o baú nas costas. É assim o mascate: um homem simples, cheio de paciência, misto de andarilho e negociante humilde. Assim é o seu baú: tem de tudo um pouco para a sua numerosa freguesia, toda ela quase que só de mulheres. Cremos, leitoras amigas, estar explicada a razão, a existência e – se Deus quiser e os diretores de *O Comício* também – a permanência do "Baú de mascate" na nossa despretensiosa seção.

Um dia cheio

Será que alguém não sabe o que é um saguim? É um macaco mínimo, à primeira vista tão pequeno como um rato, e da mesma cor. Foi por isso que a mulher, depois de se sentar no bonde e de lançar uma tranquila vista de proprietária pelos bancos, engoliu um grito: ao seu lado, na mão de um homem gordo, estava aquilo que parecia um rato inquieto e que na verdade era um vivíssimo saguim. Os primeiros momentos da mulher *versus* saguim foram gastos em convencer-se de que não se tratava de um rato disfarçado. Depois começaram momentos deliciosos: a observação do bichinho. O bonde inteiro, aliás, estava ocupado com ele. Mas era privilégio da mulher estar bem ao lado do mico. E foi com o prazer mais engraçado que ela reparou na minimeza que é uma língua de saguim. Parecia um risco de lápis vermelho que tivesse dado um pulo para fora do papel. Havia os dentes também: quase que se podia jurar que havia cerca de milhares de dentes, cada lasquinha menor que outra, e mais branca. O saguim não fechou a boca um minuto. Os olhos eram redondos, meio hipertiróidicos, combinando com um ligeiro prognatismo; tudo isso não lhe dava um ar propriamente impudico, mas uma carinha meio oferecida de menino de rua, desses que estão resfriados e chupam bala fazendo barulho e fungando o nariz. O saguim literalmente não parou um segundo. Quando deu um pulo no colo da senhora, esta conteve um ridículo "frisson", não por nojo, bem, talvez por nojo. Passou logo a repugnância, mesmo porque os passageiros olharam-na com simpatia e ela se sentia uma favorita. Não o acariciou porque também já seria exagero, e nem ele sofria à míngua de carinho. Na verdade o seu dono, o homem gordo, tinha por ele um desses amores sólidos e severos, de pai para filho, mistura de orgulho e sentimentos mais ternos. O homem era desses que, sem parecer, têm coração de ouro. Melhor dono nenhum saguim teve. O mico era o seu cachorro, só que cachorro é que olha para o dono com olhar tão amoroso, e, no caso, era o dono que olhava o cachorro com fidelidade.

O saguim comeu um biscoitinho. O saguim coçou rapidamente a redonda orelha com a perninha de trás. O saguim guinchava. O saguim pendurou-se na balaustrada do bonde, despertando as caras mais indiferentes que passavam nos bondes opostos; depois roeu o dedo do dono; o saguim tinha rabo maior que ele próprio. Ao lado da senhora, uma outra senhora contou à outra senhora que uma vez teve um gato que era uma beleza.

Foi nesse ambiente feliz de família que um caminhão enorme quis cortar a frente do bonde e, num estouro, arrancou-lhe parte do lado, quase virando-o. Todos saltaram depressa. A senhora, atrasada, com hora marcada no médico, tomou um táxi. Só então lembrou-se do saguim. E lamentou que, em dias tão vazios de acontecimentos, as coisas se distribuíssem tão mal que o aparecimento do saguim e um desastre tivessem que suceder na mesma hora. "Aposto", pensou a senhora, "que nada mais acontecerá durante muito tempo, aposto que agora vai entrar o tempo das vacas magras." Mas nesse mesmo dia aconteceram outras coisas.

Lar, engenharia de mulher

A notícia curtinha veio em forma de anedota e não descrevia o tipo do homem, o que é um mal. O leitor gosta de ver o personagem e dá menos trabalho quando a fotografia já vem revelada. Negativo é sempre negativo. Em todo o caso, devia ser mais pra baixo do que pra alto, menos magro do que gordo, mais necessitado de um preparado à base de petróleo do que de uma boa escova de nylon, para cabelo. É assim que a gente imagina os homens de bom coração e devia ter um de manteiga o que passou a mão pela cabeça arrepiadinha de cachos da menina e falou com bondade:

– Que pena vocês não terem um lar!

– Lar nós temos, o que não temos é uma casa pra botar o lar dentro – respondeu a pequena, que tinha cinco anos e morava com o pai, a mãe e mais dois irmãozinhos num apertadíssimo quarto de hotel. Naturalmente, espantada com a ignorância do amigo barbado. E sem saber a felicidade que tinha, sem saber que era dona dessa coisa maravilhosa, que vai desaparecendo nesta época ultracivilizada de discos voadores corvejando por cima da cabeça dos homens. Dá até pra desconfiar que são os homens que não têm lar, que inventam essas geringonças complicadas. Porque o lar é tão gostoso, tão bom, que quem tem um não deve ter lá muita vontade de andar atolado em ferro, em metais, em ácidos corrosivos, fervendo os miolos em altas matemáticas numa fábrica ou num laboratório. O que muitos têm é casa – e são os felizardos, já que a maioria não tem uma coisa nem outra – mas uma casa tão vazia de lar, como a lata de biscoitos, depois que as crianças avançaram em cima dela no café da manhã. Casa é difícil, mas ainda se pode arranjar: quem compra bilhete pode ver chegado o seu dia: o funcionário público dorme na fila de uma autarquia e o bancário vai alimentando a esperança de cair nas graças do patrão e numa tabela Price a juros de 7%. Mas lar, lar mesmo, só com muita sorte. Até porque ninguém tem fórmula de "lar". A rigor, não se sabe bem o que é que faz o lar. Sabe-se que ele pode ser feito, muitas vezes desfeito e, algumas, também refeito. É uma coisa parecida com eletricidade; não se entende a sua origem, mas se faltar a luz dentro de casa todo o mundo sabe que está no escuro. Então lar é isso. É aquilo que a garotinha de cinco anos sentiu com tanta força e que nós todos sabemos quando ele está presente, como sabemos quando houve desarranjo sério nas turbinas ou simples curto-circuito num fusível qualquer.

Há pessoas práticas e previdentes que costumam ter uma espécie de lar em conserva; num canto de armário, ao lado de outras coisas enlatadas e que é, com estas, servido às visitas esperadas. Mas a gente percebe logo a diferença daquele outro que tem, como o palmito fresco, o sabor de substância simples e natural. Parece que ficou estabelecido, nos princípios da criação, que o homem faria a casa, para dar um lar à mulher. E que a mulher construiria o lar, para dar casa e lar ao homem. Sim, porque o homem tinha de levar vantagem, não podia ser por menos. Pois então é isso: casa é arquitetura de homem e lar, essa coisa simples e complexa, evidente e misteriosa, que depende de tudo e não depende de nada, essa coisa sutil, fluídica, envolvente é simplesmente engenharia de mulher.

Coisas antigas

Que lindas são as coisas antigas que se tornaram opacas e amarelecidas porque sobre elas passou a vida, porque crescemos e vivemos tocando-as, fixando na retina as suas formas, fazendo-as participar dos nossos segredos, da primeira carta de amor, do primeiro beijo, dos sonhos de felicidade. Foram sonhos que nos fizeram cerrar os olhos para abri-los depois em frente à velha cômoda, à mesa antiquada ou à poltrona desbotada que, durante várias décadas, nos farão recordar a esperança perdida ou realizada, a alegria e o sofrimento nascidos junto àqueles velhos móveis e objetos.

Nada há, por mais belo, elegante ou moderno, que nos dê esta sensação de mútua e muda compreensão, de solidariedade mesmo, que os móveis e objetos antigos sabem nos transmitir.

Que tremenda traição cometemos quando substituímos alguma dessas coisas por outra nova e luzidia, que levará ainda vários anos até adquirir a alma que lhe transmitiremos!

A irmã de Shakespeare

Uma escritora inglesa – Virginia Woolf – querendo provar que mulher nenhuma, na época de Shakespeare, poderia ter escrito as peças de Shakespeare, inventou, para este último, uma irmã que se chamaria Judith. Judith teria o mesmo gênio que seu irmãozinho William, a mesma vocação. Na verdade, seria um outro Shakespeare, só que, por gentil fatalidade da natureza, usaria saias.

Antes, em poucas palavras, V. Woolf descreveu a vida do próprio Shakespeare: frequentara escolas, estudara em latim Ovídio, Virgílio, Horácio, além de todos os outros princípios de cultura; em menino, caçara coelhos, perambulara pelas vizinhanças, espiara bem o que queria espiar, armazenando infância; como rapazinho, foi obrigado a casar um pouco apressado; essa ligeira leviandade deu-lhe vontade de escapar – e ei-lo a caminho de Londres, em busca da sorte. Como tem sido bastante provado, ele tinha gosto por teatro. Começou por empregar-se como "olheiro" de cavalos, na porta de um teatro, depois imiscuiu-se entre os atores, conseguiu ser um deles, frequentou o mundo, aguçou suas palavras em contato com as ruas e o povo, teve acesso ao palácio da rainha, terminou sendo Shakespeare.

E Judith? Bem, Judith não seria mandada para a escola. E ninguém lê em latim sem ao menos saber as declinações. Às vezes, como tinha tanto desejo de aprender, pegava nos livros do irmão. Os pais intervinham: mandavam-na cerzir meias ou vigiar o assado. Não por maldade: adoravam-na e queriam que ela se tornasse uma verdadeira mulher. Chegou a época de casar. Ela não queria, sonhava com outros mundos. Apanhou do pai, viu as lágrimas da mãe. Em luta com tudo, mas com o mesmo ímpeto do irmão, arrumou uma trouxa e fugiu para Londres. Também Judith gostava de teatro. Parou na porta de um, disse que queria trabalhar com os artistas – foi uma risada geral, todos imaginaram logo outra coisa. Como poderia arranjar comida? nem podia ficar andando pelas ruas. Alguém, um homem, teve pena dela. Em breve, ela esperava um filho. Até que, numa noite de inverno, ela se matou. "Quem", diz Virginia Woolf, "poderá calcular o calor e a violência de um coração de poeta quando preso no corpo de uma mulher?"

E assim acaba a história que não existiu.

A latitude da moralidade

A mulher maometana, se acaso se deixa surpreender por um estranho, mesmo quando sumariamente vestida, o seu primeiro gesto é cobrir o rosto e não o corpo. Achamos isso estranho, embora o gesto dela seja consistente com o nosso hábito de usar uma máscara no Carnaval, quando nos parece oportuna a proteção do anonimato. O véu que as muçulmanas usam em público é a exaltação desse mesmo desejo de encobrir a personalidade, e ainda que as suas motivações sejam diferentes das de um folião.

Há não muito tempo, em Damasco, uma turba enfurecida, atirando pedras e disparando tiros, forçou a entrada de um teatro onde se exibia uma companhia francesa, em protesto contra o rosto – e não o corpo – despido das atrizes. Da mesma forma, em fins do século passado, por ocasião de um baile de máscaras em Nova York, os convivas foram apedrejados exatamente pelo motivo oposto. E ao recorrerem à polícia, essa os advertiu de que não tinham direito à sua proteção, pois estavam fora da lei.

A intensidade do senso da vergonha, como se pode deduzir dos exemplos acima, varia conforme a região. Entretanto, os modernos meios de transporte, encurtando distâncias e tornando acessíveis localidades anteriormente isoladas, tendem cada vez mais a equiparar o senso da moral. Há não muitos anos, era hábito de vários povos banharem-se em público, sem roupa alguma. Mas esse costume está rapidamente desaparecendo devido a protesto de viajantes estrangeiros.

À primeira vista, a decência parece ser uma virtude tão absoluta e indivisível quanto, digamos, a honestidade. Na realidade, porém, a decência apresenta uma variedade de formas que dependem de fatores divergentes como idade, hábitos, costumes, leis, época, clima, hora do dia (já imaginaram um biquíni num baile de gala?) e outros. Cada fator traz um significado adicional que desafia uma interpretação diferente.

Assim são vagos e confusos os limites da moral, que só pode ser julgada de acordo com a sua latitude geográfica ou histórica. E, mesmo assim, o julgamento é sempre precário...

A lembrança do gesto de dar

Cada uma de nós tem um provérbio de estimação, mesmo que não o viva citando e repetindo... Qual é o seu?

O meu é um provérbio chinês. É verdadeiro, a meu ver. É bonito. Faz entender. E enfeita a vida. É assim:

"Um pouco de perfume sempre fica nas mãos de quem oferece rosas."

Nunca dei rosas sem sentir que nas minhas mãos ficou um pouco de seu perfume. Nunca prestei um favor, sem sentir que nas minhas mãos ficou a lembrança do gesto de dar.

Nunca dei amor, sem sentir que também eu recebi amor.

Quem sabe se a "aura" que envolve as pessoas generosas vem de que elas guardam, no ar tranquilo e suave, o perfume de quem deu rosas?

Minha alegria em dar chega, às vezes, a me parecer egoísmo... tanto eu me beneficio quanto dou. Parece até que sou eu quem ganha realmente.

Um dia desses vi uma senhora muito ocupada atender a uma criança que tinha dito: mamãe, vem cá! Fato banal? Não, não era banal. Essa criança de três anos fora recolhida pela senhora quando, com dois dias de vida, quase morria de fome.

A vítima profissional

É tão bom queixar-se. Mas – e quando o feitiço vira contra o feiticeiro? Isto é, você começa por exagerar um pouquinho aqui, um pouquinho ali – porque vê que não está impressionando tanto, e quer conseguir a compreensão que merece. Pois bem: exagera um pouco aqui, exagera um pouco ali, e o feitiço vira contra o feiticeiro quando você, sem sentir, passa a acreditar. E, sem perceber, passa a ser uma "vítima profissional".

Vítima profissional obtém algum prazer. O prazer de chamar atenção sobre si mesma, o prazer de receber piedade. Mas esse prazer vai, com o tempo, ficando cada vez mais difícil de conseguir. Primeiro porque as pessoas vão se cansando, e o máximo que dão é uma piedade distraída. Segundo, porque a vítima habitual vai aos poucos se imbuindo de sua infelicidade, e não há mais consolo que console.

E depois há ainda o seguinte: ser vítima profissional termina marcando o rosto como vítima, fica-se com um ar lamentável... e ninguém lamenta, só você mesma.

Hora em que começa o domingo

Ventava um vento mau que não deixava ninguém ler. Não adiantava acomodar o jornal do jeito que ele parecia exigir. Imediatamente, dava uma reviravolta, entrava pelas páginas do suplemento, não sei que promessas de amor lhes fazia porque elas ficavam logo impossíveis, rebeldes, loucas para se verem livres das mãos que as continham. Notícia de jornal é como a vida: continua, continua sempre e a gente tem de ir virando as folhas, como se vira a folhinha do calendário cada dia, cada mês e cada ano. É numa dessas horas que acontece o que se teme. O vento, desaforado, deu uma gargalhada, agarrou todas as folhas e lá se foi com elas, orgulhoso como um sultão. Também não adiantava correr atrás. No primeiro desmancho de onda, ali mesmo na beirinha da praia, ele já tinha dado cabo da virgindade das notícias e largado na areia empapada os seus corpos imprestáveis, sem mais que fazer, a gente olha e ouve os vizinhos. Na frente, um homem gordo, de óculos escuros e boné creme passava a mão com doçura pelo lombo de uma cachorrinha malhada, sem raça e sem rabo. Coisas que não lhe faziam a menor falta; a diabinha devia saber que faria a desgraça de qualquer Dobermann celibatário se, acaso, um desses nobres da Casa de Cérbero pudesse andar, democraticamente, pela praia nas manhãs plebeias de domingo. Era pequenina, roliça sem ser gorda, o pelo luzidio sendo que o branco era branco de doer e o preto, preto de espantar. Não era, porém, fisicamente, que ela atraía. Era pelo jeito de olhar doce, de ser humilde com dignidade. O homem estava muito quieto e concentrado; não se podia imaginar nem de longe, no que é que ele estava pensando: a mão ia e vinha com carícia lenta e o olhar continuava pregado no dorso da cadelinha de estimação. O olhar, porque o pensamento ora parecia andar por esse mundo de Deus, ora parecia estar conversando em segredo com o pensamento da bichinha, que abaixava a cabeça ou erguia os olhos para o dono, com ar de perfeita compreensão. Depois, ele entrou na água; a cachorrinha entrou junto. Saiu logo, tremendo de frio, sentou nas patinhas traseiras e ficou tão carinhosa, olhando o homem gordo se embrulhar nas ondas, que dava vontade de ser aquele cidadão, mesmo com as suas banhas, só para possuir um olhar assim suave e carinhoso. De repente, ela ficou nervosa; uma onda maior cobriu o homem; ela tremia muito mais e mexia a patinha dianteira, por sinal a direita, como quem chama a pessoa de seus cuidados, na hora do perigo. Um conhecido chegou, pediu licença, foi sentando e principiando a conversar. Não gostava de corridas nem de remo. Por natação sim, era doido. Só pode ter interesse por corrida quem tem um cavalo amigo do peito correndo. Aí, sim, se pode entusiasmar, torcer e até morrer de colapso. Mas a frio, escolher um puro-sangue desconhecido e gastar com ele o ouro dezoito quilates das nossas emoções, sem nenhuma ligação afetiva? Burrice. O mesmo com o remo; então a gente espicha o pescoço, vê um cara qualquer fazendo força nas pás e diz: "vou apostar naquele?" Não. Não era homem pra isso. Vem de trás uma gargalhada terrível, de mulher, um risco de som duro, no espaço. A mulher ria, ria por tudo e de tudo, por nada e de nada. Devia rir das coisas de rir e também das coisas de chorar. Ria só com a garganta, sem um pingo de alma. E, bem pensado, é um ultraje ao sexo, um atentado à saúde pública o riso de uma mulher que não sabe rir.

Todas as mulheres deveriam saber rir e as que não sabem deveriam aprender. E devia também haver na lei do silêncio um artigo condenando ao silêncio do riso, a qualquer hora do dia ou da noite, uma mulher que não sabe rir. Devia, mas não há. Por isso, aquela mulher irritava todo o mundo com a sua risada enervante. Olhei de novo. O jornal empapado tinha sumido, era um pedaço morto de areia o lugar onde estavam a cadelinha e seu dono e eu sentia nas costas um silêncio de sepultura. Longe, no mar grosso, um pontinho e um braço acenando. Não se tratava de nenhum afogado. Era o amigo me dizendo adeus. Não havia mais nada. Estava tudo tão quieto e tão vazio como a cidade numa tarde de sábado. O mar já tinha fechado o expediente e dava descanso à praia. Percebi que tinha começado a ser domingo.

Chega de cinto!

Ao pôr o papel na máquina, me vem à mente uma pergunta primitiva, ingênua, que seria quase idiota se, dentro da sua simplicidade, não fosse a semente desta crônica. "O que é a moda?" Confesso que embatuquei. Definir é sempre difícil, perigoso e, algumas vezes, pedante. Principalmente para uma mulher, mesmo em se tratando de assuntos femininos. As definições implicam profundezas filosóficas e filosofia é, no dizer dos homens, para cérebro de homem e nunca para miolo de galinha, como eles julgam o nosso quando pretende se imiscuir na ciência que vai de Platão a Sartre, com pequenas escalas em Spinoza e Heidegger. Saltemos, pois, a pergunta perigosa e fiquemos na outra, que veio na sua cauda e cuja especulação poderá trazer maior proveito coletivo. "Qual a finalidade da moda?" É claro que a moda tem um fim e não é preciso ser nenhum gênio para responder que é dar sugestões à mulher para se vestir sem aparecer cem por cento em público, ser admirada pelas suas toaletes, olhada de soslaio pelas amigas, elogiada pelos homens. Dar-lhe possibilidades de ser chique, mesmo quando não é elegante. E de reforçar a elegância, se já nasceu com ela. E a mulher procura vestir-se bem, igualmente com um objetivo – o de agradar e ser admirada. Neste ponto, as mulheres se dividem em três grupos: um – o menor – de tendência narcisista, que se apura no vestuário por simples gosto pessoal, para satisfazer a si própria; outro – o maior – para ser admirada indistintamente por gregos e troianos e o terceiro especialmente para deixar os homens de queixo caído. As que não estiverem enquadradas num deles não se vestem; cobrem o corpo e há muito já estão gozando a doce paz de um convento ou de um mosteiro. Mas é justamente aqui que a história se complica: se a mulher se veste com o fim de agradar, de ser vista e admirada, como é que se explica que algumas delas, com as marcas evidentes da moda, andem soltas pela Cinelândia, nas corridas do Jockey, nas "boites" e no Municipal, quando deviam estar trancafiadas numa jaula ou naquele edifício apropriado, que antigamente ficava na Praia Vermelha? Ou ainda atuando no Circo Garcia? Indiscutivelmente, estariam num desses lugares se o Sindicato das Costureiras já houvesse conseguido uma lei punitiva para as transgressoras da Moda. Porque moda é como o trânsito. Os automóveis podem andar na rua, mas quando o sinal fica vermelho, têm que parar. Cinto de elástico é para ser usado, mas quando se é maior de cinquenta anos, é preciso saber que o sinal fechou. Ainda há pouco ouvi o desabafo revoltado de um senhor de bom gosto, um esteta genuíno. Ia ele pela rua Gonçalves Dias e na sua frente uma senhora já na casa respeitável dos sessenta, com o número de anos dobrado em banhas estranguladas num cinto flexível, de vinte centímetros de largura e cor de beterraba cozida. A gordura ia pulando em toda a circunferência e a mulher, felicíssima da vida, saltitando, como um periquito na alface. Confessou o senhor que teve vontade de se chegar juntinho a ela e como um fino galanteador pedir-lhe os olhos. E, saboreando a vingança, fez o diálogo:

– Os meus olhos?! Acha-os assim tão lindos?...

– Estúpidos, minha senhora. Com esse par de olhos serei feliz o resto da vida. Passarei a ver as coisas mais horrendas como as mais belas da terra. São com eles que a senhora se olha no espelho e vem passear na Cinelândia. Não é preciso dizer mais nada.

E o senhor erguia os braços aos céus, em gritos de protesto: "É preciso um apelo urgente para que cesse a usança de cintos! Chega de cinto!" Ele tem toda a razão. É preciso ter olhos para se vestir com elegância. Olhos intuitivos, de bom senso, e não órgãos visuais somente. E é preciso muito cuidado com certas modas, que se alastram como epidemias; que atacam gordas e magras, altas e baixas, velhas e moças. A dos cintos, é uma delas. Está na hora de se fazer uma vacinação em massa contra os cintos. De bombeiro ou de macaco, vamos acabar com os cintos. Chega de cinto Láfer!

A conquista difícil de um amor

Encontrei um bom amigo numa fila em que estávamos na rua do bairro. Conversávamos animadamente quando meu amigo espantou-se e me disse:

— Olhe, que coisa esquisita.

Olhei para trás e vi, da esquina para a gente, um homem vindo com o seu tranquilo cachorro puxado pela coleira.

Só que havia no cachorro algo que não era cachorro. A atitude toda era a de um cachorro e a do homem era a de um homem com o seu cão. Este é que não era.

Tinha focinho comprido de quem pode beber em copo fundo, rabo longo e duro, espetado no ar – poderia, é verdade, ser apenas uma variação individual da raça. Meu companheiro de fila levantou a hipótese de se tratar de um quati, mas achei o bicho muito cachorro demais para ser quati.

Ou seria o quati mais resignado e enganado que já vi.

Enquanto isso, o homem calmamente vindo.

Calmamente, não: havia nele uma tensão. Era a calma de quem se controla e aceitou a grande luta. Pois seu ar era de um natural desafiador. Não se tratava de um homem pitoresco ou esquisito. Era por coragem que andava em público com o seu estranho animal. Eu estava, sem saber por que, intrigada. E vagamente angustiada.

Meu amigo sugeriu a hipótese de outro animal de que na hora não se lembrou o nome. Mas nada me convencia: havia um mistério na situação.

Só depois é que, aos poucos, eu entenderia que minha atrapalhação não era propriamente minha. Minha confusão vinha de que aquele bicho já não sabia mais quem ele era e portanto não podia me transmitir uma imagem nítida sua.

Até que o homem passou quase perto de nós. Sem um sorriso, costas duras, altivamente se expondo – não, nunca foi fácil passar como vítima diante de qualquer fila humana que julga. Fingia prescindir de admiração ou piedade. Mas cada um de nós, por experiência própria, reconhece o martírio de quem está protegendo um sonho. É tão difícil manter vivo um sonho e fingir que é verdade – à custa de procurar não enxergar a realidade dentro de si.

Aproveitei o fato de o homem estar andando ao meu lado e ousadamente perguntei-lhe:

– Que bicho é este?

Intuitivamente meu tom fora suave para não feri-lo com uma curiosidade desumana e malsã.

Perguntei-lhe que bicho era aquele, mas a minha pergunta incluía talvez o tom de uma indagação mais profunda: "Por que é que você faz isso? que carência é essa que faz você inventar um cachorro? e por que não um cachorro de verdade, já que precisava de dar afeto a um bicho? pois se os cachorros existem! Ou você não teve outro modo de possuir a graça desse bicho senão com uma coleira? mas você sabe que a gente não se apodera sem mais nem menos de um amor? não sabe que você esmagaria uma rosa se a apertasse demais com a força do amor?"

Tudo isso que não disse estava incluído na pergunta. Sei que o tom é uma unidade indivisível por palavras, sei que, se eu aprofundasse demais a coisa, estaria também eu esmigalhando uma rosa. Mas sei que estilhaçar o silêncio com palavras é um dos meus modos desajeitados de amar o silêncio. E que é assim que muitas vezes tenho assassinado aquilo que me forço a compreender. Se bem que, glória a Deus, uso mais o silêncio que as palavras.

O homem, sem parar, respondeu curto, reservado, embora sem aspereza.

E era quati mesmo, por Deus!

Ficamos olhando. Meu amigo e eu nem sorríamos. E ninguém na fila riu do homem: esse era o tom, essa era a intuição. Mas olhar pode-se. E sentir.

Era um quati que se pensava cachorro.

Às vezes, com seus gestos de cachorro, retinha o passo para árvores e coisas, o que retesava a coleira e retinha um pouco o dono, exatamente na usual sincronização de homem *versus* cachorro.

Acompanhei com o olhar esse quati que não sabe quem é.

Imagino: se o homem o leva para brincar na praça e tomar ar, tem uma hora em que o quati se constrange todo:

– Mas, santo Deus, por que os cachorros me olham tanto, como se não fosse um deles? e por que me cheiram desconfiados?

Imagino também que, depois de um perfeito dia de cachorro, o quati se diga melancolicamente, olhando as estrelas:

– Que é que tenho afinal? que me falta? sou tão feliz como qualquer cachorro bem tratado! por que então este vazio, esta nostalgia e tanta saudade não sei de quê? que ânsia é esta como se eu só amasse o que não conheço?

E o homem – o único ser que pode delivrá-lo da pergunta – esse homem criminoso nunca lhe dirá que ele é um quati – para não perdê-lo para sempre.

Penso: quantas pessoas são o patinho feio que na verdade será um belo cisne depois revelado? O quati que era um cachorro feio a revelar-se um dia um quati de verdade, outra raça, outro destino. Quantas pessoas não estão sendo o que realmente são? Além de grave, a troca de personalidade é angustiante, mal se pode disfarçar. Penso em maridos ou esposas que não dão direito ao outro de ser o que realmente é – e nunca contam o segredo.

E penso também na iminência de ódio que há no quati.

Ele sente amor e gratidão pelo homem que cuida dele. Mas por dentro não há como a verdade deixar de existir: o quati só não percebe que o odeiam porque está vitalmente confuso. Eu sei, porque sinto ódio quando não me deixam ter a minha verdadeira realidade (qual?). Fico vitalmente confusa e não perdoo.

Não, às vezes eu perdoo – porque quem me toma por outra, precisa muito dessa outra inventada.

Conheço um caso em que a esposa pediu desquite e ninguém sabia por que, já que se tratava de um casal estável, aparentemente, e já que o marido tratava a mulher com todo amor. Mas ela não aguentou: fugiu para ser ela mesma e enfim livre. Não sei se terminou por se encontrar. Mas pelo menos era uma tentativa.

E se ao quati fosse de súbito revelado o mistério de sua verdadeira natureza?

Tremo ao pensar no fatal acaso que fizesse com que esse quati inesperadamente se defrontasse com outro quati.

E nele reconhecer-se. "Eu sou igual a ele." Tremo ao pensar nesse instante em que ele ia sentir o mais feliz pudor que nos é dado: eu sou eu... nós somos iguais...

Bem sei, ele teria direito – quando soubesse – de massacrar o homem com o ódio pelo que de pior um ser pode fazer a outro ser: adulterar-lhe a essência a fim de usá-lo.

Eu sou a favor de bicho: tomo o partido das vítimas do amor ruim.

Mas imploro a esse quati que perdoe com bondade o homem. E que o perdoe com muito amor.

Antes de abandoná-lo para sempre, é claro.

Pastoral

Uma senhora conhecida nossa tem como uma das características não se apoiar na imaginação alheia para usar a própria. A tudo na vida aplica o seu prazer inventivo que, por mais longe que vá, não cai nunca em mau gosto ou extravagância.

Fomos, por exemplo, convidadas a um almoço em sua casa. Na hora formal de passar para a sala de jantar, os vários "after you" foram interrompidos pela visão da mesa mais bonita que se possa imaginar para qualquer dia, quanto mais para um sábado de sol. Sobre uma toalha de linho grosso, a decoração era, como se diz, uma festa para os olhos. Não se tratava de cristais de Murano nem de louças de séculos extintos.

Nossa amiga compusera como centro de mesa a mais viva das naturezas-mortas. Numa bandeja invisível, amontoara em aparente desordem pesadas espigas de trigo, vermelhas maçãs, enormes cenouras douradas, redondíssimos tomates de pele quase estalando, chuchus daquele verde líquido, abacaxis tão selvagens que até venenosos pareciam, laranjas alaranjadas – laranjíssimas de tão maduras – maxixes que pareciam miniaturas de porcos-espinhos, gordos pepinos, pimentões ocos e amarelos que ardiam nos olhos, tudo isso emaranhado em úmidas barbas de milho. Sem falar dos bagos de uvas, as mais roxas das uvas pretas, também elas uvíssimas, que mal e mal podiam esperar pelo instante de serem esmagadas. Leia-se a descrição bem depressa para se ter a ideia do conjunto e não de cada detalhe. Ao lado de cada prato de convidado, junto ao guardanapo, havia um ramo de trigo ou um cacho de rabanetes ou uma talhada violenta de melancia. Tudo isso cortado pela acidez que se adivinhava nos verdes limões. Bilhas do leite mais branco enfeitavam a mesa. E em vasilhas de barro tremia quase a transbordar um vinho quase roxo.

Não se pode descrever o ânimo campestre que invadiu os convidados. Se uma vaca mugisse na sala ninguém se surpreenderia. Quando o cachorro do vizinho latiu, todos se lembraram de caçadas das quais ninguém havia participado. A fome transformou-se na mais pura e sadia das fomes. Diante de nós estava o símbolo da fartura. Não uma falsa riqueza de objetos, mas riqueza natural da terra. Embora ninguém dissesse (temíamos sensatamente o ridículo de uma frase), todos pensavam em termos de "retorno à natureza", "vida primitiva" etc. Os convidados de formação clássica pensavam na deusa Ceres e na cornucópia da abundância. Quem bebia vinho, banhava os olhos na pureza do leitoso leite. Quem bebeu leite, bebeu-o como se fosse vinho. Também a cordialidade era rural. Dizíamos bobagens sem a menor crítica às bobagens alheias; ninguém falou mal de ninguém. Era uma festa de colheita e fez-se trégua.

O que a mesa revela

Na opinião de psicanalistas, o modo pelo qual as pessoas se sentam à mesa e comem é significativo no estudo de suas personalidades, pois tem sua origem em fatores precisos, entre os quais se pode incluir não só as chamadas "boas maneiras", como também educação moral e religiosa, hereditariedade etc.

Assim, em termos de psicanálise, a recusa de um convite pode ser um indício de hostilidade. Afastar um prato frequentemente traduz um "surdo desacordo". Uma pessoa de temperamento afetuoso aceita, sempre que possível, os almoços e jantares que lhe oferecem e – o mais importante – come de tudo. É verdade que existe a hipótese da alergia: podemos ser alérgicos a um prato ou a quem nos fez o convite, sem que isso signifique que somos hostis à humanidade inteira...

No restaurante, a convite de alguém, se escolhermos de propósito o prato mais caro, é porque, no subconsciente, estamos tentando castigar o anfitrião, talvez por julgarmos que ele nos deva muito mais do que um jantar!

Por outro lado, se o prato escolhido por nós é acintosamente o mais barato, trata-se de um nítido complexo de inferioridade.

Um outro sintoma curioso e não muito comum... o de quem quer sempre pagar a conta no restaurante. Ao que parece, está revelando ser um esfaimado, não de comidas, mas de elogios, sequioso da boa opinião aos outros.

Por que um senhor modesto, convidado por seu patrão ou por alguém de importância, tende a copiá-lo na escolha dos pratos? Simplesmente porque deseja erguer-se ao nível do outro e, pelo menos por uns instantes, imaginar-se também rico ou importante.

O insatisfeito engole o que lhe colocam no prato, sem saborear, como se estivesse desincumbindo-se de uma tarefa ou temesse ser prejudicado, receber menos do que considera que lhe é devido.

Conclusão: a pessoa equilibrada gosta de comer simplesmente pelo prazer que lhe proporciona o gosto da comida, e não é exigente na escolha de um menu. Atenção, pois, às revelações que você possa fazer sobre sua personalidade quando se senta à mesa!

O que as peles sugerem

O rapaz moreno, fisionomia de broto, com as têmporas começando a acinzentar, da sua lonjura das coisas reais e práticas, estava longe de avaliar o seu alto valor pessoal, numa praça onde são raros esses cobiçados espécimes de "argenté" quarentão. A mulher ouvia com interesse.

– Visom! Um visom cinza! É uma coisa louca um visom cinza! É um pedaço de nuvem que as mulheres botam nas costas. Veja, veja se não é isso! e mostrava na página da revista a figura estupenda, quase sumida no reclame de um desses agasalhos dos céus. "Quando vejo uma mulher levando nos ombros, sem sentir, a responsabilidade de um visom cinza, tenho uma vontade louca de pedir logo uma carona..." Aí, a moça que ouvia se espantou. "Sim senhora, uma carona; uma carona em visom é a licença que a gente tem de enfiar a mão no bolso do casaco e ficar gozando a maciez dessa pele grã-fina..."

– E oligárquica – atalhou a moça.

– Visom cinza não é coisa de se usar. É petisco de se comer... Você já imaginou uma taça de visom cinza com creme de "chantilly"! A amiga fechou os olhos, apertou os cantos da boca e engoliu em seco. Parece que não imaginou. Ou, talvez, tenha imaginado coisa muito diferente. Que a mente do seu amigo podia ter-se dividido naquele minuto; ou que ele podia ser portador insuspeito de surrealismo; ou, também, que no seu cérebro estivessem começando a se formar filamentos kafkianos. Como podia ser simplesmente um pobre mortal com fome. Fome de "chantilly", fome de rico. Não sendo poeta hermético, nem louco declarado, quem é que pensa em comer visom cinza com "chantilly", senão estando com fome? Só Freud podia entendê-lo. Que teria o visom cinza para sugerir extravagâncias desse quilate? Por causa de um visom cinza já tinha quase presenciado um haraquiri em massa nos matrimônios de um grupo de suas relações. Uma sua amiga dera uma festa. Outras foram e levaram seus visons e seus maridos. Cada uma que entrava manobrava com mais graça e elegância a sua estola, e cada uma ficava cada vez mais orgulhosa dela e do marido; e o marido de cada uma, por sua vez, ficava mais enternecido e orgulhoso de ambas. Mas aconteceu que, conquanto visons autênticos, com árvore genealógica na parede, não eram visons cinza. Pertenciam todos à raça amarela e seus pigmentos iam do marrom ao havana, do mel ao castanho. Até que chegou pisando firme como uma rainha, esbelta e bem lançada, a última conviva escondida nas dobras de um legítimo visom cinza.

E como o recinto estava abafado, ela foi, direitinho, largar o seu abrigo junto aos demais. Foi um desastre. Enquanto, no salão, as mulheres se entreolhavam humilhadas, lançando aos garbosos maridos duro olhar de ódio e reprovação, no vestiário os outros visons punham seus rabos entre as pernas, encolhiam-se todos, na ânsia de fugir ao degradante confronto final. A moça sorriu...

– E por falar em peles, que tal uma carona numa pele de macaco?

O rapaz saltou como um gorila. E foi-se embora carrancudo. Sem lhe dar resposta. Nem lhe contou daquela mulher esquelética, de olhos pulados, que ele um dia encontrou jogando feito um cabide, numa capa de pelo comprido, e escorrido. Parecia um cachorro molhado. Quem é que é louco de pedir carona numa pele de macaco?

Origem da saudação aos que espirram

Existe um conto popular francês sobre a origem do "Deus te abençoe" com que é costume em quase todos os países saudar os que espirram. Conta o seu autor que havia uma estrada onde, em certo trecho, todos os que por ali passavam ouviam espirros. Ninguém sabia a origem e o autor dos espirros e, parece, ninguém sentiu jamais curiosidade de o saber. Até que um dia, passava por ali um viajante, que ouviu os espirros e, como era provavelmente um homem de sentimentos religiosos, disse alto: "Você nunca fica bom desses espirros? Deus abençoe você, meu pobre amigo, e cure o seu resfriado." Imediatamente, apareceu-lhe então um fantasma, que era o "homem" dos espirros, e agradecendo os bons votos do viajante, contou-lhe que morrera 500 anos antes, fora um grande pecador e recebera como castigo atravessar os séculos ali, naquele trecho de estrada, espirrando, espirrando sem parar, até que uma alma caridosa, apiedada, lhe atirasse essa saudação "Deus te abençoe". Agora, estava livre, podia gozar de seu repouso eterno. "Nasceu daí", continua a contar o original escritor, "então o costume vindo até nós, desse cumprimento piedoso."

Diferentes concepções da maternidade

Na França, até a Revolução Francesa, as fidalgas consideravam a maternidade uma das mais desagradáveis incumbências. Sem o menor respeito ou amor pelas crianças, era moda abandonarem seus filhos, em lugares distantes, de preferência no campo, na companhia de empregados e amas. Lá, vivendo sem conforto e sem as regalias que seriam de esperar da riqueza dos pais, essas crianças ficavam até a idade de seis a oito anos, quando então iam conhecer sua mãe. Conta-se mesmo que os filhos de reis não fugiam às regras, e que o próprio Luís XIV, em criança, dormia numa velha cama de lençóis rasgados que mal o podiam cobrir.

Já os maometanos têm em tão alta conta a maternidade, que a mulher que morre de parto está dispensada de receber a extrema-unção. Para eles, a própria maternidade vale como uma santificação da mulher.

Nossa conversa

"Da primeira vez que fui à casa de Rodin, compreendi que sua casa não era nada para ele, senão uma pobre necessidade: um abrigo contra o frio, um teto sob o qual dormir. Ela o deixava indiferente e não pesava nem um pouco sobre sua solidão ou seu recolhimento. Era em si mesmo que ele encontrava o seu lar: sombra, refúgio e paz. Ele se tornara seu próprio céu, sua floresta e seu largo rio que nada podia mais interromper."

Isso é um poeta, chamado Rilke, falando de um escultor chamado Rodin.

Talvez essas frases renovem para você o pensamento já meio gasto, mas pouco usado, de que a possível felicidade está mesmo é dentro das pessoas. (É verdade que citar Rodin e Rilke para confirmar uma verdade quase óbvia é como quem só quisesse confessar os pecados ao papa.) Talvez, pensando na grande criatura que foi o escultor, você diga que não se pode esperar que pardal (você) aprenda a voar como águia (ele). Mas que é que um pardal tem a ensinar a outro pardal?

Naturalmente se você é um pardal felizinho voe mesmo à sua moda. Mas se é pardal inquieto, que fica ciscando à toa, medite sobre as lições de uma águia.

Etiqueta

Quando você recebe um presente, não espera que a pessoa que o deu saia para você desfazer o embrulho: abra-o logo em seguida, e prepare o sorriso. Depois de ter cortado a carne, você deposita a faca na borda do prato? Está certo. Que é que você faz com o pouquinho de sopa que fica no fundo do prato? Inclina o prato ligeiramente, mas não na sua direção. O que fazer com o súbito caroço de fruta em compota? Ele deve passar discretamente da boca para a colher, esta se mantendo perto dos lábios. Não pegue os ossos das aves com as mãos, a menos que esteja em piquenique ou em muita intimidade ou entre americanos.

Seja alegre

Conta Camille Fiaux a história de um jovem que, decepcionado em seus amores, entregou-se a uma tristeza sem fim, lamentando-se, definhando, considerando-se o mais infeliz dos homens. Certa noite, quando sozinho se entregava a lamentações sobre o mundo e a humanidade em geral, apareceu-lhe um anjo, e lhe deu um espelho.

– Este espelho é como o mundo, que você tanto acusa: ele reflete a imagem que lhe é apresentada. Olhe-se! Sorria! E veja se o espelho não lhe dá também um sorriso!

O anjo fez depois o jovem prometer que, todas as manhãs, sorriria para o espelho, e se esforçaria para conservar esse sorriso o resto do dia. O moço cumpriu o prometido. Dentro em breve tornou-se outro, alegre, querido de todos, e não tardou que um novo amor viesse ocupar o lugar do primeiro. Minha leitora, você aprendeu também a lição?

A mosca no mel (ou A inveja de si)

Nada lhe faltava. Claudia Morinelli Martins tinha tudo o que sonhara para a sua vida. Estava com 27 anos e Francisco em pleno vigor dos 30. Ela era uma bela judia italiana, mas ele era descendente de espanhóis e portugueses. Ele era guapo. E Claudia era um belo cavalinho alto e vibrátil. Estavam casados há três anos – unidos por mútua paixão. Eles mal acreditavam no tão bom da vida de ambos. Filhos, teriam mais tarde. Quando ela tivesse 30 anos. Porque desejavam ardentemente viver a sós, em plenitude.

– Chico, você acha que a gente vai ter que pagar caro pelo que conseguiu? Será que nós vamos ser punidos com um câncer?

– Nada de pagar caro. E nada de nos separarmos. Mas se você quiser passamos no médico amanhã para que ele examine nosso estado de esplêndida saúde.

Esta conversa foi num dia de domingo, mês de julho. Um julho pleno e vigoroso bem no centro do ano. Na segunda-feira, efetivamente passaram pelo médico. O médico, rindo, expulsou-os:

– Vocês têm saúde para dar e vender.

E assim os dois viviam. Ela de camisola de renda trazia-lhe o café na cama: um faustoso desjejum de ovos com bacon e morangos com creme. No café, ela derramava uma colher de sopa de bom vinho tinto. Ele era tratado como um rei. E ela, com sua bela cabeleira castanha, era uma frágil princesa. Cheia de caprichos. Às vezes ligavam o rádio e, ao som de uma valsa de Strauss, dançavam à moda antiga, doidamente. Ele rodava tanto que ela ficava tonta aos risos: jogava para trás os longos cabelos, cerrava os olhos de grossas pálpebras e ria de amor. Eram também ricos. Moravam num apartamento em São Paulo de largo salão e jardim de inverno. Às vezes ambos escutavam música, mudos e contemplativos. Era uma hora sagrada. Um dia ouviram a *Nona Sinfonia* de Beethoven e ela chorou pela Aleluia. Ele nada disse: era homem que sabia calar.

Mas Claudia Morinelli Martins se inquietava. Tudo era bom ao extremo. Tinha medo.

Às vezes davam festas em casa e o lustre comprado em Marselha faiscava. O garçom servia uísque e suco de tomate. Mas ela se encharcava de Coca-Cola. As festas terminavam de madrugada. E eles aí casavam-se de novo no redondo leito com lençóis de cetim. Só acordavam à uma hora da tarde e nesse dia ele não ia trabalhar. Dava-se ao luxo.

Era de quase insuportável beleza a vida gloriosa de ambos. Ela: inquieta. Os dois tinham pai e mãe, privilégio que poucos têm.

Era uma mosca – ela – no mel.

Mas a mosca se afoga no grosso caldo melado. Come, mas morre.

Então ela pensou: ou me mato ou me desquito, porque chegamos ao ápice da vida.

Não se matou nem se desquitou.

Mas fez uma coisa pior. Avisou-o serenamente, mas com os lábios rubros, ligeiramente trêmulos, que ia entrar no convento das clarissas de pés descalços. Nunca mais o veria e, quando ele a visitasse, só ouviria a sua voz. Francisco quase morreu de horror. Implorou-lhe, até de joelhos, segurando a sua cintura fina, que não fizesse uma loucura dessas. Mas ela estava decidida. A família de ambos chorou. Despediu-se de Francisco para o resto da vida com um longuíssimo beijo, profundo, em que ela lhe soprou a força de viver sozinho. Em lágrimas ele assentiu. Que fazer podia, o desgraçado Chico?

Entrou para o convento. Sentiu de início uma grande paz interior. Só de vez em quando era permitido falar com outra freira. Raspou os cabelos que caíram no chão em mechas um pouco douradas: um desperdício.

Pensava muito em Francisco. O longo beijo de despedida doía-lhe em todo corpo. O adeus é fatal.

Quando a saudade lhe trincava o coração a um ponto intolerável, usava cilício e batia no corpo com corda feita de nós górdios.

Francisco mudara-se para um conjugado e uma pobre cama de solteiro onde não cabia mulher. Curtia a sua grande perda como podia. Foi à Europa e lá ficou tão nervoso que três dias depois pegou um avião a jato para o Brasil. Ele precisava estar na terra de Claudia. Emagrecera muito e não tinha cabeça para trabalhar. Passou por uma crise de misticismo: nu, rezava de joelhos com o rosto nas conchas das mãos. Ele não tinha cilício que o ajudasse. Aguentava a seco. E curtia tudo sozinho, nada contava a ninguém. Estava de luto fechado. Seu coração se restringia até parecer um grão negro de feijão. Deixara a barba crescer e ficava horas e horas olhando o ar.

É. Mas acontece que Claudia, a clarissa descalça, começou a não poder tolerar. Seus lindos pés esguios pisavam na laje fria e ela andava voejando como uma borboleta tonta. Compreendeu com horror que fora o convento apenas um de seus caprichos. Como sair de lá? Pediu audiência com a superiora. Esta lhe disse severamente.

– Você é mulher leviana.

Claudia ouviu cabisbaixa. Mas insistiu, não via a hora de enfim sair.

A superiora chamou-a e disse-lhe:

– Eu a expulso do nosso seio. Você não merece a graça divina.

Claudia, como expulsa de um paraíso que lhe fora um inferno, saiu numa manhã fria vestida com uma longa roupa de brim desbotado. Entonteou-se à luz do dia: tudo fulgurava. Tomou um táxi e dirigiu-se mudamente para casa. Mas esta estava vazia. Então em desespero correu para a casa da mãe de Francisco:

– Onde? Onde está o meu amado?

A mãe rejubilou-se e deu-lhe o endereço e algum dinheiro para ela tomar um táxi. A sala e quarto de Francisco ficava num bairro pobre de São Paulo. Com o coração latejando na boca, ela tocou a campainha. Ninguém respondia. Era porque ele estava em prece e não podia interromper. Claudia sentou no chão e quase adormeceu. Estava magra, de cabelo curto e olhos fundos. Mas eram doces olhos castanhos.

Quando Francisco terminou a prece indagou-se surpreendido quem seria aquele que queria invadir a sua solidão. Abriu a porta. Olhou para o chão. Lá estava ela.

Que abriu lentamente os olhos. Os dois se olharam mudos. Ficaram assim por vários instantes. Ele deu-lhe a mão para levantá-la do ladrilho. E entraram no pobre apartamento nu e despojado. Sentaram-se ambos na cama estreita e ali ficaram de mãos dadas. Até que ela falou:

– Voltei porque não posso te perder. És o meu fôlego, o meu sangue e também o meu hálito.

Ele disse modesto:

– Eu te recebo, mulher. E só a morte nos separará.

Ambos se desnudaram e se amaram castamente. Ela engravidou. Foram morar longe da cidade numa pequena casa com jardim e quintal. Eles se falavam pouco. O silêncio de ambos dizia tudo.

Ao fim de nove meses nasceu aquele que se chamou Rodrigo. Ela o amamentou com os seus pequenos seios. Francisco sorria profundamente ao ver mãe e filho juntos. E respeitou-a até o leite secar. Grosso leite branco de mulher que é mulher.

Outros filhos tiveram. Tudo na modéstia.

Etc. etc. etc.

O beijo

O beijo é um impulso natural? Depois de ouvirmos o que disse uma beldade num dos poemas de Tennyson – "Com um longo beijo ele sugou minha alma através de seus lábios" – mal podemos acreditar que o beijo tenha sido um gosto adquirido gradualmente, como o de comer azeitonas.

Tanto a história quanto a antropologia mostram que o beijo foi inventado na Europa em tempos muito remotos e, depois, de beijoca em beijoca, espalhou-se pelo mundo todo. Antes disso certas tribos esfregavam-se os narizes, outras o rosto, enquanto que outras, simplesmente, esfregavam-se.

Entretanto o beijo não foi sempre assim tão divertido. Só depois da era medieval é que ele se tornou algo mais do que um simples cumprimento. No século XV, por exemplo, um viajante holandês, na Inglaterra, contou que teve que beijar seu hospedeiro, a mulher deste, as crianças, o cachorro e o gato. Aos poucos é que os rapazes e as moças descobriram o que o beijo poderia proporcionar-lhes e, tornou-se de tal modo interessante, que os puritanos começaram a considerá-lo como algo "indecente e de mau gosto" quando um rapaz e uma moça se beijavam em público, aos domingos.

O velho beijo frio e sem sexo também sobreviveu ao lado do outro. As mulheres, por exemplo, se beijam. Aliás já houve uma crítica a esse respeito: "Quando duas mulheres se beijam temos a impressão de que são dois lutadores que se apertam as mãos."

Cortina de fumaça

O cigarro é uma herança que nos vem dos astecas. Foram, com efeito, esses antepassados dos mexicanos que inventaram os primeiros cigarros, os quais se constituíam de um caniço tenro, de dez a doze centímetros de comprimento, recheado de fumo picado a que eram misturadas partículas de carvão vegetal para regularizar-lhe a combustão. O lendário rei Montezuma II, um dos monarcas a quem a civilização asteca mais deveu, costumava oferecer esses caniços artisticamente decorados e esculpidos a seus hóspedes como símbolo de paz e amizade.

É de supor que o gosto desses cigarros não devia ser dos melhores, mas, mesmo assim, quando os espanhóis conquistaram o México, logo adotaram o hábito nativo. E poucos anos depois da conquista, já eram vendidos cigarros nas lojas de Madri.

A dificuldade de encontrar na Europa caniços adequados fez com que se tivesse a ideia de adotar o papel como invólucro do fumo. Os cigarros passaram então a chamar-se "papeletes" e os traficantes portugueses encarregaram-se de espalhar a nova mercadoria nos mercados europeus e orientais, onde não tardaram a suplantar o charuto.

À Rússia Imperial deve-se a modernização do cigarro, que passou a ser longo e esguio, contendo numa das extremidades um bocado de algodão que lhe servia de filtro. O "estilo russo" fez furor na Europa até 1850, mas, pouco a pouco, o filtro foi perdendo a popularidade e só um século depois voltou a ser adotado.

Durante muito tempo, a preferência dos fumantes pendeu para o fumo oriental, de sabor pronunciadamente adocicado, mais tarde, porém, se fixou nas misturas de vários tipos de fumo, criados pelos fabricantes americanos.

A importância do cigarro americano, durante e após a Segunda Guerra, foi tal que, desde então esses cigarros passaram a funcionar em todos os mercados negros do mundo como uma espécie de moeda internacional.

Apesar das campanhas dos médicos, que acusam o cigarro de provocar o câncer do pulmão, fuma-se hoje mais do que nunca. Os cálculos, nos Estados Unidos, são que, em média, cada pessoa consome 436 cigarros por ano, criando assim uma "cortina de fumaça" para atribulações cada vez mais intensas da vida moderna.

Me dá licença, minha senhora

Eu disse uma vez que escrever é uma maldição. Não me lembro exatamente por que disse, mas disse com sinceridade. Hoje repito: é uma maldição. Mas maldição que salva. Não estou me referindo muito a escrever para jornal. Mas àquilo que eventualmente pode se transformar em conto ou romance. Ou novela (acabei uma agora).

É uma maldição porque obriga e arrasta como um vício penoso, do qual é quase impossível se livrar, pois nada o substitui. E é uma salvação. Salva a alma presa, salva a pessoa que se sente inútil, salva o dia que se vive e que nunca se entende a menos que se escreva.

Escrever é tentar entender, é procurar reproduzir o irreproduzível, é sentir até o fim o que permaneceria apenas vago e sufocador.

Escrever é também abençoar uma vida que não foi abençoada.

Pena que só sei escrever quando espontaneamente a "coisa" vem. Fico portanto à mercê do tempo. E, entre um verdadeiro escrever e outro, podem passar anos. Anos de carência.

Minha novela – novela é aquilo que é mais longo que um conto e menos longo que um romance – eu levei dois anos e meio para escrever. Eu ora tinha preguiça, ora não tinha inspiração. Eu creio, é claro, na inspiração. Não inspiração sobrenatural, mas sim o resultado que vem à tona de repente depois de uma profunda elucubração inconsciente.

Falei em carência. Pior que carência é o súbito cansaço de tudo. É uma espécie de fartura, parece que já se teve tudo e que não se quer mais nada. Cansaço, por exemplo, dos Beatles. E cansaço também daqueles que não são os Beatles.

Cansaço inclusive de minha liberdade íntima que foi tão duramente conquistada. Cansaço de amar um homem e de repente ver que ele não merecia esse amor: ele era grosseiro, arrogante e covarde. Melhor seria o ódio.

O que me salvaria dessa impressão de fartura – é fartura ou uma liberdade que está sendo inútil? – seria a raiva. Não uma raiva amorosa, que existe. Mas a raiva simples e violenta. Quanto mais violenta, melhor. Raiva dos que não sabem de nada. Raiva também dos inteligentes que "dizem coisas" para se mostrar.

Raiva do cinema novo, por que não? E do outro também. (Só gosto de filmes de arte ou filmes de mistério, e, se possível, violentos, porque assim me aliviam a alma. Na verdade só o cinema me descansa a mente. Um de meus editores me disse que, para amenizar a tensão em que vive, vai diariamente ao cinema.)

Raiva da afinidade que sinto com algumas pessoas como se já houvesse fartura de afinidades em mim.

E raiva do sucesso? O sucesso é uma gafe, é uma falsa realidade. Simplesmente não tenho compromisso com o sucesso.

A raiva me tem salvo a vida. Sem ela, o que seria de mim? Como suportaria eu a manchete que saiu um dia num jornal dizendo que mais de cem crianças morrem no Brasil, diariamente, de fome? A raiva é a minha revolta mais profunda de ser gente? Ser gente me cansa. E também tenho raiva de sentir tanto amor inútil.

Há dias que vivo de raiva de viver. Porque a raiva me envivece toda: nunca me sinto tão alerta.

Bem sei que isso passa e que a carência necessária volta.

E então eu vou querer tudo, tudo! Ah como é bom precisar e ir tendo. Como é bom o instante de precisar que antecede o instante de se ter.

Mas ter facilmente, não. Porque essa aparente facilidade cansa. Até escrever está sendo fácil? Se assim é, paro de escrever. Por que é que eu escrevia com as entranhas e neste momento estou escrevendo com a ponta dos dedos?

É um pecado, bem sei, querer a carência. Mas a carência de que falo é mais plena do que certo tipo de fartura.

Vou dormir porque não estou suportando este meu mundo de hoje, cheio de coisas inúteis. Boa noite para sempre, para sempre. E não quero ouvir a voz humana: estou sofrendo de poluição sonora. E se suporto a minha voz se despedindo é porque ela aumenta a minha raiva.

Só uma raiva é bendita, porém: a dos que precisam. A dos que comem rato porque têm fome e engrossam a sopa com barro.

Boa noite.

Fui dormir cedo demais e acordei às quatro da madrugada.

Minutos depois tocou o telefone. Era um compositor de música popular, letrista também. Conversamos até seis horas da manhã. Ele sabia de tudo a meu respeito. Como? Por quê? Baiano é assim? E ouviu dizer coisas muito erradas a meu respeito. Nem sequer corrigi.

Ele estava numa festa e disse que a namorada dele – com quem depois se casou –, sabendo a quem ele telefonava, só faltava puxar os cabelos de tanto ciúme. Coitada de mim, quem casou foi ela. Na festa – eu ouvia barulhos, vozes e gritos – havia uma tal de Ana e ele disse que ela era muito ferina comigo. Convidou-me para a festa pois todos queriam me conhecer. Não fui. Não sou dada a festas.

Mas estive numa reunião, poucos meses antes da morte de Guimarães Rosa. Ele disse que, quando não estava se sentindo bem, quando estava deprimido, relia trechos do que já havia escrito. Espantaram-se os presentes quando eu disse que detesto reler coisas minhas. Alguém observou que o engraçado é que parece que eu não quero ser escritora. De algum modo é verdade, e não sei por quê. Até ser chamada de escritora me encabula.

Nessa mesma reunião, Sérgio Bernardes disse que há anos queria ter uma conversa comigo. Mas não conversamos e até hoje não sei o que ele me diria. Do que se trata, Sérgio? Estou à sua disposição para qualquer esclarecimento. Na ocasião, pedi uma Coca-Cola, em vez. Sérgio estava falando com o nosso grupo sobre coisas que eu não entendia. Então eu disse: adoro ouvir coisas que dão a medida de minha ignorância. E tomei mais um gole de Coca-Cola. Não, não estou fazendo propaganda desta bebida, nem fui paga para isso. Já era tempo, não é, milionários da Coca-Cola?

Guimarães Rosa então me disse uma coisa que jamais esquecerei: disse que me lia "não para a literatura e sim para a vida". E citou frases e frases minhas, que ele sabia de cor e eu não reconheci nenhuma. Acho que sou mesmo meio esquisita, mas o que há de se fazer?

Outra pessoa me telefonava de madrugada. Explicou que passava pela minha rua, via a luz acesa e então me telefonava.

No terceiro ou quarto telefonema, sempre de madrugada, disse-me que eu não merecia mentiras. Na verdade, o fundo da casa dele dá para a frente da minha. Ele me via todas as noites. Como se tratava de oficial de Marinha, perguntei-lhe se tinha binóculo. Ficou em silêncio. Depois me confessou que me via de binóculo. Não gostei. Nem ele se sentiu bem de ter dito a verdade, tanto que avisou que "perdera o jeito" e não me telefonaria mais. Aceitei.

Fui então à cozinha esquentar um café. E depois me sentei no meu canto de tomar café. Tomei-o com toda a solenidade: parecia-me que havia um almirante sentado à minha frente.

Felizmente terminei esquecendo que alguém pode estar me observando de binóculo e continuo a viver com naturalidade: eu nada tenho a ver com binóculo alheio. Devo ter sido vista muitas vezes de camisola.

Como se vê, isto não é uma coluna, é conversa apenas. Como vão vocês? Estão na carência ou na fartura?

E agora vamos falar de energia atômica, não custa nada um pouco de cultura.

Quem diria, na minha infância, que um dia eu me defrontaria com um dos meus ídolos de Recife? E logo um de quem Einstein disse: "Só você é capaz de seguir meus passos." Trata-se de Mário Schemberg, físico e matemático. Ele mora em São Paulo. Agora é físico principalmente teórico, embora tenha participado de trabalhos experimentais. Quando estive com ele,

Mário estava redigindo uma tese sobre eletromagnetismo e gravitação, além de participar da colaboração Brasil-Japão sobre raios cósmicos. Estava ensinando mecânica racional, celeste e superior no Departamento de Física da Faculdade de Filosofia, Ciências e Letras da Universidade de São Paulo, sendo que no ano anterior dera um curso de pós-graduação no Centro Brasileiro de Pesquisas Físicas do Rio de Janeiro. A maioria de nós não alcança esses assuntos e fica na escuridão. O que eu alcancei foi a ideia de alguma coisa de extraordinária beleza. Algo assim como música de câmara. Quando no ginásio estudei matemática e física, percebi que nesses dois ramos do conhecimento humano a intuição tinha um papel preponderante, embora meus professores achassem que se tratava apenas de uma capacidade aguda de raciocínio. É claro, o raciocínio tem enorme importância, mas também é claro que a intuição tem seu papel na física e na matemática. E para mim tudo aquilo em que entra intuição é uma forma de arte. A física e a matemática são poéticas. São tanto uma forma de arte que as comparo à música de Bach. Para minha alegria, depois vim a saber que o matemático Jean Dieudonné pensava e dizia a mesma coisa.

Mário Schemberg tem uma bela cabeça de homem que lembra muito a cabeça de um imperador romano. Quando fala, fecha os olhos por longo tempo.

Desde 1934, quando foi criada a Faculdade de Filosofia, Ciências e Letras da Universidade de São Paulo, vêm sendo realizadas no Brasil pesquisas sobre física atômica, física nuclear e física das partículas elementares. Naquela ocasião, o professor Gleb Watghin fundou o Departamento de Física da faculdade. Depois da última guerra os estudos de aproveitamento de energia nuclear começaram a ser feitos em São Paulo, Rio de Janeiro e, mais tarde, em Belo Horizonte, Recife e outros pontos do país. Mas não existe um volume suficiente de pesquisas atômicas no Brasil.

Bem, acho que vocês não querem mais falar no assunto, que, no entanto, é fascinante. Pelo menos para mim, que fui boa aluna de física e matemática.

Uma vez me ofereceram a oportunidade de fazer uma crônica de comentários sobre acontecimentos, só que essa crônica seria feita para mulheres e a estas dirigida.

Terminou dando em nada a proposta, felizmente. Digo felizmente porque desconfio de que a coluna ia descambar para assuntos estritamente femininos, considerando "feminino" o que geralmente os homens e mesmo as próprias humildes mulheres consideram: como se mulher fizesse parte de uma comunidade fechada, à parte, e de certo modo segregada.

Nas minhas desconfianças me lembrava do dia em que uma moça veio me entrevistar sobre literatura, e, juro que não sei como, terminamos conversando sobre a melhor marca de delineador líquido para maquilagem dos olhos. E parece que a culpa foi minha pois a moça era bastante séria e queria falar sobre literatura. Maquilagem dos olhos também é importante, mas eu não pretendia invadir a conversa literária, por melhor que seja conversar sobre moda e sobre a nossa preciosa beleza fugaz.

Acho que misturei demais os assuntos. E essa conversa nossa, por culpa minha, degringolou em bate-papo um pouquinho esquisito. Que me perdoem as minhas leitoras. E que me digam sobre o que querem que eu escreva. Se bem que não sei escrever por encomenda: me perco completamente e escrever se torna um dever insuportável. Então, desfaço o que disse sobre vocês me encomendarem o que escrever. Continuarei livre para o bem do povo e a felicidade geral da nação.

Garrafa ao mar

Encontramos um livro de etiqueta, sem capa, sem nome de autor ou data – o que lhe deu uma nobreza de documento achado em garrafa ao mar. Tornado por tais circunstâncias misterioso e cheio de autoridade, abrimo-lo como ouviríamos a verdade tão verdadeira que até anônima já era.

Abrimo-lo é modo de dizer. O livro abriu-se sozinho, numa página gasta certamente por mãos ansiosas por bem proceder na vida. O capítulo tratava de senhoras e elevadores. E, antes que as associações mais extravagantes nos ocorressem diante da aproximação insólita das duas palavras, lemos: uma senhora deve evitar de todo o modo viajar de elevador. As razões, o livro não as dá. Provavelmente seriam óbvias.

Mas nem por ser tão categórico, o autor deixou de ser realista ou benevolente. De fato acrescentava: no caso de ser absolutamente necessária tal viagem, que as senhoras se mantivessem sentadas.

Sentadas no elevador? Se encolhemos os ombros, tal não deveria ter sido a atitude da dona das antigas mãos que seguravam o livro. Ela talvez tenha estremecido: "Meu Deus, ontem mesmo fui obrigada a entrar no elevador... e fiquei de pé! ah, o que não devem ter pensado de mim!"

Não nos cabe o direito de rir dessa aflição; outras, embora mais modernizadas, nós as temos.

O que nos ocorreu e que estava longe do autor a ideia de que um dia seu livro serviria, por um momento ao menos, para desvalorizar o imperativo da etiqueta e tirar a gravidade das gafes. E que sugeriria uma ideia infelizmente impossível de ser aplicada: a de que só se deveria ler livro de etiqueta depois que este ficasse perdido por uns cem anos. Quanto mais velho, mais útil.

Mistério em São Cristóvão

Numa noite de maio – os jacintos rígidos atrás da vidraça – a sala de jantar de uma casa estava iluminada e tranquila.

Ao redor da mesa, por um instante imobilizados, achavam-se o pai, a mãe, a avó, três crianças e uma mocinha magra de dezenove anos.

O sereno perfumado de São Cristóvão não era perigoso, mas o modo como as pessoas se agrupavam no interior da casa tornava arriscado o que não fosse o seio de uma família numa noite fresca de maio. Nada havia de especial na reunião – acabara-se de jantar e conversava-se ao redor da mesa, os mosquitos em torno da luz. O que tornara particularmente abastada a cena, e tão desabrochado o rosto de cada pessoa, é que depois de muitos anos quase se apalpava afinal o progresso nessa família: pois numa noite de maio, após o jantar, eis que as crianças têm ido diariamente à escola, o pai mantém os negócios, a mãe trabalhou durante anos nos partos e na casa, a mocinha está se equilibrando na delicadeza de sua idade, e a avó atingiu um estado. Sem se dar conta, a família fitava a sala feliz, vigiando o raro instante de maio e sua abundância.

Depois cada um foi para seu quarto. A velha estendeu-se gemendo com benevolência. O pai e a mãe, fechadas todas as portas, deitaram-se pensativos e adormeceram. As três crianças, escolhendo as posições mais difíceis, adormeceram em três camas como em três trapézios. A mocinha, na sua camisola de algodão, abriu a janela do quarto e respirou todo o jardim com insatisfação e felicidade. Perturbada pela umidade cheirosa, deitou-se prometendo-se para o dia seguinte uma atitude inteiramente nova que abalasse os jacintos e fizesse as frutas estremecerem nos ramos – no meio de sua meditação adormeceu.

Passaram-se horas. E quando o silêncio piscava aos vaga-lumes – as crianças penduradas no sono, a avó ruminando um sonho difícil, os pais cansados, a mocinha adormecida no meio de sua meditação – abriu-se a casa de uma esquina e dela saíram três mascarados.

Um era alto e tinha a cabeça de um galo. Outro era gordo e vestira-se de touro. E o terceiro, mais novo, por falta de ideias, disfarçara-se em cavaleiro antigo e pusera máscara de demônio, através da qual surgiam seus olhos cândidos. Os três mascarados atravessaram a rua em silêncio.

Quando passaram pela casa escura da família, aquele que era um galo e tinha quase todas as ideias do grupo, parou e disse:

– Olha só.

Os companheiros, tornados pacientes pela tortura da máscara, olharam e viram uma casa e um jardim. Sentindo-se elegantes e miseráveis, esperaram resignados que o outro completasse o pensamento. Afinal o galo acrescentou:

– Podemos colher jacintos.

Os outros dois não responderam. Aproveitaram a parada para se examinar desolados e procurar um meio de respirar melhor dentro da máscara.

– Um jacinto para cada um pregar na fantasia – concluiu o galo.

O touro agitou-se inquieto à ideia de mais um enfeite a ter que proteger na festa. Mas, passado um instante em que os três pareciam pensar profundamente para resolver, sem que na verdade pensassem em coisa alguma – o galo adiantou-se, subiu ágil pela grade e pisou na terra proibida do jardim. O touro seguiu-o com dificuldade. O terceiro, apesar de hesitante, num só pulo achou-se no próprio centro dos jacintos, com um baque amortecido que fez os três aguardarem assustados: sem respirar, o galo, o touro e o cavalheiro do diabo perscrutaram o escuro. Mas a casa continuava entre trevas e sapos. E, no jardim sufocado de perfume, os jacintos estremeciam imunes.

Então o galo avançou. Poderia colher o jacinto que estava à sua mão. Os maiores, porém, que se erguiam perto de uma janela – altos, duros, frágeis – cintilavam chamando-o. Para lá o galo se dirigiu na ponta dos pés, e o touro e o cavaleiro acompanharam-no. O silêncio vigiava.

Mal porém quebrara a haste do jacinto maior, o galo interrompeu-se gelado. Os dois outros pararam num suspiro que os mergulhou em sono.

Atrás do vidro escuro da janela estava um rosto branco olhando-os.

O galo imobilizara-se no gesto de quebrar o jacinto. O touro quebrara-se de mãos ainda erguidas. O cavalheiro, exangue sob a máscara, rejuvenescera até encontrar a infância e o seu horror. O rosto atrás da janela olhava.

Nenhum dos quatro saberia quem era o castigo do outro. Os jacintos cada vez mais brancos na escuridão. Paralisados, eles se espiavam.

A simples aproximação de quatro máscaras na noite de maio parecia ter percutido ocos recintos, e mais outros, e mais outros que, sem o instante no jardim, ficariam para sempre nesse perfume que há no ar e na imanência de quatro naturezas que o acaso indicara, assinalando hora e lugar – o mesmo acaso preciso de uma estrela cadente. Os quatro, vindos da realidade, haviam caído nas possibilidades que tem uma noite de maio em São Cristóvão. Cada planta úmida, cada seixo, os sapos roucos, aproveitavam a silenciosa confusão para se disporem em melhor lugar – tudo no escuro era muda aproximação. Caídos na cilada, eles se olhavam aterrorizados: fora saltada a natureza das coisas e as quatro figuras se espiavam de asas abertas. Um galo, um touro, o demônio e um rosto de moça haviam desatado a maravilha do jardim... Foi quando a grande lua de maio apareceu.

Era um toque perigoso para as quatro imagens. Tão arriscado que, sem um som, quatro mudas visões recuaram sem se desfilarem, temendo que no momento em que não se prendessem pelo olhar novos territórios distantes fossem feridos, e que, depois da silenciosa derrocada, restassem apenas os jacintos –

donos do tesouro do jardim. Nenhum espectro viu o outro desaparecer porque todos se retiraram ao mesmo tempo, vagarosos, na ponta dos pés. Mal, porém, se quebrara o círculo mágico de quatro, livres da vigilância mútua, a constelação se desfez com terror: três vultos pularam como gatos as grades do jardim, e um outro, arrepiado e engrandecido, afastou-se de costas até o limiar de uma porta, de onde, num grito, se pôs a correr.

Os três cavalheiros mascarados que, por ideia funesta do galo, pretendiam fazer uma surpresa num baile tão longe do carnaval, foram um triunfo no meio da festa já começada. A música interrompeu-se e os dançarinos ainda enlaçados, entre risos, viram três mascarados ofegantes parar como indigentes à porta. Afinal, depois de várias tentativas, os convidados tiveram que abandonar o desejo de torná-los os reis da festa porque, assustados, os três não se separavam: um alto, um gordo e um jovem, um gordo, um jovem e um alto, desequilíbrio e união, os rostos sem palavras, embaixo de três máscaras que vacilavam independentes.

Enquanto isso, a casa dos jacintos iluminara-se toda. A mocinha estava sentada na sala. A avó, com os cabelos brancos entrançados, segurava o copo d'água, a mãe alisava os cabelos escuros da filha, enquanto o pai percorria a casa. A mocinha nada sabia explicar: parecia ter dito tudo no grito. Seu rosto apequenara-se claro – toda a construção laboriosa de sua idade se desfizera, ela era de novo uma menina. Mas na imagem rejuvenescida de mais de uma época, para o horror da família, um fio branco aparecera entre os cabelos da fronte. Como persistisse em olhar em direção da janela, deixaram-na sentada a repousar, e, com castiçais, na mão, estremecendo de frio nas camisolas, saíram em expedição pelo jardim.

Em breve, as velas se espalhavam dançando na escuridão. Heras aclaradas se encolhiam, os sapos saltavam iluminados entre os pés, frutos se douravam por um instante entre as folhas. O jardim, despertado no sonho, ora se engrandecia ora se extinguia; borboletas voavam sonâmbulas. Finalmente a velha, boa conhecedora dos canteiros, apontou o único sinal visível no jardim que se esquivava: o jacinto ainda vivo quebrado no talo... Então era verdade: alguma coisa sucedera. Voltaram, iluminaram a casa toda e passaram o resto da noite a esperar.

Só as três crianças dormiam ainda mais profundamente.

A mocinha aos poucos recuperou sua verdadeira idade. Somente ela não vivia a perscrutar. Mas os outros, que nada tinham visto, tornaram-se atentos e inquietos. E como o progresso naquela família era frágil produto de muitos cuidados e de algumas mentiras, tudo se desfez e teve que se refazer quase do princípio: a avó de novo pronta a se ofender, o pai e a mãe fatigados, as crianças verdadeiramente insuportáveis, toda a casa parecendo esperar que mais uma vez a brisa da abastança soprasse depois de um jantar. O que sucederia talvez noutra noite de maio.

Conselhos

Aparência: tudo tem jeito

Você é "moralmente" tão antiquada a ponto de considerar vaidade feminina uma frivolidade? Você já devia saber que as mulheres querem se sentir bonitas para se sentirem amadas. E querer sentir-se amada não é frivolidade.

Se você pensa que "nasceu" assim, e não tem jeito, fique certa de que está é desistindo de alguma coisa muito importante: de sua própria capacidade de atrair. Quer saber de uma coisa? Obesidade tem jeito. Cabelos sem vida têm jeito. Rosto sem graça tem jeito. Tudo tem jeito.

O remédio? O remédio é não ser uma desanimada triste. E o outro remédio é ter como objetivo ser um "você mesma" mais atraente – e não o de atingir um tipo de beleza que nunca poderia ser seu.

Para não "bobear"

Quando você era criança nunca leu a história de uma princesa linda, linda, mas – por maldição de fada ruim – que não abria a boca sem que desta lhe saíssem sapos, lagartos e ratinhos?

Pois o modo moderno de saírem "cobras e lagartos" da boca linda de uma jovem é o de dizer muita bobagem com os lábios perfeitamente maquiados. Só que isso não acontece por maldição de fada ruim, e sim por ignorância, por falta de instrução. Uma dessas "princesas" modernas, ouvindo uma conversa sobre Hemingway, perguntou: "Qual é o último filme em que ele trabalhou?"

Ler é um hábito que todo mundo devia ter. Não se quer dizer com isso que todos leiam "coisas difíceis". Mesmo uma revista bem informada – e bem lida – pode ser uma fonte de culturazinha que pelo menos evita "cobras e lagartos".

Pode-se amar sem admirar?

Pode-se dar amor natural, comum. Pode-se ter pena da pessoa ou ser fisicamente atraída por ela, e enganar-se pensando que essa reação é amor. Mas para que o amor real exista é preciso que você admire alguma coisa nele ou nela. Theodore Reik acha que o "amor só é possível quando você atribui um valor mais alto à pessoa do que a você, quando você vê nela ou nele uma personalidade que, pelo menos em algum sentido, é superior à sua".

Fotografamos para você. A excêntrica

A vida não é cinema – e é muito difícil "usar" a excentricidade. A excentricidade é um desejo desesperado de agradar. O instinto das mulheres lhes informa "até onde podem ir" no desejo de agradar. Você já reparou o esforço enorme que a excentricidade exige de uma mulher? Quase um esforço físico de manter algo antinatural. No fim de algumas horas, vê-se no rosto da excêntrica o seu enorme cansaço, a sua vontade de voltar para casa...

O que é excentricidade? De um modo geral, o exagero. Homens gostam de perfume? A excêntrica banha-se em perfumes... Decote é bonito? Ela então se desnuda. Entrar com segurança numa sala é elegante? então vamos fazer uma entrada teatral. A naturalidade é agradável? então vamos "fingir" naturalidade confundindo-a com vulgaridade. Homens gostam de "companheirismo"? então vamos beber como um homem, dizer palavrões, e mostrar que estamos acima dessa coisa ridícula que é mulher educada. A excentricidade é um esforço que termina em tristeza.

Hora e tempo para tudo

Por que existem mulheres que nunca se lembram de olhar o relógio quando vão sair? Por isso, é normal vê-las, logo de manhã cedo, indo para os escritórios, já carregadas de pinturas e joias e perfumes, ostentando vistosas toaletes. Não sentem o ridículo em que estão caindo. Outras, exagerando o que pretendem ser a sua "simplicidade", apresentam-se em qualquer lugar, em horários noturnos, às vezes até mesmo em reuniões em casas particulares, de sandálias, de saias e blusas esportivas, quando não de *slacks* e penteados os menos indicados.

Uma mulher elegante não faz isso. Para esta, local e hora são fatores importantes para a tarefa de "vestir-se bem" e "apresentar-se bem". Tão importante quanto a própria idade, com relação às modas, à maquiagem e aos penteados.

Se você não quer ser objeto de críticas irônicas, de risotas, antes de iniciar sua toalete, antes de escolher o penteado e o vestido que vai usar, atente primeiro para si mesma: "que idade aparento?" Depois, para o seu tipo: "Não estarei um pouco gorda (ou magra) para usar isto?" Depois para o relógio. Tudo isso, é claro, depois de ter decidido se o lugar aonde vai exige uma roupa esportiva ou um traje de cerimônia.

Quem muito agrada, desagrada

Nunca ouvi esse provérbio, acho que inventei agora mesmo. Mas você vai ver se esse provérbio, inventado ou não, não se aplica a pessoas que você conhece: Às que querem agradar a todo o preço. Então tornam-se "encantadoras". Procuram adivinhar os mínimos desejos dos outros. Procuram elogiar de qualquer modo. Começam também a mostrar que fazem sacrifícios a cada momento. Esse tipo encantador pesa na alma dos outros. Em uma palavra: desagrada.

Se a pessoa consegue ser e ficar à vontade, ela deixa os outros serem e ficarem à vontade.

Os espelhos da alma...

Desde remota Antiguidade, os olhos vêm servindo de tema para poemas, ensaios, provérbios, lendas etc. Os de Cleópatra (que os maquiava muito à maneira das modernas elegantes) eram tão célebres quanto o seu nariz e devem ter desempenhado também papel importante na mudança dos destinos da humanidade.

A moda atual – insensata sob tantos aspectos – pelo menos com relação aos olhos, demonstra haver compreendido a importância deles para sobressair a beleza de um rosto. Com efeito, nunca houve tanto requinte na maquilagem dos olhos como agora. O seu formato é sublinhado e alongado por traços de lápis; o rímel, que até bem pouco tempo se limitava ao preto e ao marrom, hoje, pode ser encontrado nos mais variados matizes de verde, azul, violeta ou cinza; e um mostruário de "sombra" para as pálpebras faz lembrar uma paleta de pintor abstracionista.

Mas não é só. Recentemente, em Paris, foram lançadas "sombras" de ouro e de prata para a noite. E Josephine Baker, a famosa cançonetista e dançarina café au lait, inaugurou a moda de colar sobre cada pálpebra uma pequenina pedra preciosa. Desta forma, qualquer uma que queira dar-se a esse trabalho (quase de ourives), poderá exibir um olhar cintilante...

Quanto aos cílios postiços, outrora só usados por atrizes no palco ou na tela, o seu uso está espalhando-se cada vez mais, até para as horas do dia.

Para os olhos serem belos, não basta, porém, que sejam grandes, de um colorido especial ou maquilados com requinte.

É preciso que neles haja algo mais. Pois, sendo "os espelhos da alma", devem refletir doçura, compreensão, inteligência.

Em resumo, mais importante do que os olhos é – o olhar.

O guarda-chuva-sombrinha

Nossas avós consideravam a sombrinha um elemento de coqueteria. Além disso, ninguém queria macular com o sol uma pele radiosamente branca. Hoje preferimos o bronzeamento no verão – mas bem que podemos usar a graça de um guarda-chuva que é enfeitado, estampado e alegre como uma sombrinha. Sobretudo porque as chuvas de verão são chuvas alegres...

Quem não tem rosto

Há mulheres de quem poderíamos dizer: não têm rosto. Na verdade, de tal modo a fisionomia está "submersa", com traços indecisos e cores desbotadas, que lembra um quadro apenas esboçado e nunca terminado.

Acorde um rosto apagado

Você saberia "criar", sobre um rosto apagado, o seu verdadeiro rosto? Acordar a expressão? Sublinhar os traços? Pôr sal e graça numa fisionomia adormecida?

Você sabe, por exemplo, acender num olhar amortecido, uma leve chama de vivacidade? Suponhamos que você seja alourada – ou, apesar de castanha, tenha aqueles olhos meio apagados que às vezes se veem em louras. Não é necessário carregar na maquiagem. Primeiro trabalho: sombreamento, destinado a definir, acentuar e sublinhar (sem sobrecarregar) a forma da pálpebra. Depois: com tracinhos de lápis apropriado sublinhe a linha dos cílios superiores, e acentue a linha inferior, a partir do centro da pálpebra em direção ao canto externo do olho. E, para finalizar, rímel nos cílios e lápis nas sobrancelhas (para igualá-las e acentuar-lhes a forma).

Quem é que você deve imitar?

A questão toda está aí: você deve imitar você mesma. O que quer dizer: seu trabalho é o de descobrir no próprio rosto a mulher que você seria se fosse mais atraente, mais pessoal, mais inconfundível. Quando você "cria" seu rosto, tendo como base você mesma, sua alegria é de descoberta, de desabrochamento.

Ocupar-se

Se está lhe sobrando tempo demais, a ponto de você conhecer uma das piores coisas da vida – o tédio – pense nessas possibilidades de ocupação:

– Explorar as aptidões com que você nasceu ou aquelas que você adquiriu e que poderiam se desenvolver.

– Fazer de algumas de suas aptidões um meio de trabalho regular, remunerado.

– Aplicar sua bondade em servir a tantos que dela precisam.

– Em vez de comprar todas as coisas de que você ou sua família precisam – fazê-las você mesma.

A casa própria aumenta a felicidade?

Uma casa de sua propriedade, onde se pode fazer melhoramentos e modificar à vontade, é o sonho de toda mulher. Com raras exceções, uma esposa preferirá uma casa própria a um automóvel. Um lar – sendo a casa sua – aumenta a sensação de segurança de uma esposa e dá ao homem uma satisfação muito parecida com a do dever cumprido perante sua família. Saber que os seus terão um teto, dado por ele à custa do suor e sofrimento, contribui para cimentar o caráter já formado de um homem. Estreita os laços e, naturalmente, muito contribuirá para a felicidade completa de um casal. Dizemos contribuirá, porque uma casa simplesmente não dá felicidade a ninguém, mas ajuda a achar ou cimentar a felicidade existente.

Andam muito acertados os casais que fazem sacrifícios enormes para adquirir sua casa, pois na luta em comum e nas privações dos pequenos prazeres e alegrias, eles se encontram, amadurecidos para a vida e com mais disposição para se compreenderem melhor.

A corrida para "pegar a hora"

A pontualidade é um hábito que repousa. Se você estiver sempre correndo para alcançar a hora, estará em contínuo estado de tensão.

Saber que você está "a tempo" dar-lhe-á uma sensação de calma e segurança. Mas veja o que lhe acontece quando subitamente você olha para o relógio e descobre que vai chegar muito atrasada: o pequeníssimo choque faz com que você retese os músculos.

Quem está sempre atrasada, paga, sem saber, um preço: uma constante, mesmo que leve, insatisfação consigo própria.

Sem falar na exaustão quem vem de tanto correr "para tirar o pai da forca". E sem falar no ar afobado – e desagradável para os outros.

E tudo isso porque alguns minutos não lhe pareceram importantes – e subitamente lhe pareceram importantíssimos...

Os primeiros medos

Os primeiros medos de seu filho são muito respeitáveis... Para você entendê-los basta lembrar-se de como o mundo deve parecer hostil e ameaçador a quem está por assim dizer nascendo. Em vez de ter que "se encher de paciência", você automaticamente se encherá de amor quando se lembrar de que você é o símbolo de proteção e agasalho para esse menino que não entende que hão de sentá-lo numa cadeira que roda, deixar um homem que ele não conhece aproximar-se com tesoura e máquinas barulhentas e cortar-lhe cabelos que não o incomodam...

O ouro volta a ser padrão

Nos bons tempos em que o padrão era ouro, o dourado, como acessório de elegância feminina, restringia-se às grandes ocasiões, às toaletes de gala, a sapatos preciosos e tecidos suntuosos. Mas os tempos mudaram e, com eles, por assim dizer, a época áurea do ouro que, perdendo o seu prestígio de padrão, passou a ter utilidade apenas para joalheiros e dentistas...

Assim, esse precioso metal pouco a pouco foi-se democratizando e começou a invadir terrenos em que outrora jamais se cogitaria encontrá-lo. O fenômeno repercutiu sobretudo na moda feminina. Ninguém, hoje em dia, se espanta mais com sandálias esporte douradas, maiôs de lamê, tecidos de algodão entremeados de fios de ouro etc.

A invasão processou-se também no campo dos cosméticos: unhas douradas, pálpebras que lembram montagens em ouro para as pedras preciosas dos olhos... cabelos salpicados de uma poeira dourada – e até os lábios podem tornar-se de ouro!

Mas cuidado! O exagero é tão pernicioso como a mediocridade. Uma mulher para ser elegante, não precisa tornar-se excêntrica. Um ou dois detalhes vistosos numa toalete podem dar originalidade ao conjunto, mas quando há excesso, surge o perigo do ridículo. As mulheres que se cobrem de ouro, em vez de ofuscantes, podem assumir apenas um aspecto vulgar – que é a antítese da elegância...

No campo dos acessórios, como o ouro, com o seu brilho, é a mais positiva de todas as "cores", pode facilmente tornar-se berrante. E há outra circunstância a levar em conta: são muitas as tonalidades do ouro, e raramente se casam umas com as outras.

Nem tudo o que brilha é ouro – nem tampouco elegância...

Estar na moda requer dinheiro?

Com dinheiro é melhor, nem tem dúvida. Mas, felizmente, há mais mulheres elegantes que mulheres ricas. E cada vez mais, pois os costureiros de hoje não podem se dar ao luxo de criar e vender apenas para um grupo limitado. Os "achados" dos desenhistas saem depressa dos grandes salões e caminham com as moças pelas ruas.

O que marca uma moda são sobretudo os acessórios, os detalhes que põem uma "data" num vestido. Observe duas moças vestidas com os mesmos conjuntos, e ambas encantadoras. Uma está na moda, a outra não. Por quê? Porque a primeira soube dar um laço na echarpe, pregar um broche no lugar certo, usar um colar que no ano passado não existia. Estar na moda é saber sublinhar a própria personalidade marcando-a com a data de hoje.

Para a mulher que trabalha

A boa aparência é uma das coisas importantes para a mulher que trabalha. Por isso, não deixe faltar em sua bolsa um estojo de pó compacto para retocar a maquiagem. Existem estojos de diversos tipos e de diversos preços, o trabalho sendo apenas de escolher o que apresentar maior variedade de tons. O pó compacto conserva a maquiagem por horas e horas. O batom, o pente e um pequeno frasco de perfume também são acessórios indispensáveis na bolsa da mulher que trabalha fora. Se o cuidado com a própria aparência é obrigatório em qualquer mulher, numa funcionária zelosa ainda o é mais. Sua presença no escritório deve ser motivo de orgulho para seu chefe e prazer para seus colegas. E uma aparência desleixada é desagradável para todos. Se você trabalha fora, minha amiga, não se esqueça de que tem de enfrentar, diariamente, a concorrência das colegas e a crítica dos estranhos, e deve estar preparada para enfrentá-las. Mesmo enquanto toma o seu banho diário, espalhe sobre todo o rosto um bom creme especial para pele seca, a fim de evitar que o uso constante de cosmético resseque e provoque pequenas rugas precoces em seu rosto, comprometendo a sua beleza. Retire o creme com um lenço de papel antes de fazer o seu make-up.

O interior de sua bolsa

Você já viu – ou já aconteceu a você mesma – uma jovem elegante que, ao abrir a bolsa, faz um gesto de cuidado para ninguém ver o que se passa por dentro? Parece um gesto misterioso, de quem guarda coisas preciosas e secretas. No entanto a explicação é quase sempre simples: a bolsa está tão mal-arrumada que a jovem tem vergonha.

Na bolsa bem-arrumada não há poeira, nem pó de arroz espalhado, nem fumo de cigarro. O que pôr na bolsa? Entre as pequenas utilidades que uma mulher prevenida sempre carrega: estojo de pó, batom, lenço de tecido, lenço de papel, pente, espelho, perfume. E – não esquecer – um pequeno comprimido para aliviar alguma súbita dor de cabeça, algum mal-estar – esses pequenos males que muitas vezes estragam todo o prazer de um passeio ou de uma festa.

As meias em apogeu

Sempre que as saias se tornam mais curtas, as meias – muito logicamente – adquirem uma renovada importância no conjunto da toalete feminina. Durante a última Grande Guerra, por exemplo, quando as saias andavam tão curtas como agora e as restrições tornavam escassas as meias, as mulheres, inspirando-se em hábitos da Antiguidade, lançaram mão da pintura para dar a impressão de que suas pernas estavam recobertas com finas meias de seda. O sistema, porém, tinha seus senões: as "meias" frequentemente passavam para a barra da saia ou, com a chuva, desapareciam, deixando as pernas nuas...

Atualmente, a meia está numa de suas épocas de apogeu. Tanto as meias de lã, para roupas esportivas, como as de náilon, são admissíveis em praticamente todas as cores, das mais delicadas às mais vistosas. E, há pouco tempo, a famosa Maison Dior, de Paris, lançou as *sparkling*, isto é, mais cintilantes, que fazem luzir as pernas como se houvessem recebido um banho de ouro e prata. O tipo *sparkling* é, aliás, obtido por um truque de fabricação bastante simples: o fio de náilon, em vez de redondo, como nas meias comuns, é triangular, e as suas facetas refletem a luz que o torna cintilante...

Outro tipo de meia, que Paris lançou e que Nova York já adotou para este verão, é o *mitaine*, especial para sandálias abertas na frente. Essas meias, à semelhança das luvas de nossas bisavós, vão só até a altura dos dedos, deixando-os livres.

As meias com aplicações de renda, bordadas ou salpicadas de strass, começam também a surgir, ou melhor, ressurgir, nas novas coleções, de vestidos de baile curtos.

Portanto, se você quer andar (literalmente) na moda, passe a dar mais atenção às meias e não tenha receio de escolhê-las em cores originais, combinando ou contrastando com sua toalete.

Uma última advertência, nada mais de meias com costuras. Essas, no momento, estão no ostracismo...

Conselhos esquisitos

Podem ser esquisitos mas dão certo... Imagine que é perfeitamente possível engomar anáguas aproveitando... a água em que foi cozido o macarrão. Também dá certo usar o mesmo líquido em tecidos mais leves: basta acrescentar mais água.

Outra coisa bem esquisitinha é o modo de limpar faca enferrujada: basta fincá-la... numa cebola, lavando-a em seguida com sapóleo.

E se você nunca pensou nisso, vai estranhar: fubá de milho tira mancha de mofo. Ferva a roupa mofada num pouco d'água com duas colheres de fubá, e deixe quarar um pouco.

No domínio ainda do estranho: esfregue as mãos manchadas de cera com sal de cozinha e sabão.

Separação

A distância arrefece o amor? Há um ditado que diz: "O que os olhos não veem, o coração não sente." A distância muitas vezes ajuda a esquecer o ente amado, ou a trocá-lo por outro amor, que tem o sabor da novidade.

Quando se trata, porém, de distância forçada, a separação só faz aumentar o amor, transformando um romance banal num idílio inesquecível e eterno. Quando os pais fazem oposição, de um lado ou de outro, ou dos dois lados, então as coisas assumem proporções catastróficas. Para confirmar o que dizemos, basta passar os olhos pelos jornais e revistas e ver os casos amorosos que não tiveram o beneplácito dos pais. Imediatamente, os amantes se empenharam em casar, custasse o que custasse.

Quando os pais não quiserem que sua filha ou filho se case com seu namorado, ou namorada, procurem ficar muito quietos, afetando indiferença pelo namoro, e dando um ou outro palpite ocasionalmente, nunca, porém, desmerecendo as qualidades do ente amado diante do filho, pois de repente a pessoa querida ganha em qualidades e atinge a perfeição aos olhos de quem ama.

O "cantinho" alegre

A beleza de uma casa está nos detalhes. Há donas de casa que têm o dom de criar "cantinhos". É como se elas desdobrassem a própria personalidade e espalhassem graça. Olham uma parede vazia – e daí a pouco a imaginação começa a trabalhar, a "encher" aquele trecho inexpressivo da casa. Em breve temos o que passa a ser "um cantinho". Essa parede alegre, por exemplo, pode ser na cozinha, no banheiro, no quarto. Pode-se fazer uma parede "viver" – sem usar quadros propriamente ditos. Objetos bem distribuídos também são pictóricos.

Férias... em casa

Todos os dias a gente devia poder tirar umas horinhas de férias. E em casa mesmo. Você tem em seu lar o "lugar ideal"? Aquele no qual você é você mesma, e com todo conforto? Onde você parece estar estirada no paraíso? Quem não tem seu "cantinho" em casa – quase que não tem casa. Veja essa poltrona. Talvez seja disso que você precisa: de um lugar que acolha bem você. E, se você é casada, seu marido terá esse lugar quando chegar do trabalho: o lugar onde ele é rei, onde o patrão não manda, onde as intrigas não chegam, onde as preocupações de dinheiro não entram. Um lugar bom para "ser". O mesmo que, de dia, você tomou para si, como uma rainha. (O melhor seria ter dois lugares perfeitos, pense nisso.)

Adão e a beleza

Que importância tem para os homens a beleza feminina? Na realidade, existe muito pouca mulher verdadeiramente bonita; e portanto o que seria do romance, se a beleza só constituísse fator absoluto para o mesmo? Mas seja como for, "eles" continuam sendo agarrados por "elas" e seus encantos. Não importa que sejam altas ou baixas, gordas ou magras, que tenham as pernas tortas ou que sejam dentuças.

É muito difícil para o rapaz poder explicar "o que" o fez cair. Muitos psicólogos são de opinião de que a razão está às vezes num pequeno traço ou expressão que lhes lembra a mãe. Ou apenas aquela sensação interna que não pode absolutamente ser arrancada.

Certo rapaz ainda opina que a beleza naturalmente ajuda, mas que o mais importante é a personalidade.

Também a idade física do homem influi em suas opiniões. Por exemplo, os rapazotes vão muito mais pela aparência exterior do que os homens já maduros.

Foi feito um inquérito entre estudantes de 17 e 18 anos e apurou-se o seguinte: 75%, o fato de dançarem bem (imaginem!) e só 24%, a inteligência.

Depois da guerra, então, fizeram outros inquéritos entre os veteranos, cujas preferências se mostraram bem mais inteligentes: em primeiro lugar, a mulher deve gostar de coisas de casa, querer ter filhos, ser boa cozinheira, ser ativa, simpática e bem cuidada. Só no fim é que vem a beleza.

Mas a verdade é que quando chega mesmo a hora, eles se apaixonam sem precisar de nada disso...

Um homem entre mulheres

Todo homem se deixa levar por uma de suas namoradas, pelo menos uma vez, fazendo tudo o que ela quer, mandando-lhe flores, saindo com ela para passear e querendo estar sempre junto; chega mesmo a casar-se com ela. Por aí deduzimos que devia sentir-se feliz no meio de uma dezena de mulheres.

A verdade, porém, é que ele não se sente nada bem no meio de uma multidão de mulheres, do mesmo modo que um esquimó não pode se sentir bem dentro de uma roupa de banho úmida.

Uma mulher no meio de uma porção de homens até se diverte, porque eles lhe darão uma atenção toda especial e ela adora isso! Já um homem, quando se encontra no meio de uma porção de mulheres, a única coisa que quer é cair fora. Os psicólogos dizem que é o resultado de eles terem sido mandados por mulheres desde pequenos: a mãe, as babás e as professoras. Depois disso, como podem se sentir bem no meio de uma multidão de mulheres? Além do mais, elas não falam de outra coisa a não ser de si mesmas, de suas roupas e das outras mulheres, e entram em todos os pequenos detalhes de sua vida cotidiana.

Para um homem é difícil entrosar-se nessa linguagem, pois todas falam ao mesmo tempo, e empregam termos cheios de afeição como "querida", "que encanto" etc... que um homem que se preza não vai usar.

No fim de trinta segundos, ele já está inteiramente sem ação e com os olhos esgazeados postos na porta de saída.

Explicando para as crianças "amor"

Saiu um livro lindo nos Estados Unidos, escrito por uma mulher: Joan Walsh Anglund. Chama-se *Amor é um modo especial de sentir.* E nele aprende-se como ensinar a crianças a respeito do mais complexo dos sentimentos humanos. Aliás, a autora tem um jeito todo especial de explicar o difícil. Escreveu, por exemplo, um livro cujo título é uma verdadeira definição: "Amigo é alguém que gosta da gente." Bem, no livro sobre amor ela, em poucas palavras, transmite às crianças toda a vastidão do sentimento de amor. Por exemplo, "amor é a segurança que a gente sente quando se senta no colo da mamãe". Outra: "amor é a felicidade que a gente sente quando salva um passarinho que foi ferido."

E, para finalizar com chave de ouro, esse achado, essa verdade, que todos nós reconhecemos: "Você sabe quando o amor está presente porque, subitamente, você não se sente mais só."

As 24 horas de um dia

Poucas pessoas – pouquíssimas, aliás – vivem com alegria. Ou estão lamentando os erros de outrem ou se preocupando com os problemas de amanhã.

Ou se sentem tão cansadas e nervosas que não têm capacidade de usar o momento presente. No entanto, o "dever" da gente é com o momento presente, sobretudo.

Não existe ninguém no mundo que tenha mais do que 24 horas por dia. Planejando um pouco, é muito possível "possuir" mais essas 24 horas – sem a exaustão ou confusão que vêm quando se tenta fazer muito em pouco tempo.

Qual seria a recompensa de um planejamento do tempo? Esta: ter mais tempo.

"Sou tímida"

Você é tímida e quer saber se pode ser gostada, mesmo com sua timidez. Claro que sim.

As pessoas tímidas demais podem não ser um exemplo de popularidade, mas em geral são estimadas sem mesmo lutarem por isso. Algumas pessoas tímidas têm um jeito sincero e quieto de se exprimirem – o que é, em si, um encanto para os outros.

Agora, o que afasta os outros, é quando uma pessoa tímida procura esconder sua timidez sob uma capa de frieza e indiferença, ou sob uma atitude agressiva.

É claro, também, que se o tímido evita qualquer contato social, nunca terá a oportunidade de saber se seria gostado ou não.

Rosto novo em alguns instantes
(Truque de lutador de boxe)

Embora moça, há dias em que o rosto parece fatigado, escurecido. Se isso lhe acontece com frequência, procure descobrir o que há de errado no seu regime de vida. (Alimentação pouco racional, excesso de preocupações etc.)

Mas suponhamos que você precise ir a uma festa ou a qualquer outra reunião, onde queira "estar bem". Naturalmente não poderá eliminar às pressas o motivo real de sua aparência cansada. Poderá, no entanto, em alguns instantes, "levantar" o rosto, dar-lhe maior vivacidade – e mesmo emprestar aos olhos aquele brilho que reflete ânimo novo.

Experimente, por exemplo, seguir este conselho:

Prenda os cabelos, desnudando a nuca. Molhe um pano em água bem fria, esprema-o e aplique-o na nuca. Renove várias vezes a compressa. Você se sentirá, imediatamente, mais disposta. Nunca reparou que os lutadores de boxe, entre um *round* e outro, são submetidos a esse rápido tratamento? Pois, antes de enfrentar novas lutas, use o mesmo tônico.

Comportamento

Nossos filhos, desde pequenos, devem ir aprendendo a se portar bem junto aos outros, seja numa festa, na escola ou numa praça de brinquedos. O hábito de correr na frente, empurrar o companheiro ou passar no meio dos mais velhos, pisando-lhes o pé, denota a criança pouco treinada para viver na sociedade.

As crianças devem se desenvolver num ambiente de cortesia, naturalmente espontânea, sem ser forçada. Ensine seus filhos a pedirem desculpas e reconhecerem seus erros, quando não tiverem procedido direito. O reconhecimento de suas próprias falhas é tão importante ao homem como as suas próprias qualidades.

Ao lado dos cuidados com a saúde e alimentação da criança, a mãe nunca deve se esquecer de que está moldando uma criatura humana, incutindo-lhe bons ou maus exemplos, através de seus próprios atos corriqueiros em casa. Como pode uma mãe tentar corrigir um filho que fala alto demais, com gesticulação exagerada, se ela também possui este defeito?

Inteligência

As mulheres são mais inteligentes? Por favor, não fale alto, pois, se houver algum homem por perto, sou capaz de apanhar... Isto não é pergunta que se faça...

A faculdade de inteligência foi conferida tanto ao homem como à mulher, seres racionais. O desenvolvimento da inteligência é feito através de estudos, experiências práticas que se realizam todos os dias, desde quando a criança abre os olhos para o mundo, até o fim da vida. Quanto mais estudos, experiências, contato com o mundo e com os semelhantes, maior desenvolvimento haverá para a inteligência. Há, na verdade, indivíduos que nasceram bem-dotados de algumas faculdades da inteligência e conseguem aprender com facilidade tudo o que se relaciona com elas. Há pessoas com tendências visíveis para a música, outras para a matemática e outras ainda para o desenho. Basta que a estes indivíduos se deem alguns meios para começar seu aprendizado e eles cedo estarão dominando completamente sua especialidade.

Isto quer dizer que não há homens ou mulheres mais inteligentes. Todos têm sua cota, alta ou baixa, de inteligência, e serão muito espertos se souberem aproveitá-la da melhor maneira, estudando e aperfeiçoando os dons que Deus lhes conferiu.

O lar e o trabalho

A vida da dona de casa é mais cômoda do que a da moça que trabalha?

Muita gente pensa que a maioria das mulheres prefere trabalhar fora a viver em casa, cuidando da comida, roupa e arrumação do lar. No entanto, estatísticas confirmam que a grande maioria das mulheres que trabalha fora preferiria estar em casa, mesmo tendo que tomar todo o encargo de uma casa.

Não é nada agradável para uma mulher levantar todo o dia à mesma hora, se preparar correndo, tomar café e sair atrás de um ônibus lotado, para começar a trabalhar num escritório ou repartição até à tarde, naquela rotina desagradável de todos os dias. O trabalho em casa, apesar de não ter horário e nunca ter fim, é mais agradável, pois poderá ser suspenso a qualquer momento, a critério da dona de casa e ela mesma pode organizar seu programa, escolhendo as horas para realizar as tarefas que necessitar.

É verdade que o apronto dos alimentos, a lavagem da roupa e limpeza da casa e o cuidado com as crianças não são das coisas mais agradáveis, são um trabalho penoso, mas nele a mulher põe amor e interesse, pois são coisas suas e ela é diretamente interessada, ao contrário do que ocorre com o trabalho fora do lar.

Bolo e gelo: Conselhos de minha vizinha

Sabe como minha vizinha quebra gelo? Pois coloca o bloco sobre um pano limpo e bate com o martelo num prego cuja ponta fica pousada exatamente no lugar que ela quer dividir. Engenhoso, simples, sem perigo.

Um dia desses vi, com espanto, ela passando a ferro um vestido preto do seguinte modo esquisito: ela passava sobre papel de jornal molhado e torcido. Perguntei o que era aquilo. Respondeu: "Se eu não fizer assim, qualquer vestido de seda escura fica todo lustroso nas costuras."

Outra coisa que ela sistematicamente faz, ao assar um bolo: põe no forno, na prateleira debaixo, uma bandeja de folha com água. Diz que assim o bolo assa por igual.

Que preferem os homens?

É comum ouvir-se a afirmação de que os homens não gostam de mulheres inteligentes. Mas, pelo que se pode observar, são poucos os que fazem objeção à inteligência feminina. Do que os homens não gostam é de mulheres masculinizadas com sentimentos exagerados de inferioridade; ou que querem exibir-se intelectualmente à custa do sexo oposto.

Os homens incultos ou de inteligência reduzida, em regra geral, não apreciam mulheres brilhantes, altamente instruídas, mas os de um nível intelectual superior sabem apreciá-las – e muito.

Numa reunião social, a questão de se os homens gostam ou não da companhia de mulheres intelectuais é puramente acadêmica. Via de regra, eles procuram a companhia uns dos outros, deixando de lado o belo sexo. Não obstante, há os que preferem conversar com mulheres. A princípio, reúnem-se em torno da mais jovem, mais bonita ou mais elegante. Mas muitas vezes acabam rodeando uma mulher menos jovem, mais bonita ou menos bem-vestida, mas que é bem informada, sabe conversar e, sobretudo, sabe ouvir – uma das qualidades mais apreciadas pelo sexo masculino...

Em sua maioria, os homens não se importam sinceramente de competir com uma mulher no terreno profissional. É só quando ela tenta usar como vantagem profissional a deferência devida a uma mulher (sentimento arcaico que data de quando as mulheres eram escravas dos homens e tinham que usar de astúcias para se defender) que os homens se mostram irritados, e com justa razão.

Na realidade, a mulher de nível cultural superior leva uma grande vantagem, pois tem a oportunidade de desenvolver as muitas facetas de sua personalidade feminina – intelectual, criadora, maternal – conjuntamente ou em diferentes fases de sua vida.

Além disso, a mulher inteligente e culta sabe melhor compreender o homem a quem ama e aceitá-lo, não como um ser superior, mas como uma criatura feita de qualidades e defeitos... como ela própria.

Cuidado com o verão

No verão, quando você vai à praia, não seja exagerada. Queimar-se, adquirir uma bonita cor bronzeada é o que todas vocês desejam e eu as compreendo. O que não devem esquecer-se, no entanto, é de que tudo em excesso é prejudicial. O sol contém vitamina D, tão preciosa para a saúde, mas, em compensação, se você não proteger o seu rosto com um creme, esse mesmo sol queima e resseca a sua pele, escamando-a, manchando-a e, consequentemente, enfeiando-a. Durante o verão, você deve usar sempre uma proteção, um creme especial para pele seca, a fim de que os seus prazeres ao ar livre não sejam causa para envelhecimento prematuro, formação de rugas e outras feias consequências. Um creme à base de lanolina umedecida é o ideal, porque a lanolina é a maior amiga de nossa pele, devolvendo a umidade, que é a própria juventude perdida de uma pele ressecada pelo sol, pelo vento ou pela sua própria deficiência. Também os seus cabelos exigem cuidados especiais, pois a exposição demorada ao sol e ao vento torna-os quebradiços, secos e baços. Faça fricções com um produto oleoso, que também fortaleça. Em conclusão, "lubrifique" cabelos e pele para compensá-los da ação perigosa do sol.

O maior prejuízo, porém, causado pela sua demora excessiva na praia, na hora do maior calor, é para a sua saúde. Além das queimaduras, que deixam marcas nem sempre fáceis de desaparecer, os raios ultravioleta do sol do meio-dia penetram através de sua pele indo prejudicar você internamente. A insolação, causada pela temperatura elevada, pela sua imobilidade sob o calor abrasador do sol, muitas vezes pode causar a morte.

Seja sensata, abrigue-se sob a barraca, refresque-se de vez em quando com um mergulho nas ondas, não fique deitada, horas a fio, sob a inclemência dos raios solares, no desejo absurdo e tolo de adquirir um queimado forte de uma só vez. O bronzeado bonito, por igual, sem descascar e sem formar bolhas, só pode ser conseguido aos poucos.

O verão está aí, minha amiga. Vá à praia, brinque na areia ou na água, queime-se, mas use a cabecinha para que uma tolice qualquer não lhe dê futuros arrependimentos. As manchas deixadas pelo sol poderão estragar o seu resto de ano e trazer-lhe despesas extras, visitas a um especialista etc. Os males que lhe poderão advir de uma longa permanência ao sol são incalculáveis, podendo ser fatais. Vá à praia na parte da manhã ou de tarde, quando o sol não estiver forte. Evite o sol de meio-dia. Acredite que estes conselhos são para proteger a sua saúde e a sua beleza.

Por que não usar óculos?

Conheço muitas mulheres que por uma vaidade tola e fora de moda não usam óculos, mesmo sem ver coisa alguma que as rodeia. Adotaram o preconceito de que óculos envelhecem e não se convencem do contrário. Não notam, entretanto, que a falta de óculos faz com que o míope force de tal maneira a vista que rugas e pés de galinha formam-se em suas pálpebras, no nariz e na testa. E rugas, sim, são sinais de envelhecimento. Além disso, o esforço constante para ver, cansa e esgota o paciente, abatendo-o, deixando-o nervoso, irritado e com aspecto doentio.

Por outro lado, existem óculos modernos elegantíssimos, para todas as horas, óculos que são verdadeiras joias mesmo e enfeitam o rosto de qualquer mulher.

Felizmente, a mulher moderna já está aprendendo, aos poucos, a combinar elegância com saúde e, no caso de seus olhos, já está compreendendo a importância que eles realmente têm.

Se você nota qualquer anomalia na sua visão, se os olhos ardem, ficam vermelhos, se descobre dificuldades em identificar objetos a alguma distância, consulte um oculista. E se ele recomendar-lhe óculos, use-os. De feitio clássico, esportivos, extravagantes, o que importa mesmo é o serviço que as lentes irão prestar-lhe. O pisca-pisca, o franzir do nariz, o entrefechar das pálpebras, tudo isso é muito feio de notar-se numa mulher. E quanto à tolice de pensar que óculos envelhecem, raciocine bem sobre isto: as rugas, o ar de cansaço não envelhecem? Pois é a falta dos óculos que os provoca.

Festa em casa

Se dá jeito, a mesa pode ficar no centro da sala. Mas às vezes é melhor colocá-la a um lado, o que facilita o movimento dos convidados.

O melhor é toalha branca (bem passada, sem vincos). A vantagem da toalha branca é dar um fundo neutro que não se confunda com as muitas cores das comidas e bebidas. O branco destaca tudo o mais.

As flores podem ficar ao centro, ou espalhadas – como lhe agradar. De uma só qualidade ou de várias, do tipo rico ou do tipo agreste, de cores bem vivas ou pastel.

Preparando-se para o inverno

Você reparou que o tempo frio parece engordar a gente? Por um lado, apenas "parece", é que as roupas de tecido mais grosso "enchem" a silhueta, deformam-na um pouco, acrescentam formas às formas. Mas, por outro lado, engorda-se mesmo...

Ficar mais tempo em casa dá ideia de comer mais. Vai-se à cozinha dar uma espiada, e... quem procura, acha... Fica-se beliscando para mascarar algum tédio, alguma preguiça. Também se come mais porque faz mais frio, e caloria esquenta mesmo.

Estaria tudo muito bem, se... comer não engordasse. E o pior é que não é se queixando de engordar que a gente emagrece. Bem que a gente sente algum alívio, um desencargo de consciência, ao repetir que a cintura aumentou, ou os quadris – esse problema nunca muito bem resolvido – está tornando a saia justa. Depois de observar tudo isso em voz alta, que fazemos, além de suspirar? Comer, é claro.

Transformar esse devaneio de lamentações em atitude mais realista de ação é o que lhe proponho hoje – mesmo sabendo que me arrisco a perturbar sua paz de espírito ou de estômago.

O que sugiro é que, antes de o inverno instalar-se, você emagreça um pouco. Nem que seja apenas para dar margem a se deixar engordar um pouquinho nos meses que vêm. Como você vê, proponho uma transação que não fará você perder nada – se realmente não quiser...

Já se foi o tempo...

● ● ● Em que era considerado delicado deixar sempre um pouco de comida no prato. Hoje é perfeitamente educado comer toda a porção de que a pessoa se serviu.

... em que se pegava numa xícara de chá ou de café... erguendo o dedo mínimo. Hoje é gesto afetado, deselegante, de mau gosto.

... em que era de praxe recusar várias vezes uma gentileza antes de aceitá-la. Quando a convidarem para um jantar, agradeça, aceite, e não faça um drama "do trabalho que vai dar".

... em que, ao se sentar à mesa, se dizia aos outros comensais: bom apetite! Não é mais "fino" dizê-lo.

... em que a pessoa que tocava piano se achava no dever de recusar uma pequena audição, várias vezes, antes de aceitar. Se você não quer realmente tocar, diga-o de um modo suave mas firme, o que em geral encerra o assunto. Mas se pretende terminar tocando, toque, por favor!

Faça você mesma

Tanta coisa já foi dita a respeito das vantagens práticas de uma mulher que saiba costurar, que mal parece necessário tomar, mais uma vez, a defesa dessa arte. Como acessório para a economia da família e como equilíbrio de orçamento, a costura encabeça a lista das chamadas "prendas domésticas".

Mas há um outro aspecto da costura que raramente é mencionado. Toda mulher que costura já experimentou o prazer e o orgulho com que responde "Eu mesma fiz", quando alguém elogia um vestido seu ou quando amigos admiram as cortinas ou capas das poltronas de sua sala. Quer tenha ou não consciência disso, a mulher costura tanto pelos motivos mais sóbrios de economia, quanto pelo prazer de realizar alguma coisa. Há uma inegável satisfação criadora em fazer uma roupa elegante, em transformar uma velharia relegada ao fundo do armário em algo novo, ou em dar uma nota pessoal à decoração de um quarto ou sala.

Muita gente tem a impressão errônea de que o molde é o único ingrediente original da costura. Mas na realidade, mesmo uma cópia exige dose considerável de colaboração criadora. Escolher o estilo mais apropriado ou que melhor se adapte ao seu tipo, selecionar o tecido adequado, ajustar o molde às suas medidas, combinar as cores – tudo isso constitui um desafio ao engenho feminino. Doze mulheres podem escolher um mesmo feitio de vestido, mas quando terminam a sua confecção, o resultado é uma dúzia de vestidos diferentes. Cada qual terá acrescentado o seu toque individual de certa forma, criado algo de novo.

A grande compradora

Suponha-se que as mulheres se desinteressassem de repente de maquiagem, não prestassem mais atenção às vitrinas e que as inovações dos cabeleireiros as deixassem indiferentes.

Suponha-se que o desejo de agradar desaparecesse de seus corações.

Esses fenômenos, caso acontecessem, desencadeariam logo reações em cadeia que a terminologia atual classifica como: análise de motivações, estudo de mercados em potencial, psicotestes etc.

O ciclo, provavelmente, terminaria com uma grande promoção de vendas, de acordo com as técnicas modernas, a fim de que os rostos voltassem a ser maquilados, as vitrinas admiradas, e o cabeleireiro retomasse sua posição de divindade familiar.

O gosto de uma rainha, ou mesmo o de uma "estrela", não são mais, atualmente, suficientes para o estabelecimento de um estilo, ou venda de um produto. As companhias de publicidade sabem, por exemplo, que é preciso sondar os corações femininos; analisar os porquês; verificar os artigos comprados num ano e num dia; fazer perguntas; interrogar vendedores e codificar, em seguida, os dados obtidos em colunas que permitam tirar conclusões, as quais servirão de base para novas diretrizes.

São pesquisas deste gênero que permitem constatar o estado permanente de inquietação da consciência feminina e medir até que ponto, no capítulo das compras, a mulher – essa grande compradora – se deixa influenciar na aquisição de um artigo. Não é à toa que cerca de 90% de toda a publicidade deste mundo seja dirigida à mulher.

Agradar à mulher! Eis, condensada em três palavras, a razão de ser, não só da quase totalidade do comércio, mas da maior parte dos empreendimentos humanos, quer estejam, ou não, interessados em vender mercadorias às mulheres!

A máscara da face

Os cosméticos são um bem ou mal? Na era como esta em que vivemos, em que tudo é feito à base de aparência e anúncio, com o domínio completo da publicidade, os cosméticos adquiriram muita importância para as mulheres e para o mundo em geral.

Cada ano aparece um novo tipo, que se consegue conjugando vários cosméticos, onde se incluem lápis de sobrancelhas, rímel para os olhos, bastão para os lábios e os pancakes. Um ano são os lábios que devem aparecer bem pintados, vermelho vivo, provocando a admiração de elementos masculinos. No outro ano, são os olhos que crescem em importância, eclipsando o resto do rosto, e deixando-o esbatido e vago. As mulheres acompanham docilmente os ditames da moda, procurando fazerem-se belas segundo os últimos figurinos.

Estará errado tudo isto? Não irá aí muito exagero, muito pretexto para ganho de dinheiro por parte dos negociantes, e lançadores da moda? Não está sendo explorada a vaidade feminina e orgulho masculino, para que os fins sejam conseguidos?

Acreditamos que o meio-termo, como sempre, é a melhor atitude a tomar, nesse assunto. Nem exageros de pintura, seguindo rigorosamente a moda, nem o desleixo, a falta absoluta de maquiagem, deixando a descoberto um rosto pálido, em contraste com os radiosos rostos das que se pintam. A mulher deve se conservar numa atitude de discrição, embora se pinte e procure ser bela, pois não há nada mais encantador que uma bela mulher vestida com roupas elegantes e modernas, mostrando o mais amável dos sorrisos! É mesmo um céu em vida!

O primeiro convite

Uma menina pode criar-se entre meninos, mas, só por volta dos quinze anos, começa a interessar-se realmente no sexo oposto. Então, de repente, algum colega ou companheiro em que, meses antes, não encontrava encanto nenhum, passa a ser para ela o príncipe encantado. E quando o sentimento é correspondido, culmina, logicamente, no primeiro convite a dois.

Seria bom se eu possuísse uma fórmula mágica para tornar essa primeira saída de uma jovem numa recordação feliz para o resto de sua vida. Entretanto, o máximo que posso fazer é indicar alguns dos enganos e perigos capazes de prejudicar tão importante ocasião. O resto, evidentemente, depende do bom senso de cada uma.

Talvez você não se sinta muito a gosto quando, pela primeira vez, aceita o convite de um rapaz. Se vocês dois são da mesma idade, o provável é que seu par também se sinta constrangido. Isso, nele, talvez se manifeste por um mutismo quase absoluto ou por uma exuberância excessiva – o que não passa de um disfarce da timidez. Caberá a você alimentar a conversa e mantê-la num clima agradável. Fale sobre assuntos de interesse comum e demonstre uma curiosidade amável nas coisas que o interessam. Acate as opiniões dele, e, com isso, terá conquistado um amigo fiel.

O rapaz convidou-a porque gostou da sua maneira de ser ou do seu físico ou de ambos. Se você se apresentar muito mais bem-vestida que de costume e com um novo penteado extravagante, ele ficará mais chocado do que seduzido. Enfeite-se, mas mantendo o seu natural, e tudo correrá bem para ambos.

Não o faça gastar demais, e tampouco demonstre que está preocupada com a despesa. Se ele a convidou para jantar num restaurante, escolha um prato intermediário – nem o mais caro, nem o mais barato do menu. E coma o que pediu. Ele pode não fazer questão de gastar toda a mesada nesse jantar, mas ficará irritado se você desperdiçar a comida.

Um último conselho: não tenha medo de rir, de ser você mesma. Faça o que puder para deixá-lo à vontade e satisfeito. Se conseguir isso nesse primeiro convite – o seu futuro promete...

A necessidade de dieta

Você sobe à balança e verifica que ela não é muito camarada. Acaba de apontar 75 quilos e você não tem nenhum pedaço de chumbo no bolso. Que fazer? O desejo de iniciar uma dieta é grande. Muitos são os recortes de jornais e revistas com as informações precisas sobre o caso. O médico já se pronunciou a favor do regime. Resta começar.

Por que não começa agora mesmo? Neste instante em que estamos falando? Tome a grande decisão e aja, não espere nem um minuto mais. Não deixe para depois da hora do lanche, que adivinhamos cheio de guloseimas. Para que você se decida realmente a iniciar a dieta, é preciso que se capacite de que está realmente gorda. Adquira um espelho grande, tamanho natural, e coloque num lugar da casa em que você passará por ele pelo menos seis vezes por dia; isto fará com que você se decida de repente, ao ver a criatura rotunda que o espelho insiste em dizer que é você. Um espelho de três faces será ainda melhor. Você terá oportunidade de se ver de todos os ângulos e note que você preferiria mil vezes não ter esse prazer!

Depois deste acurado autoexame, asseguramos que você terá a maior satisfação em iniciar um regime para perda de peso imediatamente!

Eva e a leitura

Há mulheres que leem avidamente os romances em quadrinhos das revistas mensais; outras preferem os contos dos suplementos femininos e um número menor se dedica a leituras sérias, a romances de bons autores e a biografias de valor. Esse número não é tão pequeno quanto à primeira vista parece e há muitas mulheres, donas de casa, que vivem ocupadas com seus afazeres, mas que sempre encontram um tempinho para folhear bons livros.

A leitura instrui e educa, eleva os pensamentos e faz com que as pessoas se irmanem melhor, compreendendo que vivem em comunidade, e como representantes de um grupo devem proceder. A ideia de que formam um grupo, com características distintas, seguindo tradições e enfeixando responsabilidades as mais sérias, faz com que o homem ou a mulher se inclinem para a benevolência em relação aos seus semelhantes.

Esse é um bom caminho para o início da confraternização universal, de uma maior compreensão entre os povos e, por conseguinte, a esperança de um mundo isento de guerras e conflagrações. Os livros verdadeiramente bons muito podem fazer pelos homens de nossos dias.

Espírito

As mulheres são menos espirituosas do que os homens? É verdade que as mulheres são ótimas artistas no palco. Existe mesmo uma grande quantidade delas que obtiveram estrondosos êxitos. Não raramente se especializarão no campo da comicidade. Por exemplo, para cada Fanny Brico ou Gracie Allen, podemos citar uma dúzia de cômicos os mais engraçados tais como Bob Hope, Jack Benny, Milton Berle, Lou Costello, Ed Wynn, Jimmi Durante e por aí vai.

Mesmo em questões de histórias humorísticas e anedotas, os homens têm a primazia, além de apreciarem o humorismo em geral, muito mais do que as mulheres. A prova é que todos os escritores de piadas são homens. Há qualquer espírito no bom humor dos homens, que provoca a hilaridade. A mulher, em geral, procura manter a sua dignidade e de acordo com um famoso psicólogo americano, podem rir-se das outras, mas muito raramente provocam deliberadamente o riso.

Os homens também leem muito mais sobre este gênero de coisas do que suas companheiras.

Conta-se até um caso que terminou com desquite do casal. A queixa da esposa foi de que cada vez que preparava o almoço para o marido e quebrava um ovo, este achava uma graça enorme em obrigá-la a comê-lo. Até que certa manhã o hábito foi muito longe e a pobre teve que engolir cinco, passando então a não achar graça nenhuma. Bem se pode ver a diferença entre o humor masculino e feminino.

Tempo para gastar (1.930 horas por ano)

Talvez você se capacite de que na realidade tem mais tempo do que pensa, se fizer a conta das horas do dia, da semana, do mês, do ano...

Vamos facilitar a tarefa para você.

Um ano tem 365 dias – ou seja, 8.760 horas. Deduza oito horas por dia de sono. Deduza cinco dias de trabalho por semana, a oito horas por dia, durante quarenta e nove semanas (descontando, digamos, um mínimo de duas semanas de férias, e mais uns sete dias de feriados). Deduza duas horas diárias, empregadas em condução.

Nessa base, sobram-lhe 1.930 horas por ano. Para você fazer o que quiser.

Timidez

Quando você recebe uma visita, é comum seu filhinho de dois ou três anos se esconder em algum quarto para não ter que encontrá-la.

Não há nada de mau nisso, pois quase todas as crianças procedem assim, enquanto muito pequenas, pois não se habituaram ainda ao contato com muitas pessoas. Seu círculo de relações é muito restrito, atém-se às pessoas de casa e a alguns vizinhos.

Não force a criança a ir cumprimentar seus amigos, pois o resultado seria desastroso. Antes, finja que não percebeu seu acanhamento, que, aos poucos, ela irá se acercando das pessoas, por força de uma curiosidade muito natural.

Para incentivar seu filho a travar amizades, estimule-o a ir brincar com as crianças da vizinhança e, tanto quanto possível, leve-o em sua companhia para fazer compras na feira, em armazéns etc. Ele irá perdendo o medo natural aos estranhos e aos poucos travará amizades sem o clássico prólogo do acanhamento.

O homem e a vaidade

A vaidade, que os homens pretendem seja uma característica feminina, realmente é um atributo tanto do belo como do menos belo sexo... Apenas, na mulher, a vaidade, por ser mais óbvia, menos dissimulada no seu intuito de agradar e seduzir, adquire uma feição de espontaneidade louvável. Ao passo que, no homem, a coisa é bem diferente...

Quem já viu um homem confessar que faz a barba porque julga que o rosto rapado lhe assenta melhor ou porque a moda assim o prefere? Nada disso! Faz a barba porque é mais higiênico, ou porque não quer dar-se ao trabalho de tratá-la – ou qualquer outro pretexto. Por vaidade, nunca! Mas, há algumas décadas, quando a barba estava em moda, nunca faltaram aos homens argumentos outros para justificá-la. Com o bigode dá-se o mesmo: os homens usam-no, ou não, sempre alegando o mesmo motivo de "conforto".

E quantas vezes já não ouvimos um homem caçoar dos chapéus femininos e considerar ridículas as flores que os ornam. Mas haverá lugar mais tolo para uma flor do que a botoeira de uma lapela?

Há um tempo, ao contrário do que se possa supor, a bengala era usada pelos homens apenas como um ornamento de tão pouca utilidade quanto as sombrinhas rendadas que as mulheres exibiam na mesma época. Os modernos meios de transportes liquidaram a dignidade da bengala, que passou de moda. Mas pode voltar a ser usada, como aconteceu com outro ornamento masculino – o cachimbo.

Originariamente, um recipiente para fumar aspirado pela boca, hoje em dia o cachimbo é sobretudo um enfeite masculino que simboliza meditação, virilidade, pensamentos profundos e superioridade em geral. Gestos deliberadamente mais lentos e uma maneira de falar mais acentuada, embora menos inteligível, resultam do uso do cachimbo. Ambas as características ajudam a intensificar a impressão de dignidade masculina. Assim, o cachimbo, esse ornamento semifuncional, vem sendo cada vez mais adotado em nossos dias. E os homens dão tanta importância ao formato do cachimbo que melhor assenta na sua fisionomia, quanto as mulheres na escolha de uma tonalidade de batom que mais as favoreça!

Fique jovem esta semana

1 – Durante esta semana, procure dormir cedo. Se for possível, deite-se depois do almoço. Não faça muitas visitas, não receba muitas visitas. Procure não se aborrecer com ninguém. Evite as pessoas que têm por hábito ou por gosto a mania de deprimir os outros. Você estará desintoxicando os nervos por uma semana.

2 – Durante uma semana (a mesma), alimente-se o mais racionalmente possível. Escolha alimentos leves e sadios, evite frituras, excesso de temperos, bebidas alcoólicas.

Probleminhas

Se seu filho rouba sal, não se irrite nem pense que sua estranha gulodice é extravagância. Acontece que seu organismo está precisando de sal e, se ele não procurasse instintivamente o remédio, sentiria muito cansaço. Dizem que em certos países dão água salgada a 5% dos soldados em marcha.

A colaboração no lar

As mulheres têm muita influência sobre a vida do marido, especialmente no setor de trabalho. Por trás de todo homem casado que trabalha, está a sombra da esposa. Esta poderá ajudá-lo a subir muito além dos outros, ou fará tanto peso para baixo que ele desistirá de lutar. Uma coisa é estimular pelo elogio e camaradagem, outra coisa é queixar-se todo dia de que ele não sobe na vida e ganha menos do que se gasta em casa. Isso pode arruinar a vida de um marido.

Que deve você fazer para animar seu marido? Em primeiro lugar, mostrar-lhe por pequeninas coisas, que você tem confiança nele, que espera dele grandes coisas e que ele é seu herói. Faça a sua parte, limpando a casa, preparando pratos saborosos e educando as crianças. Ele se sentirá feliz num ambiente sossegado e poderá repousar melhor. No dia seguinte, estará apto para enfrentar novas lutas e poderá conseguir novas vitórias.

Caprichos de mulher

—O que desejo não é propriamente ser uma mulher elegantíssima. É me sentir bem-vestida a qualquer hora, é não encabular quando encontro conhecidos na rua.

Então, se você pensa isso, está na linha da sensatez. Todas nós queremos a "fantasia" e uma pontinha de extravagância de vez em quando. Mas sentem-se felizes em sentir esse bem-estar que é feito de segurança e simplicidade, e bom gosto.

Como se consegue isso? Observe antes seu guarda-roupa. É possível que, sem notar, seus vestidos tenham um excesso de fantasia. Mas é você uma pessoa que tem ânimo de usar diariamente roupas desse gênero?

Ou você se sente melhor, para o uso diário, em cortes mais clássicos e mais simples?

A questão está lançada. O que você quer é que no seu guarda-roupa predomine o que "veste bem", sem exageros, sem excessos de originalidade, mas de linha agradável e juvenil.

Mesmo que você adore fantasias, fique certa de que deve ter no seu guarda-roupa alguns vestidos de linha sóbria, de corte clássico. Há dias e ocasiões em que outro tipo de roupa choca.

Isso não quer dizer que você afaste os caprichos, pois mulher sem caprichos fica triste... É claro que você deve ter uma boa margem para "inventar" novidades e fantasias, e dar vazão a seu senso imaginativo.

Adote o branco. Prepare-se para o verão

Nada é mais elegante do que o branco sob a luz vibrante do verão. O branco dá uma sensação de frescura e permite combinações infinitas de acessórios. Sedutor para as louras ou morenas, presta-se igualmente para as peles brancas ou bronzeadas. Por isto, aconselho às minhas leitoras irem desde já se preparando para a próxima estação. Para cada circunstância, para cada hora e para todos os gostos, a cor branca inspira uma infinidade de tailleurs, mantôs, vestidos de dia ou de noite ou conjuntos. As mulheres que gostam de se vestir de uma maneira sóbria devem procurar tailleurs de shantung ou tussor discretamente cortados. Aquelas que apreciam mais a fantasia se deixarão seduzir pelos tailleurs brancos, estampados ou estes modelos cujos coloridos e alegres colocarão sua vivacidade em destaque.

Não esqueça, leitora. Prepare-se para o verão!

Eduque seus filhos

A educação dos filhos é uma ciência difícil, se os pais querem realmente preparar jovens capazes, conscientes e úteis. Uma das falhas que tenho notado muito em alguns pais modernos é deixar os filhos absolutamente sem obrigações dentro de casa enquanto eles – o pai no escritório e a mãe no lar – desdobram-se para dar conforto, instrução e boa vida aos seus nem sempre reconhecidos rebentos.

Conheço uma senhora, por exemplo, que lava, passa a ferro, prepara o prato para a sua filha adolescente, que passa os dias largada numa poltrona ouvindo discos ou folheando revistas, quando não está ao telefone com amiguinhas e amiguinhos.

Ao sentar-se para as refeições, sempre achando "horrível" os pratos feitos especialmente pela mãe diligente, a mocinha sente sede. E lá se levanta e corre a mamãe a buscar a água. Na hora do lanche, ela está interessadíssima em entender a letra amalucada do último disco de Elvis Presley. E lá aparece a mamãe com o copo de vitamina, o pedaço de bolo, as torradas. Arruma tudo, com devotado amor, diante da filhinha deitada no divã e esta, caprichosa e indolente, ainda reclama, porque preferia um refresco à vitamina.

Mães assim existem demais. E crescem as mocinhas esbeltas, bonitas, sadias, mas inteiramente inúteis, nada sabendo fazer, nada querendo ser, preguiçosas, mal-acostumadas, dengosas. O mesmo acontece com os rapazes. A vida para eles é para lá de tediosa; as horas se estendem em longas e vazias e a própria inutilidade provoca-lhes um estranho sentimento de frustração.

No entanto, essas mães e esses pais sabem que o trabalho estimula, que os deveres ensinam a viver em sociedade, que a ocupação é higiene mental. Sabem, mas agem como se não o soubessem. O que é uma irresponsabilidade. É mesmo um crime. Pois os jovens necessitam sentir o peso de uma responsabilidade para sentirem também o próprio valor e desenvolverem a personalidade. Impedir-lhes isso é prejudicá-los no seu desenvolvimento natural.

Deem pequenas tarefas a seus filhos, deixem-nos andar um pouco com os próprios pés, permitam que eles compreendam que a sua independência não está em serem malcriados, insolentes, desobedientes. Não os trate, aos 15 anos, como se tivessem apenas dois anos de idade.

Vida realizada

Será que a maioria dos homens realiza alguma coisa na vida? Se se entende por "realizar" apenas alguma coisa que fique e que tenha valor para o mundo, como uma invenção, um bom livro, uma obra de arte, ou, então, uma ponte ou uma casa de negócios, muito poucos são os que têm esse privilégio.

A maioria dos homens perde seu tempo com coisinhas rotineiras e insignificantes como ir e voltar do trabalho, comer, dormir, casar-se, ter filhos e educá-los de modo que possam fazer as mesmas coisas mais tarde. Isso tanto inclui o grandão como o mais humilde deles.

Como empregará o seu tempo, o homem comum. Na média, ele dorme 16 anos, boceja 17.155 vezes, trabalha para viver

92.120 horas, chega atrasado ao escritório 4.606 vezes, bebe 17.155 xícaras de café, faz a barba 12.220 vezes, fuma 16.920 maços de cigarro, resfria-se 253 vezes, tem 940 dores de cabeça, come 364 vezes o seu próprio peso em alimentos, roga pragas 16.425 vezes, limpa as unhas 8.554 vezes e lê os jornais de domingo 3.600 vezes, mas só elogia a cozinha da mulher quatro vezes.

Trabalho

As mulheres gostam de trabalhar fora? Há dois grupos de mulheres que trabalham fora, as solteiras e as casadas. As solteiras trabalham por várias razões, cada uma variando de acordo com os problemas e as conveniências de sua vida. A casada, de um modo geral, trabalha para prover o sustento do lar ou ajudar na manutenção do mesmo. É, portanto, um trabalho por necessidade, seja ela pequena ou grande. Muitas vezes é apenas para proporcionar mais conforto em casa, maiores horizontes aos filhos etc. A não ser quando se trata de uma vocação muito forte, que a impele para trabalhar, seja qual for sua situação na vida, a mulher casada prefere, intimamente, ficar em casa, cuidando do lar e dos seus.

Esse é um desejo muito natural e meritório até. Em casa, ela decide como quer e tem um campo de ação muito vasto, para desenvolver suas atividades, fazer experiências pessoais e, sobretudo, extravasar seu carinho com os que a cercam.

Nota-se, no entanto, cada vez mais aumentar o número de mulheres que trabalham fora e entre as casadas fazem um bom grupo. Vê-se aí que, apesar de seu desejo de permanecerem em casa, as mulheres saem para os empregos, premidas pelas contingências da vida moderna. Querem ver sua casa provida de todas as coisas que significam conforto, bem-estar... E se esquecem de que privam os seus entes queridos de sua pessoa que, para eles, é o mais importante!

Memória

As mulheres são boas fisionomistas? Nesse particular, as mulheres são capazes de distinguir a amiga que vai virando a terceira esquina com o novo namorado, e têm memória suficiente para se lembrar que a Joaninha está com o vestido de dois anos atrás, aquele mesmo com que foi à festa da prima. E, assim, um sem-número de detalhes, que ela precisará sem titubear. Mas se perguntarem a essa mesma senhora quanto pagou de gás no mês passado dificilmente saberá responder. Precisará também consultar o caderninho para saber o telefone das pessoas mais amigas, com quem está acostumada a falar. Não se recordará mais de um vago amigo de seu marido a quem foi apresentada e conversou muito, a não ser que esse tenha atributos físicos ponderáveis.

As mulheres guardam muito bem aquilo que lhes interessa. Isso talvez aconteça com toda gente, indistintamente. Mas as mulheres têm o senso do detalhe e guardam cores e modelos, sendo ao mesmo tempo incapazes de se lembrar dos números, que são o ponto fraco de sua memória.

Não adianta, portanto, se enfurecer, se sua esposa é incapaz de reproduzir o endereço dos amigos a quem costuma visitar. O melhor é você conservar a calma e ir procurar no caderninho de endereços.

Honestidade

Serão os homens mais honestos do que suas companheiras? No que diz respeito à ação, em verdade, os homens são mais desonestos do que as mulheres. Noventa e seis por cento das pessoas acusadas de fraude ou roubo são do sexo masculino; e num inquérito feito há pouco tempo, por 35 mil homens presos, o número de encarceradas não passou de novecentas.

Mas, em compensação, o mesmo não podemos afirmar, quando se trata de desonestidade em palavras. Por meio do fingimento, frases ambíguas e hipocrisia, conseguem tudo aquilo que não podem atingir por meio da ação direta.

Isto já está tão assentado e aceito, que se hoje déssemos às mulheres uma dose de escopolamina, a chamada droga da verdade, a vida se tornaria horrivelmente monótona. Como dizia Schopenhauer: "Os leões têm garras, os elefantes têm dentes pontudos... e as mulheres têm a arte de fingir como meio de defesa natural."

Na Scotland Yard costumam dizer que felizmente as mulheres não se metem nos grandes crimes, pois, se o fizessem, os mesmos se tornariam muito mais complicados; as filhas de Eva são muito mais hábeis na arte de dissimular do que os homens. (?) Esta interrogação é por minha conta...

As mulheres têm muito mais facilidade de enganar os homens, do que estes a elas – é uma modalidade de compensarem a força física do sexo oposto.

Para seu marido ler

Um menino de dez anos de idade disse um dia desses a um pai muito esclarecido: "Alô, camarada!" O pai respondeu, firmemente, gentilmente: "Não sou seu camarada, sou seu pai." O pai foi áspero? Não. Reconheceu o fato de que pai e filho não são iguais. Pai é o homem que tem a difícil tarefa de "civilizar" seu filho. E isso envolve outra difícil tarefa: a de disciplinar. Um dos medos dos pais modernos é o de perder a "amizade" do filho. O resultado é que este cresce com desprezo por qualquer espécie de autoridade. E o resultado é uma criança – e mais tarde um adulto – que se sente solta no mundo, sem apoio, e sem lei.

Em que se baseia a disciplina? Em firmeza, em carinho, em justiça, em franqueza.

A vida sedentária

Enquanto estamos dentro de casa, trabalhando, sem forçar todos os músculos do corpo, nem fazer os exercícios necessários ao organismo, devemos pensar em reservar alguns minutos para exercitá-los, mesmo que seja em casa. O ideal seria que pudéssemos frequentar um ginásio, com mais espaço e possibilidades para bons números de ginástica, corridas e bate-bola. Mas nem todas as donas de casa podem se dar ao luxo de perder algumas horas nesse mister, se bem que redunde em vantagem para a sua saúde e, por conseguinte, para a felicidade de toda a família.

Voltando, no entanto, aos minutos que deverão ser reservados resta dizer que, para melhor vantagem, deverá ser marcada a cada hora, para formar o hábito. Pela manhã ou à tarde, o importante é que a dona de casa saiba que àquela hora tem um compromisso inadiável consigo mesma.

Para a escolha dos exercícios, o importante é estudar seu tipo e constatar se precisa corrigir a silhueta. Os números de ginásticas suecas são importantes para todo o corpo e muitas são as estações de rádio que têm programas orientadores neste sentido.

O exercício ritmado faz um grande bem à saúde e renova as energias, corrigindo as imperfeições do corpo e evitando um grande número de doenças.

Filhas modernas e rebeldes

Tenho ouvido queixas amargas de muitos pais, com referência às suas filhas adolescentes. Acusam-nas de excessivamente preocupadas com assuntos de vaidade, amiguinhos e outras coisas nada próprias para a sua idade.

Infelizmente, as estatísticas não escondem que é grande o número de mocinhas levadas pelas más companhias para o mundo chamado das "transviadas". Em quase todos os casos que conheço, procurando antecedentes e causas, tenho esbarrado com os pormenores típicos que originam o desajuste dessas adolescentes. Porque são desajustadas essas crianças, sim, senhora! E são desajustadas porque se sentem sós, incompreendidas e saturadas com os mimos excessivos, a liberdade excessiva, a excessiva autonomia que lhes são concedidos.

Parece estranho que em uma coluna dedicada a beleza e utilidades domésticas seja abordado assunto tão sério como esse, mas é que você, minha amiga, antes de ser mulher vaidosa ou dona de casa, você é mãe, não é verdade? E eu sei que os seus filhos são sua principal preocupação.

Antes de tudo, seja amiga de sua filha! Não amiga para lhe dar coisas bonitas, beijos apressados e mesadas generosas. Mas para conversar com ela, ouvi-la, ajudá-la em seus pequenos problemas íntimos, conhecê-la – o mundo íntimo de uma adolescente é cheio de lagunas azuis, de torrentes impetuosas, de sombras, de mistério, de tormentos e de beleza. Dessas conversas com sua filha adolescente, surgirão revelações para você e o caminho para conquistar-lhe a confiança. Pois todos os jovens desconfiam sempre da geração dos "velhos". Não a contrarie em tudo, não lhe faça proibições ou exigências. A mocidade adora ser livre... ou julgar que o é. Com inteligência e o instinto materno que todas nós temos, você lhe mostrará o que está certo ou errado, mas de maneira sutil, fará com que ela compreenda como é ridícula a mocinha que adota atitudes de vampe, que anda maquilada com exagero, que procura adaptar-se aos vícios adultos, como o cigarro, o drinque, entusiasmando-se e procurando imitar os tipos falsos do cinema, enfileirando "casos" amorosos.

    Muitas vezes, a mãe deixa a menina de 15 anos ser dona absoluta de seus atos, ou procura reprimir sua espontaneidade com uma autoridade absurda, que apenas desperta na mocinha o instinto de rebeldia. É preciso saber dosar. Nossa filha adolescente precisa, mais que qualquer outro membro de sua família, da nossa atenção permanente. Ela está entrando na vida, traz da infância um carregamento enorme de sonhos e nenhuma defesa – nem malícia, nem experiência, nem pessimismo. Se não estivermos ao seu lado, a própria vida irá ensiná-la... mas a que preço! Aos vinte, ela poderá ser uma adulta amarga, revoltada, sem amor e sem respeito a ninguém. Será acusada – injustamente. A culpa é apenas nossa, de seus pais e, principalmente, de sua mãe!

Comida e saúde

Comer bem é comer racionalmente. Isso não quer dizer que os alimentos devem ser sem gosto e apenas científicos... Coma com prazer, mas também com inteligência.

    Pelo menos algum alimento cru deve ser ingerido em cada refeição. Ou sob forma de frutas ou de saladas ou legumes. Habitue as crianças ao gosto de alimentos crus: é um benefício que você lhes dará.

    Bicarbonato de sódio em legumes e verduras, quando em cozimento, conserva-lhes o tom verde, mas concorre para a destruição das vitaminas.

Quem não tolera leite na sua forma líquida e natural, nem por isso deve tirar do cardápio esse rico alimento. Pode-se aumentar o uso do leite na cozinha: em purê de batatas, purê de legumes, pudins, doces de leite propriamente ditos. Sem falar em mais queijo, mais manteiga.

O que você não deve usar

Não use joias verdadeiras com fantasias. Faça o possível também para não se empetecar demais com elas. Também não misture placa de brilhantes, com três voltas de pérolas, com brincos dourados e três pulseiras de ouro em cada braço, além de um anelão de água-marinha. Você não é nem vitrine de joalheiro, nem a Virgem do Pilar.

O melhor dote: bom gênio

Bom gênio não é coisa que se compra em loja, senão quantas de nós iriam às compras. Mas, pelo menos, ao saber que se tem mau gênio, um passo foi dado para poder controlá-lo.

Vou lhe fazer umas perguntas, e, se suas respostas demonstrarem a você mesma que seu gênio não é dos melhores, aproveite agora mesmo a chance de controlar seu mau humor – e procure não se irritar conosco.

– Você culpa todo o mundo quando quebra um prato ou rasga um vestido ou perde a hora do cinema?

– Quando você depara com uma mulher mais elegante ou mais bonita que você, qual é a sua atitude? Você demonstra o que sente?

– Quando você briga com uma pessoa, sempre espera que esta venha lhe falar primeiro?

– Quando seu marido ou noivo ou namorado se atrasa, você fala durante uma hora – ou então, o que é igual, emudece durante uma hora?

– Se você não consegue ser o centro de atenções, numa festa, sente-se humilhada?

– Você fica furiosa quando alguém descobre um defeito seu, mesmo que seja um defeito muito humano?

– Você, por exemplo, ficou furiosa conosco?

Para educar seu filho

Se o seu filho tem algum desses tiques tão comuns nas crianças – como chupar o dedo, coçar-se, roer as unhas etc. – não use os métodos antiquados e errados do castigo ou de ameaça. É necessário antes saber a causa e depois procurar tratá-la, de maneira inteligente, despertando o interesse da criança pelos jogos, esportes. Dando-lhe ocupações diversas e continuadas, consegue-se distraí-la e levá-la, aos poucos, a perder o vício, que é sempre um sintoma de que qualquer coisa não está satisfazendo inteiramente a essa criança.

Cursinho sobre cabelos

Quase todos os penteados são possíveis quando os cabelos são sadios. Mesmo os penteados complicados?, perguntará você. Pois olhe, vou lhe dizer o seguinte: até mesmo os penteados simples. Porque penteado complicado disfarça muito o estado do cabelo. E para pentear-se de um modo simples é preciso não ter muito a disfarçar.

O que se usa? Usa-se sobretudo um comprimento médio que tanto dê para usar solto como para enrolar em coque.

Você entenderá muito mais de sua própria cabeleira se souber alguma coisa sobre este personagem: o cabelo. Por exemplo, é claro que no decorrer da vida vamos mudando de cabelos (isto é sempre fonte de esperança). Se tudo está bem no organismo, quando o cabelo morrer, cai, e é substituído por outro. Um cabelo do alto da cabeça dura de cinco a seis anos. Um cabelo das têmporas e da nuca vive uns quatro anos.

Numa cabeleira sadia, caem de dez a trinta cabelos por dia. Os que renascem no mesmo folículo, terão a espessura e o comprimento dos que caíram.

Os cabelos crescem de dez a vinte centímetros por ano. As variações individuais não têm importância.

As mulheres e os homens

De acordo com um recente inquérito, foi feita uma lista das qualidades que as mulheres mais apreciam nos homens, a qual cedemos aos distintos cavalheiros com a esperança de que possam tirar da mesma algum proveito. Ei-la: Gentileza e carinho. Espírito e senso de humor. Interesse pelas pequenas coisas, sinceridade, lealdade, integridade, força moral e física. Em geral não gostam de homens condescendentes demais com elas, nem que sejam conservadores em demasia. Igualmente, não suportam o tipo que vive em meio a contas e números e nem tampouco os que seguram dinheiro com usura.

Será então tudo verdade? Existe disso mesmo?

Certamente. Há homens que preenchem essas qualidades, por incrível que pareça.

Mas existem ainda outras, realmente importantes: Todas as mulheres gostam que os homens reparem nelas. As esposas em geral costumam acusar seus maridos de prestarem mais atenção nas outras mulheres do que nelas mesmas.

E muitas, no fim de vinte anos de casadas, só veem os defeitos do pobre marido, esperando em troca que o mesmo só lhe encontre qualidades.

Seja como for, os homens devem procurar manter o lado melhor, caso queiram levar alguém ao altar e depois estejam dispostos a conservar a felicidade conjugal.

Enjoo no mar

Você vai fazer viagem de navio ou foi convidada para um pequeno passeio de barco – e treme ante a perspectiva de um daqueles enjoos que estragam qualquer prazer.

Há alguns conselhos que talvez ajudem você a não enjoar.

Não se abstenha de comer antes de subir a bordo – estômago vazio às vezes provoca o mal-estar. Experimente também tomar, antes, uma água mineral gasosa. Mantenha o ventre e o estômago agasalhados. Mantenha uma temperatura morna no corpo. Fique ao ar livre. Evite os odores de cozinha, de máquinas – e a vizinhança de pessoas enjoadas. Evite a proa e a popa do barco, procure se manter no meio dele. Não crispe os nervos, relaxe-os.

E, sobretudo, não pense em... enjoo.

Uma boa esposa

Ser uma boa esposa não é apenas, como julgam muitas mulheres, ser honesta, econômica e trabalhadora. É muito comum encontrarmos esposas traídas ou abandonadas queixarem-se: "Eu sempre fui para ele ótima esposa!" Não devem ter sido. Boa esposa é aquela que torna a vida do lar agradável para o marido, fazendo de sua companhia um refúgio para a sua vida de lutas. Se ele chega exausto do trabalho, a boa esposa não lhe azucrina os ouvidos com queixas, fuxicos, ou insistentes convites para cinema, festas ou reuniões de que ele não gosta. Sua casa está sempre limpa e em ordem, mas não exageradamente a ponto de ele não poder fumar um cigarro em paz, não poder esticar-se para ler o seu jornal sossegado. O lar de todos nós deve ser o recanto de paz, amor e liberdade com que todos sonhamos. Se as discussões se multiplicam, o azedume e a hostilidade formam o clima comum, e cada gesto, cada palavra, cada ato é recriminado ou policiado, torna-se odioso.

E o homem, como é justo e natural, vai procurar um lar em outra parte. Uma mulher inteligente prende seu marido sem gritos, sem exigências, sem ciumeiras ridículas. Prende-o pelo prazer que lhe dá a sua companhia. Contrariando-o em tudo, fazendo ostentação de sua tola independência, criticando-o diante das amigas, reclamando e exigindo sempre, você está é empurrando seu marido para fora do lar. Lembre-se sempre de que as outras, que poderão arrancá-lo de seus braços, usarão de muito carinho, muita adulação, muita doçura para conquistá-lo. Faça você o mesmo!

O espelho como conselheiro

Depois de certa idade, a moda parece constituir um problema para muitas mulheres. Mas, segundo Claudette Colbert, há uma solução. E esta começa por um olhar prolongado e honesto ao espelho.

Miss Colbert, conhecida pelo seu charme e bom gosto, aconselha "o estudo da própria imagem". "Você", diz ela, "precisa conhecer suas qualidades, para acentuá-las, e seus defeitos, para corrigi-los."

Na sua opinião, depois de certa idade, é preciso procurar manter a esbeltez ou tentar reduzir o peso até atingir o tipo de silhueta que "enfeita" a roupa. Ela própria procura sempre controlar o peso, e com ótimos resultados.

Outro item importante: escolher roupas que assentam bem, em vez de procurar apenas seguir a moda. Escolher cores que se harmonizam com o tom da pele e dos cabelos. Outro item importantíssimo: ter uma aparência "bem tratada".

Miss Colbert, exemplo de maturidade chique, prefere pessoalmente os cabelos curtos, as roupas simples, cores claras e decotes que enfeitam. "A gola Peter Pan costumava ser a minha marca registrada", diz, "mas agora uso golas bem maiores e um colar de pérolas. Acho que pérolas emprestam à pele uma qualidade luminosa."

Acha indispensável, como traje básico de um guarda-roupa, ter um bom tailleur. E também um desses vestidos que se usam durante o dia, mas que podem ser transformados para a noite mediante a mudança da gola, por exemplo.

Sanduíche de algodão para quem engole alfinetes

Por mais horrível que seja a ideia, é o que uma revista americana, *Family Doctor*, aconselha dar a comer a crianças que engoliram coisas tais como grampo de cabelo, alfinete de fralda etc. O artigo diz que o algodão rodeia o objeto no estômago, impede que cause dano e facilita a sua passagem.

Se a criança é jovem demais para comer um sanduíche, o conselho é dar-lhe pão embebido em leite. E se o objeto engolido ainda está na garganta, se for possível, vire completamente de cabeça para baixo.

Nunca pense que a criança é pequena demais para engolir uma coisa: a capacidade "engolidora" dela é igual à de um adulto.

Por favor, não use:

Cinto largo, de qualquer espécie, nem faixas, se você não tem cintura fina. Muitas mulheres pensam que eles fazem cintura. Engano. Cinto e faixa nunca foram objeto de talha num corpo feminino. São apenas enfeites para quem já tem cintura fina. Nada mais.

"Gordinha"? "Gordota"? "Gorda"?

Talvez você, para não ter o trabalho de dieta e preocupações, tenha resolvido que não é gorda – é apenas gordinha.

Desculpe, mas é mesmo? Quantos passos além de "gordinha" você já deu? Cada pessoa tem seu próprio tipo. Mas ser gorda não é tipo; é talvez o tipo engordado. E isso não ajuda a ser sedutora.

Será que você não tem nenhum motivo para querer adelgaçar-se? Quero dizer com isso o seguinte: será que não há nada tão precioso para você obter e que a incentive o bastante a ponto de você considerar bem empregado o esforço de afinar-se?

Está bem, suponhamos que você é apenas gordinha. O que não tem mal. No entanto, há o perigo de você ser "ainda gordinha" – o que significa um futuro progressivo rumo ao "gorda".

Cuidado, pois, enquanto ainda é muito simples tomar cuidado. "Gordota" já não é tão bom como "gordinha". E "gorda" já piora o engraçadinho de "gordota".

Para as que desejam um emprego

Se você está procurando um emprego e é chamada para uma primeira entrevista com seu futuro patrão, não caia nestes erros: não se mostre excessivamente desembaraçada, querendo forçar uma intimidade ridícula; não aparente, tampouco, uma timidez excessiva, respondendo monossilabicamente as perguntas, demonstrando medo excessivo de falar sobre suas próprias qualidades; não se apresente com vestidos provocantes, excessivamente pintada, muitas joias, dando a impressão mais de uma mocinha leviana que de uma auxiliar; mas também não impressione mal com roupas modestas demais, mal penteada, com maquiagem malfeita, que assim parecerá relaxada. Tenha sempre em mente que a primeira impressão é a que perdura. Responda com clareza a tudo que lhe for perguntado, não use de falsa modéstia, não se exiba demais, pareça distinta, eficiente e reservada.

Dinheiro difícil

Muitas de vocês se queixam constantemente de "dinheiro difícil". Tudo caro, as dívidas crescendo a cada momento, e nada de dinheiro. Onde irão parar? Em um número antigo de *Seleções*, li uma fábula de um rei que comprava tudo a crédito, até que um dia esse crédito lhe foi cortado. Furioso, chamou seu ministro da Fazenda. E a situação se complicou quando este lhe disse que não podia imprimir mais dinheiro, para satisfazer às necessidades de seu rei, sob pena de apressar a inflação do país. Chamou seus economistas, e um deles explicou ao tolo rei que "quando as pessoas tomam emprestado mais do que economizaram, não tarda a haver falta de dinheiro. Somente economizando, haveria dinheiro". Se vocês pensarem sobre isto, e procurarem controlar um pouco mais os seus gastos, verão que a sua situação financeira vai melhorar muito.

Atenção às latas

O aspecto da lata, ou o escapamento de gases quando ela é aberta, são ambos sintomas suficientes para que não se aproveite o seu conteúdo. A intoxicação através de alimentos deteriorados em latas é sempre grave e frequentemente fatal. E uma vez aberta a lata, o conteúdo deve ser sempre transferido para um recipiente de louça, vidro ou plástico, mesmo quando conservado na geladeira.

Beleza em série

Existe uma triste tendência, agravada nos últimos anos, para estandardizar a beleza e os tipos femininos. Influenciada pelo cinema, a mocinha escolhe uma artista de bastante renome e passa a ser o seu carbono. Imita-lhe o penteado, a maquiagem, o riso, os gestos, as modas, às vezes até o tom de voz. Houve a fase das Marilyn Monroe, das Lolobrigidas, das Sophia Loren. A febre agora ainda é das BB, intercaladas aqui e ali por pequenos estágios em Debra Paget, Marisa Allasio e Pier Angeli. Garotas bonitas, que poderiam ser lindas no seu tipo próprio, mascaram-se de caricaturas de francesas, italianas e até suecas famosas. Belezas em série, belezas de catálogo, numeradas, como se adquiridas por encomenda postal. Despersonalizadas, essas pobres imitações jamais conseguem sucesso, pois o que fez a fama daquelas estrelas não foi o cabelo penteado dessa maneira, nem foi o sorriso dengoso de dedinho na boca, nem foi aquele olhar cheio de convites. Foi a personalidade, o talento, a graça, e estas nenhum cabeleireiro, nenhum maquilador, nenhum trejeito, estudado diante do espelho, lhes darão.

Sejam vocês mesmas! Estudem cuidadosamente o que há de positivo ou negativo na sua pessoa e tirem partido disso. A mulher inteligente tira partido até dos pontos negativos. Uma boca demasiadamente rasgada, uns olhos pequenos, um nariz não muito correto podem servir para marcar o seu tipo e torná-lo mais atraente. Desde que seja seu mesmo.

Os homens não gostam das mulheres em série. Se gostam daquelas estrelas é porque as acharam diferentes. Vocês, imitando-as, apenas serão consideradas ridículas.

Por favor, meninas, sejam vocês mesmas!

Fumo e café

Quero lembrar a você:
Em forte dose, o tabaco é muito nocivo aos tuberculosos e aos atingidos por males cardíacos. O fumo diminui a me-

mória, provoca a tosse, é responsável pela voz rouca, pela bronquite crônica, pela traqueíte.

Provoca o sistema nervoso, diminui a atividade, acarreta torpor intelectual e enfraquece a vontade.

Pense nisso e resolva fumar menos.

Quanto ao abuso de café, quero lembrar a você que provoca desordens nervosas, dá palpitações. Pode ocasionar dispepsia, enxaquecas, vertigens e afetar fígados delicados. (Estou falando no abuso, e não no uso moderado de café.) Nem crianças, nem nervosos, nem artríticos nem hepáticos se beneficiam com o café. E se você perceber que o apetite diminuiu, que sofre de uma excitação mental que a leva às vezes a ideias negras, ou se sente deprimida ou anêmica – tente diminuir o café. Esta é uma bebida benéfica em dose moderada, e maléfica do momento em que se torna vício.

A criança persegue o perigo

As crianças estão sempre em movimento, ansiosas para pular, e descobrir, experimentar, aprender. Em virtude dessa tendência incontrolável, ficam sujeitas a muitos riscos, que podem redundar em acidentes, às vezes perigosos.

Por essa razão, as crianças precisam de uma proteção constante, de um cuidado todo especial, não devendo os pais proibir-lhes as brincadeiras, mas protegê-las para que os folguedos infantis se deem em local que não ofereça perigo.

Para uma criança que ainda não completou dois anos, e que tem uma tendência irresistível de subir em cadeiras, escadas etc., é conveniente que a mãe prepare uma área de quarto ou sala com colchões, caixotes e outros objetos, para que faça sem perigo suas incursões e subidas.

Os lugares onde as crianças brincam devem ser cuidadosamente examinados. É preciso ver se apresentam condições de higiene favoráveis, se por perto não existem águas estagnadas, insetos perigosos, objetos de metal enferrujados, que possam lhes causar ferimento.

Todos os objetos cortantes devem ser colocados fora de seu alcance, assim como os produtos de limpeza, geralmente explosivos ou corrosivos, e os remédios em geral. Qualquer descuido nesse sentido pode ocasionar acidentes irremediáveis.

A mãe cuidadosa terá uma farmácia completa em casa, com todos os medicamentos de urgência, além de gazes e ataduras. Deve ter algum conhecimento de enfermagem de urgência, para aplicá-lo na ocasião necessária. E acima de tudo precisa ter calma para enfrentar a situação desagradável.

Conselhos de minha vizinha

Para acalmar enxaquecas, minha vizinha derrama algumas gotas de limão na xícara de café bem quente, antes de tomá-lo. Diz que é ótimo.

Preparando qualquer massa – seja para torta, seja para bolos ou pastéis – ela amorna um pouco o leite ou água ou qualquer outro líquido que entre na sua composição. Assim, consegue que a massa cresça mais depressa e se torne mais leve.

Diz que maçã combate a insônia.

Ela passa óleo nas solas dos sapatos das crianças, repetindo a operação até que o couro absorva a gordura. Esse processo impermeabiliza o sapato.

Quando ela quer que o assado dê bom molho e mais caldo, acrescenta-lhe um pouco de açúcar. A carne não fica doce, porém verte mais sumo.

Para quem tem medo de falar em público

Um dia desses andei lendo um artigo que me interessou muito. Capaz de vocês gostarem também. É de um senhor chamado Elmer Wheeler, nome que para nós não quer dizer nada, mas parece que nos Estados Unidos é muito conhecido como conferencista.

Pois ele escreveu um livro chamado *De como bani o medo de falar em público*. A essa altura, você estará dizendo: "não pretendo fazer discursos nos próximos trinta anos." Nem eu. Mas acontece que ele dá uns conselhos que servem também para quem não faz discurso...

Ele diz que o nervoso dele passou, que aprendeu a curar a sensação de ter borboletas no estômago cada vez que tinha que se dirigir a estranhos. Ora, com ou sem discurso, de vez em quando a gente se vê nessa situação: diante de estranhos que intimidam a gente (espero que a gente intimide também os estranhos, é o mínimo que posso desejar). O conselho é: inspirar e expirar três vezes, profundamente, antes de falar. Ele acha que diminui a corrida do pulso, acalma os nervos, e dá fôlego.

Outra coisa: falar pausadamente, dando tempo ao ouvinte de absorver as palavras ouvidas. Aprender a arte de usar verbalmente vírgula, ponto final, parágrafo. Aprender a parar um instante antes de anunciar algo mais importante – e parar um instante depois de anunciar.

E evitar a tagarelice, as palavras inúteis... Isto nós podemos tentar, não sei se com muito sucesso...

Mais conselhos de minha vizinha

Minha vizinha diz que o queijo, na casa dela, nunca endurece, porque ela toma o cuidado de envolvê-lo numa gaze molhada em vinagre.

Ela só descasca chuchus mantendo-os debaixo d'água – para evitar que as mãos escureçam.

Nunca há formigas na casa dela. Quando aparecem, faz o seguinte: mistura o pó de café que ficou no coador com um pouco de água. E despeja essa mistura nos lugares onde as formigas costumam se reunir.

A sedução das joias

Eis aqui para vocês uns conselhos de um grande joalheiro da Place Vendôme, em Paris – e que tanto servem para as joias verdadeiras como para a bijuteria de fantasia:

Pérolas com tonalidade rosada são mais indicadas para as morenas; as louras deverão adotar, de preferência, as brancas.

As louras devem preferir a safira, enquanto que o fulgor do rubi é mais indicado para as morenas. A esmeralda resplandece mais numa pele branca, perto de um rosto emoldurado por cabelos de tonalidades ruivas.

O diamante convém a todas as epidermes. A turquesa – linda quando combinada com ouro ou pedras de cor – adapta-se especialmente às morenas e às ruivas. A pedra "esportiva" é o topázio. Com sua tonalidade de outono, fica particularmente bem com um tailleur.

A moda mal interpretada

Tenho visto muito rosto falsamente cadavérico por aí... Tenho pena quando vejo a moda tão mal interpretada.

Há muita coisa que artista de cinema põe no rosto e que simplesmente não serve fora da tela. Nem em desfiles eu uso certo tipo de maquiagem que só é aplicada por causa das fortes luzes que iluminam os ambientes de filmagem.

Lembrem-se dos refletores usados em sets de cinema ou televisão. Eles alteram a forma do rosto, fazem um jogo de sombra e luz que transforma os traços. É por isso que a gente procura contrabalançar o "desgaste" com truques efetivos.

Mas quando ainda é anormal, seja do dia ou da noite, o truque, além de inútil, é tão contraproducente como o uso de u'a máscara fora dos dias de carnaval.

Vamos ver, por exemplo, o que somos obrigados às vezes a fazer, nós artistas de cinema ou televisão. Para lutar contra os refletores, muitas de nós usam uma base escura nos lados do nariz, de modo a que este, sob a luz forte, não pareça alargado. É sabido que a cor clara alarga, expande.

O mesmo, é claro, poderá ser feito por alguém de nariz naturalmente largo e que deseje afilá-lo.

Mas até que ponto vão seus dons artísticos em matéria de camuflagem? Até que ponto você pode dissimular um defeito sem cair no oposto, isto é, sem acentuá-lo?

Você já imaginou o que representa aos olhos dos outros uma pessoa andando na rua – de nariz escuro?

Ou uma jovem entrando num salão com duas nódoas de pó escuro nas faces – pois pretendera ter aquele "encovado" moderno das artistas de cinema?

Lembre-se de que sua arte de dissimular teria que ser exímia – para enfrentar os olhos alheios. Pois estes, quando não são bons, recorrem a óculos... E você, se estiver "mascarada", fica mesmo exposta. A menos que, diante da curiosidade alheia, você se retire e lave o rosto...

O que você não deve usar

Se você é morena, não use certos tons de verde e fuja do marrom e do bege como o diabo foge da cruz. Evite igualmente o preto, se estiver muito queimada da praia; neste caso, prefira o branco, que realçará e dará vida ao seu bronzeado.

Prepare uma reunião para sábado

Mas a questão é que não há necessidade de fazer desse convite um bicho de sete cabeças. Quanto mais você adiar, maior número de cabeças nascem nesse monstro. Vamos improvisar uma reunião agradável, simples e camarada? E por que não para sábado? Em noite de sábado todos podem divertir-se um pouco mais porque domingo de manhã a preguiça está no ar e é permitida. Vamos comprar algumas bebidas, alguns pães de forma para sanduíches variados. Se você quiser, use as receitas guardadas e que devem estar cheias de poeira naquela sua gaveta de tesouros. Se quiser, use a imaginação. Mas se as receitas são trabalhosas, se a imaginação já foi gasta durante a semana – não há problema: os tradicionais sanduíches de queijo e presunto são sempre bem-vindos. Faça uma lista do que precisa para preparar um ponche leve, compre uns chocolates, castanhas-de-caju ou amendoim torrado, não se esqueça de cigarros. Dependendo do orçamento, substitua o ponche por alguma bebida mais forte e mais animadora. E telefone para os amigos: "Vocês querem vir amanhã à noite bater um papo aqui em casa, depois do jantar? Convidei mais algumas pessoas."

Telefonou? Pois na manhã de sábado prepare os sanduíches, cubra-os com um guardanapo úmido para que não fiquem ressequidos até à noite, prepare o ponche ou as bebidas, arrume a casa, disponha algumas flores nas jarras. Faça o possível para não espalhar seus deveres pelo dia inteiro, senão você terá de noite um ar cansado e sem ânimo. Pois a melhor receita para uma reunião de amigos é a de mostrar prazer em recebê-los. Muitas donas de casa ficam tão afobadas na hora que as visitas chegam que estragam a festinha para os próprios convidados.

E também não peça desculpas pelo fato de os sanduíches serem de um modo ou de outro, não se escuse por não ter casa maior e não ter servido peru recheado. Seus amigos aceitam-na como você é, e não esperam de você luxo ou cerimônia: querem uma companhia agradável e uma casa acolhedora.

Impossível?

A maioria das coisas "impossíveis" são impossíveis apenas porque não foram tentadas. Quanta coisa você não faz apenas por timidez ou medo...

Você já experimentou pintar paredes? Pois, acredite ou não, não é necessário tirar "curso" (só um curso de "confiança-em--si-mesma" ajudaria, pois confiança é o que lhe falta).

A tinta, você compra. O pincel, também. A parede, você tem. E duas mãos também. Por incrível que pareça, você é dona dos instrumentos necessários. O que falta mais? Um pouco de ousadia e vontade de se divertir. (E de economizar.)

Problema "Meu filho não quer comer!"

Encher demais o prato de uma criança é desencorajá-la de início. Tente distribuir os alimentos em vários pratinhos, deixe-a diante deles algum tempo. Troque ou retire os pratos, sem comentários ásperos ou ansiosos. Se ela comer menos durante alguns dias, não adoecerá por isso. E, quem sabe, se você continuar a não lhe transmitir ansiedade, ela passe a comer melhor... Tenta-se, pelo menos.

Um modo muito eficaz de estimular o apetite da criança é o de permitir que ela ajude nos preparativos da refeição: permita-lhe ajudar a pôr a mesa, a dispor as fatias de pão no prato, a mexer um creme etc. Participando desses trabalhos preliminares, ela encarará talvez o alimento como criação também sua, e, portanto, muito mais precioso.

Precaução: antes de comprar móveis, examine-os

Experimente as gavetas para ver se se adaptam bem e se "correm" facilmente.

Observe as costas das cômodas, por exemplo, para inteirar-se do acabamento.

Veja se os botões e maçanetas são bem desenhados e firmemente presos.

Assegure-se de que a peça pousa toda no chão, sem desnível.

Não queira um verniz que deixa visível qualquer marca dos dedos.

Assegure-se de que os enfeites são realmente decorativos, e não mero depósito de poeira.

Escolha tecidos e forros que possam ser facilmente conservados limpos.

Veja se as portas se abrem sem esforço, e se fecham totalmente.

Romântico ou "laboratório"?

Atualmente, em matéria de decoração de banheiros, há duas tendências: a romântica e a funcional. A primeira trata o quarto de banhos como se fosse um *boudoir*, decora-o com tecidos, tapetes, usa acessórios antigos, mais pitorescos que práticos. A segunda tendência – a funcional – teve em Le Corbusier o principal pioneiro, lá por 1925. É o estilo "laboratório" apenas "personalizado" com o uso de cores. É possível uma infinidade de variações nos materiais de revestimento, nos acessórios, nas pinturas dos aparelhos, nos espelhos, tapetes de plástico ou de algodão lavável.

De qualquer modo: o banheiro de hoje, assim como a cozinha, deve perder sua frieza, seu anonimato, sua banalidade. A beleza se consegue mesmo com orçamento limitado e objetos *standard*.

Uma conversa franca para quem tem filhos gêmeos

Filhos gêmeos não devem ser tratados como uma só criança dividida em duas. É necessário procurar manter a personalidade de cada um. Uma boa norma é vesti-los de modo diferente, deixá-los escolher amigos diferentes. E evitar o hábito de compará-los, mesmo que a intenção seja a de estimulá-los. É preciso que eles sejam amigos e não se considerem concorrentes.

Quando uma criança traz um dever da escola e pede ajuda, o pai ou a mãe devem apenas orientá-la, e não resolver os problemas por ela. Caso contrário, ela se habituará à preguiça mental, e não aprenderá a usar o próprio raciocínio.

Em caso de doença ou suspeita de doença, chame o médico. Lembre-se de que, por melhor que seja a sua vizinha, ela não está autorizada por nenhum conhecimento científico especial a receitar... O remédio que fez bem ao filho de sua amiga pode fazer mal ao seu.

O esporte faz bem, física e moralmente. Além de desenvolver harmoniosamente o corpo, ensina a criança a cooperar, a exteriorizar-se, a dominar seus impulsos agressivos.

Pelo fato de seu filho já ser um homenzinho ou de sua filha já ser uma menina-moça não creia que sua tarefa terminou. É na época da puberdade que as crianças mais precisam de compreensão e de camaradagem. Nesse período de turbulência e de hipersensibilidade, é preciso perdoar muitas faltas, muitos descuidos. É também uma fase de vaidade e egoísmo. Ajude o adolescente a manter uma boa aparência. Cuide de sua pele, muitas vezes alterada. Cuide de suas leituras. É nessa idade que o espírito está mais aberto a influências.

Tapetes: Cores

Em matéria de tapetes, é aconselhável deixar que predomine uma cor – ou então um grupo de tons bem combinados.

Tenha em mente o quarto no qual pretende usá-lo, e não tente "combinar" a cor do tapete com as cores do aposento – e sim "complementar" com o tom do tapete as tonalidades do ambiente.

Não há nenhuma lei geral para cor de tapete. É questão de exame e bom senso. Por exemplo: vermelho-púrpura e vermelho escarlate não combinam bem quando juntos em grandes pedaços de material – mas misturam-se otimamente, um avivando o outro, quando trabalhados em tiras e laçadas.

Um aposento de cores muito vivas pode ser "adoçado" com tapetes de cor *taupe*, cáqui, ou com tinturas de coloridos complementares. Lembre-se, porém, de que o colorido dos tapetes descora rapidamente à medida que se anda sobre os mesmos.

Companhia

Não, G. B., você ainda não experimentou tudo o que a vida pode dar, como diz na carta. Você ainda não experimentou a doçura da companhia: de ter companhia e de dar companhia. Você espera que chamem você, que insistam, como se os outros fossem deuses dadivosos. Não se esqueça das inúmeras pessoas ainda mais tímidas e solitárias do que você, e que esperam um sorriso para se aproximar. Não se esqueça de que uma das maiores alegrias da vida está nesta palavra simples: convivência.

Penteados modernos

Existe ultimamente uma acentuada tendência para o exagero nas roupas, na maquiagem e nos penteados. Exagero no sentido de não obediência aos tipos, idade, local e hora próprios para uso do que está em moda.

Os penteados, por exemplo. Brigitte Bardot lançou a moda dos cabelos longos artisticamente desarrumados, caindo sobre os olhos, num falso desleixo encantador. Brigitte Bardot é uma estrela de cinema, e suas fotos são tiradas para publicidade, não são instantâneos de sua vida particular, e o penteado idealizado por ela visava criar-lhe um tipo. As nossas meninas entenderam que essa era a maneira de parecerem provocantes tanto quanto a vedete francesa, e aboliram os pentes, deixaram crescer as madeixas, e ei-las, a caminho do escritório ou das aulas, longas cabeleiras despenteadas sobre os olhos, a testa, com a desagradável aparência de que acabaram de sair de um ringue. Ao invés de atraente, isso é ridículo. Existem as que vão ao outro extremo. Sempre penteadas como se fossem a uma festa, penteados bonitos, modernos, mas nem sempre próprios para uma viagem em pé no ônibus cheio que as leva ao seu emprego ou à escola. As mocinhas geralmente preferem sempre os penteados sofisticados e embora não causem a mesma impressão desagradável das "Bardot" desalinhadas, não estão também sendo elegantes. Estariam muito melhor com os cabelos penteados porém mais esportivamente, penteados simples, sem rebuscamentos, sem mechas formando o que elas julgam provocantes "pega-rapazes". A simplicidade ainda é companheira inseparável da elegância. E minhas leitoras de 17 anos podem crer na minha sinceridade quando afirmo que o maior encanto da mocinha "antes dos 20" é poder dispensar a maquilagem pesada, é ser bonita mesmo com os cabelos curtos, soltos, os olhos com brilho apenas da mocidade.

A hora de dormir

Quando a criança chega aos três anos, começa a relutar em ir cedo para a cama. Deseja participar das atividades de casa, uma vez que está física e mentalmente mais ativa.

No entanto, não se iluda, julgando que a criança, por estar viva e travessa, não tem necessidade de ir cedo para a cama. Pelo contrário, sua atividade apenas prova que está muito excitada e precisa de repouso.

Marcada a hora de deitar, não faça concessões. Ajude-a a arrumar os brinquedos, faça com que ela dê boa noite aos presentes, e acompanhe-a ao quarto. Converse alegremente com ela, faça sua toalete de noite e meta-a na cama. Se ela preferir, pode dar-lhe um copo de leite morno.

Seu petiz poderá reclamar um pouco, mas acabará se acostumando com o horário noturno. E poderá desfrutar um sono longo e reparador.

Felicidade conjugal

Uma coisa é certa: o amor cega tanto quanto o ódio e muitos casais após o casamento, quando finalmente são obrigados a encararem a realidade, chegam à tristíssima conclusão de que se enganaram redondamente na escolha. Quando um rapaz ou uma moça comparecem ao altar, antes dos 19 anos, o casamento tem dez vezes mais probabilidades de malogro do que se fossem ambos uns 5 anos mais velhos. Houve mesmo um caso de uma jovem, que depois de casada há algum tempo, descobriu que era emocionalmente alérgica ao marido (tem disso também!). Cada vez que se aproximava dela, sobrevinha-lhe uma desconfortante urticária.

Aliás, apenas um casal em seis se considera tão feliz quanto desejaria ser. Um casal em vinte se sente realmente infeliz. A maioria fica entre esses dois grupos e cerca de oitenta porcento é, mesmo, moderadamente feliz.

Os entendidos no assunto costumam dizer que os casamentos mais felizes são aqueles em que impera um sentimento de camaradagem, compatibilidade amorosa e mútua determinação de fazer com que o mesmo tenha êxito.

Pelo menos dois desses ingredientes devem estar presentes, para que o casamento tenha possibilidades de sucesso e seja razoavelmente feliz.

Festa de casamento

Se vocês gostam de obedecer à etiqueta e estão pensando em ficar noivos e casar, aqui estão algumas regras simples para as cerimônias de noivado e casamento: o pedido de casamento deve ser um acontecimento importante. À noite, os pais do noivo, em companhia do filho, fazem uma visita, anteriormente marcada, aos pais da noiva para fazer o pedido. A noiva não deve estar presente à entrevista. Será chamada depois para dar o "sim". Está selado o noivado, que pode ser comemorado com uma pequena reunião íntima e uma taça de champanha para brindar aos noivos. Cabe ao rapaz, assim que resolvido o compromisso, chegar ao pai da moça e expor-lhe a sua situação, combinar detalhes sobre como e quando pretende realizar o casamento. Deve também oferecer à noiva a aliança ou outra joia qualquer.

Chegada a data do casamento, os convites serão distribuídos, com uma antecedência de vinte dias, aos parentes e amigos.

A cerimônia do casamento é conhecida de todos, e também seus detalhes e etiquetas. Convém sempre lembrar, porém, que o noivo deve chegar antes da noiva à igreja, e esperá-la junto ao altar. Ela chegará pelo braço do pai ou, na falta deste, do irmão, um tio, ou parente. Terminada a cerimônia, após receber os cumprimentos no hall da igreja, sai o jovem casal, tomando o primeiro carro do cortejo de volta, seguido pelos carros dos pais dos noivos, dos padrinhos e depois os dos convidados.

Na volta da lua de mel é obrigação dos nubentes visitarem as pessoas que compareceram ao seu casamento, oferecendo-lhes a sua residência.

Depois da festa

Se você dançou demais, divertiu-se demais, livrou-se da tristeza acumulada, agora, ao voltar da festa, trate um pouco de si mesma.

Se os pés estão doendo, cansados, banhe-os em água morna: deixe-os mergulhados durante alguns minutos. Enxugue-os bem, polvilhe-os com talco e depois estenda-se no sofá ou na cama, colocando os pés mais altos que a cabeça. Besunte o rosto, previamente limpo, com um creme refrescante.

Feche os olhos. Relaxe os músculos. Poderá colocar sobre os olhos duas compressas de algodão embebido em água boricada para ajudar a aliviar a vista também.

Procure esquecer tudo: a excitação do que passou, os problemas que estão à sua espera, ainda, os compromissos. Esvazie a cabeça, largue o corpo todo sobre o colchão, em posição bem confortável. Se possível, faça isso com o aposento em penumbra. Agora, deixe os minutos passarem. Se sentir sonolência, entregue-se a ela.

Uma hora de repouso assim será tão salutar à sua saúde como à sua beleza. Você se sentirá jovem, outra vez, bem-disposta, animada. Os sinais de cansaço desaparecerão do seu rosto, o brilho voltará aos seus olhos.

Ao levantar-se, faça uma ligeira massagem com o creme que ficou em sua pele. Se não tiver compromissos para sair, deixe o rosto descansar de pinturas e cosméticos. Retire o creme, lave o rosto e deixe a pele respirar limpa e fresca.

Nunca permita que o cansaço a atire na cama antes de limpar a pele. Isso a prejudicará muito. Se pôde dançar tanto, rir tanto, pode fazer mais esse pequenino esforço para proteger a sua beleza. Não custa nada e esses minutos podem significar muito para a sua aparência.

Dourar-se na praia

As sardas? São uma pigmentação anormal da pele. Que se aconselha a respeito delas? Falar a verdade: para evitar sardas o único meio eficaz é não se expor ao sol.

Mas quem tem tendência a sardas não vai, por isso, se proibir do gosto do ar livre. O jeito é ultrapassar depressa o estágio das sardas: com mais sol. O próprio bronzeamento cobre tudo, camufla tudo. E, quando acabar o verão, se as sardas não desaparecerem, o jeito é fazer peeling. O que só pode e só deve ser feito por pessoas especializadas e competentes.

Que dizer mais a respeito de sardas? Que se pode ser linda e ter sardas. Que sardas podem dar uma graça toda especial. Que sardas podem lhe dar um ar "garoto" – o ar dos franceses – e enfeitar muito. Quem pega sardas, que as pegue em paz. Quem tem sardas, que as tenha em paz.

Valorize seus olhos

Os olhos sempre foram motivo de inspiração para os poetas e músicos, que cantam a beleza da mulher amada. Olhos grandes ou pequenos, verdes ou castanhos, arredondados como os de boneca, ou amendoados como os das orientais, todos eles são cantados nas canções apaixonadas.

Nos tempos modernos, os olhos continuam despertando o mesmo entusiasmo da parte masculina, sem, no entanto, chegar aos ardores da serenata e dos versos, coisa que a época não comporta mais. No entanto, você, minha leitora, gostaria de inspirar com seus lindos olhos um poema, uma música, ou mesmo, uma simples declaração de amor... Gostaria, porque é mulher!

Nada mais natural que a mulher, sabendo o tesouro que possui, procure conservá-lo e embelezá-lo. Todos os cuidados são poucos para essas joias tão úteis, tão belas e tão inspiradoras...

Seus cuidados devem ser diários. Devem consistir em não deixar que os olhos trabalhem um tempo demasiadamente longo sem que tenham um descanso de pelo menos alguns minutos, fechados, ou fitando um ponto distante. Quando estiverem cansados, depois de um trabalho exaustivo, um ótimo restaurador da vista é a compressa de chá forte, frio, sobre os olhos alguns minutos, enquanto descansa num quarto escuro.

Os olhos devem ser valorizados ao máximo. De dia, use apenas um pouco de máscara, tenha os cílios bem escovados e aplique creme para os cílios, ou sombra. Se desejar alongar a linha dos olhos, risque com lápis de olhos, em redor dos cílios, uma linha finíssima, terminando no canto dos olhos, com um traço que sobressairá, para cima. As sobrancelhas ligeiramente cheias, na cor que combine com sua tez. Não use sombra verde ou azul, durante o dia, mesmo que seja loura. Reserve esse recurso mais ousado para a noite, do contrário parecerá ridículo. Mais do que os cuidados de maquiagem com os olhos, o que importa é ter um olhar suave, compreensivo e luminoso. Tudo isto se consegue, de dentro para fora. Os pensamentos bons, humanitários, os ideais elevados, e, sobretudo a bondade, imprimirão ao seu olhar aquele ar inconfundível de encanto e juventude que nem os anos e as rugas conseguirão esconder.

Viver mais... E ser mais jovem

Sobre a vida humana, disse o dr. John Harvey Kellog: "Comam duas vezes menos, durmam duas vezes mais, riam quatro vezes mais, e viverão tanto quanto Matusalém." Um dos maiores inimigos, portanto, não apenas da vida longa como da juventude é a nossa alimentação. Alimentação mal controlada e mal digerida, excesso de gorduras que envenenam o sangue e provocam relaxamento das funções endócrinas. Resultado: velhice! Mas não apenas a intoxicação física provoca a velhice. Também a moral. Ou melhor, as preocupações obcecantes, os rancores inúteis e cultivados, a inveja, a irritabilidade, o ciúme doentio. Tais sentimentos provocam rugas profundas, olheiras, apagam a alegria e o brilho dos olhos.

Mas... você pode conservar-se jovem, por muitos e muitos anos. A mocidade é uma atitude positiva. Não é fugindo da velhice, tentando fingir que não a sente nem a conhece, que a evitamos. Mas enfrentando-a com as armas da inteligência e do bom tempo. Como? Agindo assim: – Não cultive lembranças desagradáveis. – Não se abandone à inatividade, ausente de vida e seus problemas. – Cuide de sua alimentação, que ela seja rica em proteínas, racional, excluindo dela, o mais possível, as gorduras, o álcool, os alimentos que lhe provocam prisão de ventre e engrossamento do sangue. – Apresente-se fisicamente bela, dentro da condição de mulher vivida e não se ridicularizando fantasiada de jovem de vinte anos. – Cultive o bom humor e a alegria de viver.

Resposta às leitoras

Você me escreve dizendo que não gosta mais dele. É verdade? Não se precipite em julgamento. Há períodos, mesmo na vida conjugal mais harmoniosa, em que não é o amor o que predomina. Seja paciente. O fato de você não se sentir apaixonada não quer dizer que tenha deixado de gostar dele. Se você soubesse que seu marido gosta de outra, ou se ele estivesse doente... você não sofreria? Talvez você esteja se lamentando de excesso de tranquilidade. Aposto como você tem muito tempo de lazer, aposto que "não sabe o que fazer de seu tempo". O ócio e o tédio inspiram os pensamentos mais desanimadores. Não estrague sua vida com sonhos impossíveis e falsos.

Quanto a você, Maria Cristina, queixa-se de que "faço tudo para agradar... vivo metida em casa... e ainda assim..." E ainda assim seu marido não reconhece seus esforços e diz que você não entende de nada, que ele precisa de amigos para conversar etc. Em primeiro lugar, é preciso que eu lembre a você que, pelo fato de ser casado, ele não deixa de ser um ente sociável, não deixa de ter sua profissão e de gostar dela, não deixa de precisar de divertimentos. Depois, quero lhe dizer mais isso: há homens que adoram ver sua mulher na cozinha a fazer bolos e comidas, metida em casa a arrumar e embelezar seu lar. Há outros que, embora gostando de ver o interesse da esposa pela casa, preferem uma companheira que participe mais de sua vida. Pelo visto, seu marido é deste tipo. E parece-me que você sabe disso. Você tem direito de ser como é. Mas não creio que você seja assim para agradar a ele. Você se esgota a trabalhar em casa para agradar a ele ou a você mesma?

Não exagere

Dizem que aconteceu mesmo. É possível, se bem que difícil. Mas você mesma julgará.

Trata-se de um casal muito feliz, desses que vivem pensando num modo de ser ainda mais feliz. Desses que, ao se verem num espelho, sentem-se até encabulados de representar de tal modo um exemplo para o mundo tão errado em casais. Rotina? Jamais: é preciso quebrar a rotina. (Esse casal vive bastante cansado, mas enfim o que importa é mesmo ser um casal perfeito.)

Como bom marido, ele é marido solícito. Como boa esposa, ela se dedicou a agradar o marido.

Pois me disseram – não sei se acredito – que um dia o marido entrou em casa e encontrou no apartamento uma mulher estranha.

– Você não me reconhece? – perguntou a moça. – Sou sua mulher! Sua mulher Carminha! Que é que há com você, meu amor?

O marido não podia recuperar a fala. Gaguejou como pôde:
— Mas... mas que é que você fez com você? Você até me lembra...
— Foi tudo para agradar você. Eu quero ser a esposa mais maravilhosa do mundo. Quero parecer com artistas de cinema.
— Está certo... Mas com Yul Brynner!?...

A gordura em excesso... E as glândulas

Nem sempre o distúrbio das glândulas provoca a obesidade, mas a obesidade traz sempre o distúrbio glandular. Para você, leitora, que se acha apenas "cheinha" de corpo, a palavra obesidade deve parecer monstruosa e sem qualquer ligação com a sua pessoa. Saiba, porém, que todo obeso foi alguém "cheinho" de corpo que não soube ou não teve força de vontade para parar quando devia. Métodos para emagrecer ou manter o peso há diversos, uns mais, outros menos eficientes. A ginástica, por exemplo, é o mais difícil e, sejamos francas, o menos satisfatório. É fácil perdermos alguns quilos com exercícios que durem horas, mas recuperaremos esses quilos logo, ou comendo ou bebendo água, ou apenas relaxando os tais exercícios.

O melhor exercício mesmo, o método mais seguro para fugir à obesidade, é a seleção dos alimentos. Parar no momento em que deve parar, por mais saboroso e atraente que seja o prato à sua frente. Escolher para o seu menu especialmente saladas, temperadas com limão, caldos ou sopas ralas, com pouco sal, carnes magras, de preferência cozidas ou grelhadas, peixes assados na grelha, lagostas, mexilhões, ostras, sem molho, claro! Os miúdos constituem os melhores alimentos, como fonte natural de proteínas, e não engordam: também os ovos cozidos, o leite magro ou desnatado, vegetais, como o espinafre, vagens, nabos, aipo, abóboras, repolho e as frutas.

Alimentando-se assim, você está não apenas armazenando saúde no seu organismo, mas também ajudando a sua elegância. Ser esbelta, bonita e saudável. Este deve ser o objetivo da mulher moderna e inteligente. Esbelteza não é magreza, é equilíbrio de peso, de acordo com a sua idade e a sua altura. Beleza é o conjunto formado por uma pele macia, cabelos sedosos, olhos brilhantes, dentes claros. Saúde é, ao mesmo tempo, o resultado e a causa das outras duas qualidades femininas.

Cursinho de emergência

O preço da beleza é, com perdão pela grandiloquência da frase, a vigilância eterna. Como se vê de imediato, "vigilância eterna é coisa que leva tempo. Não digo que leve uma eternidade". Mas quase isso. O que vale é que essa quase eternidade é distribuída "pouco a pouco" de modo que não se sente, e também dá tempo para fazer outras coisas.

Mas acontece que nem todos os dias são iguais, e há muitos em que o tempo corre tanto que não há como alcançá-lo – senão à última hora. Quando se dá fé, está "ao mesmo tempo" na hora de sair e na hora de se aprontar. Todo preparo tem, então, que ser feito às carreiras – tipo socorro de urgência. Daí este nosso cursinho de emergência. Mas hoje falamos tanto que o espaço só nos permite também o uso da emergência: um conselho rápido. Ei-lo:

Você tem menos de uma hora para arrumar o cabelo que está sem jeito nenhum. Use essa hora de um modo racional, em vez de aplicá-la no desânimo ou "desespero". Enrole os cabelos nos devidos rolos. Mas não use água. Cada mecha, separada para ser enrolada, você deve borrifar com laquê – e imediatamente enrolar, enquanto a umidade está ali. Faça isso, mecha por mecha. Amarre um lenço na cabeça. Quando estiver toda vestida e maquiada, tire os rolos. O cabelo pode lhe parecer duro, mas uma escova e um pente farão o penteado que você quiser. Esta aulinha valeu de fato, você não acha? Mas lembre-se de que isso não pode ser repetido todos os dias: qualquer socorro de emergência deve ser usado apenas em caso de emergência.

Conversinha com as "grisalhas"

Pois é: o cabelo grisalho é muito distinto. Mas, na minha opinião – é distinto mesmo para os homens de negócio...
Há tanta gente que "embranquece" cedo, antes mesmo de a idade justificar. E, por mais "distinto" que fique, não há mulher que deseje aparentar mais idade do que tem. Uma sessão no cabeleireiro em geral aumenta bastante a autoconfiança e o bem-estar das mulheres que se tinham resignado a ser... distintas e envelhecidas.

Mas não procure tingir os cabelos em casa: o efeito poderia ser desastroso. É economia mal aplicada. O melhor é entregar seus cabelos às mãos de um especialista de confiança: ele não decepcionará você.

Juventude

Há um lembrete interessante que diz: "Lembre-se de que nunca será mais jovem do que é, mas só você pode decidir quanto tempo se conservará jovem." Partindo daí, você concluirá que os cuidados que tiver com sua pessoa e mais que isso, sua atitude mental, contribuirão decisivamente para você se conservar bela e longe da velhice. É preciso, no entanto, muita perseverança, de sua parte, para conseguir continuar o programa de beleza que você se comprometeu a realizar.

Esses vestidos colados ao corpo...

● ● ● São horrorosos! Um vestido justo modela um corpo bonito. Um vestido "colado", desses que chamam a atenção na rua, provocam assobios da garotada, geralmente até enfeiam a silhueta feminina. Sim, porque apertam-lhe as carnes, denunciam cada movimento. São deselegantes, em resumo. Os vestidos devem modelar os quadris, o busto, marcar a cintura, acompanhar as curvas sem acentuá-las. Os vestidos excessivamente apertados, além de servirem para acentuar qualquer pequena imperfeição do talhe, denuncia mau gosto e vulgaridade de quem o está usando.

Não se preocupe demais

Procure controlar-se para se curar desse mal que é a preocupação. Mal, não somente porque afeta sua saúde, como encurta a vida e... prejudica a beleza. Vício terrível, a preocupação descobre fontes de apreensão onde não existem, inventa perigos, cria problemas. Seus nervos afetados estragam-lhe o bom humor, rugas, embranquecimentos de cabelos, manchas na pele, tudo enfim sofre modificações para pior, em você. Evite isso, usando a terapêutica da autossugestão.

O "preto" sempre elegante

Os vestidos pretos não caem de moda. Continuam representando o que há de chique e distinto em tailleurs, em blusas ou saias, e em toaletes noturnas. O vestido preto decotado, porém, apesar de elegantíssimo, continua privilégio das reuniões noturnas. Usá-lo durante o dia, em lugares mais próprios para roupa esporte, é gafe.

Receitas

Poções embelezadoras

Você mesma poderá ser a feiticeira que prepara as poções milagrosas. Para males externos, remédios internos.

Se sua pele é macilenta, sem vida, envelhecida, tome pela manhã em jejum – durante 15 dias – um copo da seguinte mistura: 1 colher de sopa de melado ou de açúcar escuro com um copo de suco de ruibarbo fresco.

Palidez

Para dar vida a uma pele pálida, tome 3 copos por dia desta bebida que contém todas as vitaminas, minerais, enzimas e clorofila de que você precisa:

Corte, em partes iguais, aipo verde-escuro, cenouras, maçãs (das bem vermelhas). Passe tudo no liquidificador. Se não tiver um, use um espremedor de batatas ou de frutas.

Pele crestada, seca

Gaylord Hauser, o famoso especialista de pele, criou esta poção ótima: um ruibarbo descascado, morangos frescos (dois terços de ruibarbo para um terço de morangos). Esprema, adoce com 2 colheres de mel.

Pescoço – "haste" da cabeça

Nenhuma flor pode ter corola bonita se a haste que a sustenta for feia. E cabeça nenhuma será atraente se o pescoço que a sustenta como pedestal for desagradável aos olhos.

O principal, para a beleza do pescoço, é seu aspecto liso, a cor uniforme, o contorno firme, a pele brilhante.

Um mês de tratamento – com duchas filiformes, correntes elétricas, ginástica especial, alta frequência dirigida, ionização – rejuvenesce um pescoço envelhecido.

O que você pode fazer em casa e sozinha: para a volta da tonicidade dos músculos, o uso de uma escova macia, "trabalhando" em movimentos circulares, na hora do banho. Massagens: de baixo para cima, com palmadinhas dadas com as palmas das mãos.

As sardas

As sardas têm seus encantos. A certas louras acrescentam um ar brejeiro e picante. Mas, nas morenas, as sardas perdem todo o atrativo e dão a impressão de uma pele até (oh, horror!) pouco limpa. Uma maneira eficaz de ver-se livre delas é a seguinte:

Misture 2g de amoníaco com 3g de água oxigenada de 20 volumes e suco de 1 limão. Aplique essa mistura 2 vezes por dia, deixando-a secar no rosto. Em seguida, lave bem o rosto para evitar irritações da pele e complete o tratamento com uma camada de um creme emoliente.

Laboratório de feitiçaria

Em casa mesmo você poderá fabricar seus cremes de beleza, como uma feiticeira moderna que faz sozinha seu elixir da longa juventude.

Feiticeira quase sempre trabalha com fogo. Você também, tanto que a cozinha será o quartel-general. Também porque lá se encontra o liquidificador – outro instrumento da feiticeira moderna.

É no fogo, por exemplo, que você preparará um xampu especial para cabelos gordurosos. Receita fácil: derreta 10cm de sabão de coco (em barra) em ½ litro de água morna, acrescente 100g de glicerina líquida. Deixe esfriar – e então adicione o suco de 1 limão.

Aproveitando o que é velho

Você provavelmente tem em casa uma dessas malas de cabina, desses baús enormes, feios, velhos... Você nem sabe onde escondê-lo. Até esconder é fora de mão. Jogar fora? Mas você pensa que um dia pode precisar e não tem coragem de se desembaraçar dele. Então... use-o.

Cubra-o com uma manta ou reposteiro ou coberta, com ou sem franzidos. Disponha em cima umas três ou quatro almofadas de cor bem viva, berrante mesmo – e eis um sofá prático e decorativo.

Mas, por favor, não se esqueça de estofar a tampa da mala ou baú. É horrível a gente pensar que vai sentar-se no macio, largar-se, e levar um desses sustos que a gente não perdoa à dona da casa.

Chame o novo móvel de "sofá armário". Sim, porque dentro do sofá você guardará tudo o que não usa diariamente.

Evitando pressão alta

A vitamina P é beneficiadora das veias e artérias, evita derrame e pressão alta. As boas fontes de vitaminas P são os pimentões verdes, as frutas cítricas, principalmente casca de limão e de laranja.

Para a preparação do extrato dessa vitamina, corte em fatias 3 limões com casca, 1 laranja com casca – e mergulhe-os em 1 litro de água. Deixe ferver por 10 minutos. Acrescente 2 colheres (de sopa) de mel, deixando no fogo para ferver mais 5 minutos. Escorra, e deixe esfriar. Tome três copos por dia.

Para conquistar seu homem

Já é clássico dizer que um dos modos de conseguir a admiração de um homem é saber cozinhar. Parece até o ditado sobre peixe que morre pela boca.

Um bom jantar serve de isca? É o que dizem. E é certo que um marido fica realmente agradecido – mesmo que não o diga – quando sua mulher recebe bem as pessoas que ele convida. Para completar esse "recebe bem", você poderia aprender a preparar algum coquetel. Será uma surpresa para ele, e motivo de admiração: mulher que também sabe preparar um coquetel sabe realmente receber. Vou dar a você algumas receitas famosas:

Coquetel Presidente – Misture numa coqueteleira uma parte de rum, outra de vermute seco e umas gotas de grenadina. Gelo picado e algumas lascas de casca de laranja.

Coquetel Bamboo – Um terço de vermute italiano, dois terços de jerez seco e umas gotas de orange bitter.

Four Dollar Cocktail – Uma terça parte de rum, uma terça parte de vermute seco, uma terça parte de vermute doce. Gelo picado. Agite bem.

Daiquiri – Uma colherada de açúcar, 1 cálice de rum, suco de ½ limão. Agite bem com gelo picado.

Satanás – Uma parte de vermute italiano (doce); uma parte de vermute francês (seco), uma parte de gim; uma parte de sumo de laranja; ½ parte de licor de laranjas amargas; umas 10 gotas de bitter. Muito gelo picado. Bata bem.

E um conselho: enquanto estiver preparando, evite provar a todo instante. Provar muito uma bebida não é como provar comida; o resultado se torna visível quase que imediatamente.

Lavar sem água

Muitas vezes – por estar resfriada ou por não ter tempo – você preferiria não molhar os cabelos, ao lavá-los. Se pudesse mandar a cabeleira a uma lavanderia, com a recomendação: "Lavagem a seco"... Pois você conseguirá isso, e em casa mesmo.

Eis a fórmula:

    pó de íris 10g

    pó de licopódio 10g

    óxido de zinco 10g

    enxofre precipitado 10g

Com essa mistura empoe bem os cabelos, mecha por mecha, camada por camada. Esfregue bem. Em seguida escove com vigor, até que desapareça qualquer vestígio de pó.

Sono agitado & peso

Para sua insônia, Margarida, experimente esta receita simplíssima, de um grande médico americano. Não serve só para a insônia completa: serve também para quem tem "sono raso", daqueles que somem ao menor ruído. Ou para sono agitado, com tendência a pesadelos. A "mistura" você deve tomar já na cama, já deitada, já confortável: bata 2 colheres (das de café) de melado numa xícara de leite bem quente. É só isso? Só isso. Mas ajuda mesmo.

Quanto a seu peso, Clara, explicarei de um modo geral o seguinte: o peso que você tem aos trinta anos não deve mais variar, até o fim da vida. Entre vinte e trinta anos, é permitido engordar de 1 a 3 quilos, mais ou menos. Agora, não se esqueça do seguinte: arriscar a saúde, e também a juventude, para emagrecer, é um preço elevado demais. Seja sensata.

Receita de juventude

Você mesma poderá preparar sua receita de pele jovem. Trata-se de uma máscara que, por assim dizer, "passa a ferro" seu rosto, alisando-o, fechando os poros, clareando-o.

E agora passemos à fabricação do preparado:

Bata, juntos, 1 clara de ovo e o suco de 1 limão. Leve-os, depois de bem batidos, ao fogo brando, deixando cozinhar até conseguir uma consistência untuosa.

Enquanto a mistura ainda está quente, espalhe-a pelo rosto e pescoço. Deixe permanecer por uns 20 minutos. Depois do que, retire-a com um pouco de água morna, seguida de abluções frias abundantes. Para que seja mais fácil retirá-la, passe, antes de sua aplicação, um mínimo de creme pelo rosto.

Se, depois de retirada a máscara, você sentir a pele "repuxar" ligeiramente, faça uso de creme hidratante, desses que são logo absorvidos.

Olhe-se agora ao espelho, e admire-se.

O que você pode fazer por você

Carne crua

Não, você está enganada: ninguém está querendo que você coma carne crua. A carne crua é para seu rosto... Está estranhando? Pois eis uma receita "quase" culinária de beleza. Misture 100g de carne crua – moída bem fininha, com 100g de óleo de amêndoas doces, e mais uma clara de ovo bem batida.

Aplique no rosto, cobrindo toda a pele. Deixe ficar por uma hora, e retire com água fresca. Essa receita é antiga, comprovada e muito eficaz.

Pele tranquila

Pepino é coisa boa para tirar do rosto o ar congestionado. Misture 1 colher (das de sobremesa) de suco de pepinos (frescos), com 1 colher (das de chá) de clara batida em neve. Vá juntando (gota a gota) 20 gotas de água de rosas e 20 gotas de tintura de benjoim. Ponha a mistura numa compressa, dobre-a em cataplasma, aplique no rosto e deixe que a máscara trabalhe no seu descongestionamento durante 20 minutos.

ABC das mãos

Para ativar a circulação: escovar as mãos várias vezes por dia.

Para torná-las claras: fricção com sumo de limão.

Para tirar cheiro de alho: fricção com borra de café.
Para evitar a transpiração: lavagem com sabão de tanino.
Contra inchação: aplicação de parafina quente, com pincel.
Contra vermelhidão: banho com 100g de sal grosso para 1 litro de água quente.
Contra o ressecamento: banho morno de óleo de oliva, 1 vez por semana, durante 15 minutos.
Contra o tom amarelado: banho de água quente misturado com pó de mostarda.

Poção emagrecedora

O grande nutricionista americano Gaylord Hauser "criou" esta poção para as que desejam afinar a silhueta. Eis a simples receita: corte em pedaços bem picadinhos 1 laranja e 3 limões inteiros, e deixe-os ferver em ½ litro de água durante uns 10 minutos. Acrescente 2 colheres de sobremesa de mel. Ponha a ferver por mais 5 minutos. Passe o líquido por uma peneira, deixe esfriar. Beba diariamente 3 copos deste preparado.

Saiba cuidar de você

Uma dieta de três dias para desintoxicar-se?
    Aí vai: desjejum – ½ copo de água morna com limão, frutas e 1 xícara de chá; às dez horas – suco de tomates com suco de cenouras raladas (passadas no liquidificador), um pouco de açúcar e 1 pingo de limão; almoço – uma salada crua,

contendo alface, tomates, cenouras etc., um caldo de legumes e uma fruta. À tarde – chá com torradas e um pedacinho de queijo ou suco de frutas. À noite – bife de grelha, salada de legumes, compota de frutas e café.

Se você tem dificuldade de adormecer, uma sugestão: ao passar o creme de limpeza, faça-o estendida na cama, sem travesseiro, massageando suavemente o rosto, e sem nenhuma pressa. Só isto já concorrerá, em muito, para diminuir a tensão nervosa. Em seguida, retire o excesso com um lenço de papel, encha a banheira com água da temperatura do corpo, e deite-se nela por uns 10 minutos, sem pensar em coisa alguma, se possível. (E é possível: basta prestar atenção na água morna e boa, e não na sua própria cabeça.) Saia vagarosamente do banho, evitando movimentos bruscos. Você tem tempo. E, já na cama, tome um copo de leite morno com açúcar. Ou um chá de cascas de maçã, bebida perfumada, calmante. E sonhe com ovelhas brancas...

Mistérios da cozinha

Os ovos podem se manter frescos... até 6 meses, se guardados de um modo especial. Num recipiente grande e de boca larga, coloque 2 litros de água, isto é, água bastante para cobrir os ovos. Junte cal virgem, numa proporção de 125g para cada 2 litros de água; dissolva bem. Deixe os ovos mergulhados e guarde em lugar fresco e seco.

Banho seco...

O banho seco não substitui, é claro, o "banho molhado", mas é um maravilhoso remédio para os nervos e para a insônia, e para a beleza da pele. É muito usado na França, onde as mulheres sabem muito bem o que fazem.

O apetrecho para tal tipo de banho é simples: reduz-se a uma boa luva de crina ou bucha, bem áspera. Calce a luva na mão direita e esfregue com ela os pés, as pernas, o abdômen, em movimentos circulares que não precisam ser violentos. Passe a luva para a mão esquerda e continue a fricção por outras partes do corpo.

O sangue começará a circular mais rapidamente, banhará o organismo todo, afluirá à epiderme: a pele ficará rosada e viva.

E os nervos crispados não terão outro jeito senão o de se descrisparem.

Experimente esse tratamento antes de dormir: a consequência será um sono calmo e repousante.

Se quiser, "molhe" um pouco esse banho seco com uma água-de-colônia neutra que lhe dará bem-estar e perfumará seus sonhos.

Mistura "boa noite" e mistura "bom dia"

Vou lhe transmitir duas receitas que Gaylord Hauser considera preciosas. Uma é a do "Coquetel Boa Noite", e serve para se conseguir um sono mais profundo e mais uniforme:

Misture 2 colheres (de sobremesa) de melado com 1 xícara de leite muito quente. Tome-a lentamente, já deitada. Nem por ser tão simples o remédio, é ele menos eficaz.

A outra receita, a do "Coquetel Bom Dia", serve de chicotezinho para você se sentir bem acordada e bem disposta:

Acrescente a 1 copo de suco de laranja, 2 colheres (de café) de leite em pó e 1 de mel. Misture bem e beba no mesmo instante. Por mais desanimada que você esteja, se sentirá logo pronta para vencer qualquer obstáculo.

Leite... nos cabelos

Desde a mais "antiga Antiguidade", o leite foi usado pela mulher bonita para conseguir maior beleza. Quem já não ouviu falar dos banhos de leite da famosa Pompeia?

De vez em quando você pode, por assim dizer, "amamentar" seus cabelos com puro e verdadeiro leite. Basta fazer o seguinte: despejar sobre a cabeça um copo de leite – mas descremado e morno. Faça uma boa massagem, até que a penetração se faça, penteie-se com um pente grosso até o fim dos fios. Antes de ter feito isso, você terá preparado 2 litros de água quente adicionados de 2 colheres (de sobremesa) de sabão em flocos. Chegou a hora, então, de lavar os cabelos com essa mistura. Em seguida: enxágue com água pura, abundantemente, e com suco de limão.

Transpiração nos pés

Um dos modos de prevenção do suor nos pés é, por assim dizer, indireto: consiste em impregnar o interior dos sapatos com 1 colher de sopa de formol, e deixar secar antes de usá-los.

Acontece, porém, que esse método pode ser "forte" demais. Nesse caso experimente outra fórmula, dessa vez de aplicação direta: todas as manhãs passe nos pés, com auxílio de uma esponja, uma mistura de 50g de formol, 50g de álcool e 500g de água. Deixe secar bem, e sem esfregar.

Cenoura *versus* beleza

A cenoura crua é uma grande fonte de vitaminas e também constitui um cosmético de valor indiscutível. Deve, pois, fazer parte da alimentação diária e, externamente, dos cuidados da pele.

Como uso externo, pode ser transformada em loção (suco de cenouras) ou em máscara de beleza (cenouras esmagadas finamente).

Para que a máscara seja benéfica ao máximo, é preciso reduzir as cenouras às suas partículas menores, em raspas mínimas. E, em seguida (para maior absorção do produto pela pele), torná-la homogênea com um pouco de lanolina pura. Podem-se também misturar, ao calor do fogo, as raspas com lanolina, cera de abelhas e óleo de amêndoas doces.

Quem desejar ou precisar de uma preparação mais hidratada, acrescente uma parte de água de flores. Nesse caso, porém, adicione uma pitada de bórax: este produto facilitará a emulsão.

Como as espanholas preparam bacalhau

Elas fazem assim:
Escaldam ½ kg de bacalhau (por exemplo), e sem espinhas. Partem em pedaços e levam a fritar em azeite, até alourar.

Em seguida:
Arrumam, em panela de barro, em camadas, o bacalhau, rodelas de batatas, de cebolas, de tomates, de pedaços de pimentão-doce, tudo cru. Regam com um pouco de azeite fino, tapam a panela, e levam a assar no forno.

E depois?
Depois servem na própria panela de barro, envolvendo-a com um guardanapo.

Rugas? Não

Ninguém quer rugas. Você também não. Então, faça alguma coisa para rejuvenescer os tecidos e, portanto, combater as rugas.
Trata-se de uma máscara de beleza. Recorte esta receita, e veja depois o que ela faz por você.

Misture lanolina, vaselina, manteiga de cacau ou glicerolato de amido.

Forme uma pasta. Aplique-a no rosto. Movimentos ascendentes. Deixe permanecer por alguns minutos.

A lanolina também serve para nutrir e refrescar a epiderme.

Para ter pele nova

No inverno a gente quer pele nova. Não a que o vento endurece e resseca, não a que não tem brilho. Para o inverno se quer pele de tom úmido, macia e fresca, que ressalte junto a tecidos pesados e escuros. Mesmo as mulheres mais esportivas gostariam de mudar um pouco de tipo no inverno.

Você gostaria de recuperar o tom claro do rosto, o tom que o sol manchou? Se sua pele não é seca demais, e se você tem sardas, aplique, dia sim, dia não, uma máscara com a seguinte fórmula: amoníaco, 3g; água oxigenada, 2g; e amido em pó até conseguir uma consistência de creme. Aplique essa máscara sobre as manchas e conserve-a por uns quinze minutos. Ainda para branquear a pele, corte um limão em fatias e deixe-as ficar de encontro ao rosto com o auxílio de um lenço ou gaze, também por uns quinze minutos.

Mas se você quer conservar por mais tempo o bronzeado do rosto, lave-o todas as manhãs e todas as noites com uma infusão bem quente e forte de chá preto. Utilize um pedaço de algodão e proceda por meio de pancadinhas. Limpe com um algodão seco e passe por todo o rosto um óleo colorido. Para a maquiagem, use ruge cremoso, dispense o pó de arroz. Unte levemente os cílios e as pálpebras com óleo de rícino (desodorizado).

Os ombros, braços e colo também devem merecer cuidados regeneradores. Escove-os de manhã, na hora do banho, com uma escova de pelos semiduros e bem ensaboados. Enquanto a pele ainda está um pouco úmida, unte-a com um óleo fino, massageando com os dedos. Enxugue-se em seguida para não manchar as roupas.

Trate das mãos e das unhas, durante uma semana, com óleo morno de amêndoas doces. Misture óleo e água-de-colônia, em partes iguais, para massagear o resto do corpo, depois de escová-lo vigorosamente com água e sabão.

Todos esses cuidados têm dupla vantagem: suavizam a pele e ativam a circulação do sangue. Esta é tanto maior quanto é fato comprovado que o sangue, afluindo à pele, dá-lhe vitalidade nova.

Pepinos no rosto...

Uma pele bem hidratada é uma pele elástica, jovem e fresca. Por isso – e também para clarear a epiderme – é que vale a pena transformar-se por alguns minutos... numa saladeira.

A receita é simples. Corte pepinos em fatias finíssimas, ao comprido. Aplique-as diretamente sobre o rosto, uma ao lado da outra, de modo a formar uma verdadeira máscara. Se quiser, mantenha a "salada" na pele com auxílio de uma gaze.

Mas faça tudo isso longe dos olhos do "ser amado"... Não há amor que resista à vista de uma linda mulher coberta de fatias de pepinos. Amor, sim, mas salada à parte.

Baú de mascate

Não é só criança, por travessura, nem velho, por fraqueza, que podem levar um trambolhão e torcer um pé. O mais circunspeto cidadão e a senhora mais respeitável estão sujeitos a isso. Tenha, então, no armário dos remédios, esta solução milagrosa para tais acidentes e outros previstos para viajantes de ônibus e lotações: água vegetomineral misturada com arnica e cânfora. O próprio farmacêutico fará a mistura. Aplique compressas frias com esse líquido na parte afetada. Dizem que ela soldou os ossos de um pedreiro que caiu de um andaime e ficou moído no chão. Isso aconteceu em São Luís, capital do Maranhão. Se alguém quiser apurar...

Uma gota de óleo de rícino aplicada sobre as pálpebras dá um reflexo muito atraente.

Aqui está uma boa brilhantina para os seus cabelos: numa solução de rum adicione 25g de lanolina, 15g de óleo de rícino e 20g de essência de verbena. Agite a loção e faça com ela uma boa fricção na raiz do cabelo.

Sonhos também se comem

Em certos fins de tarde de abril-maio já dá vontade de aconchego, de fechar as janelas e de fazer da casa o lar. E então a gente sonha um pouco. Não é que eu queira escandalizar você, mas não estou falando de sonhos muito sutis. Estou falando de sonhos de se comer. E eu sei de um sonho de queijo que, nesses fins de tarde, é reconfortante com xícara de café quente...

Pedindo perdão pela piada fraca, você não acha que em vez de sonhar com queijo é melhor comer sonhos de queijo? Eis a receita destes sonhos comíveis:

Para fazer cerca de 40, use ½ kg de farinha de trigo, 6 ou 7 ovos, 1 copo e ½ de água, ½ copo de leite, 25g de manteiga, 125g de queijo ralado. Ferva o leite e a água com uma raspa de limão, um pouco de sal, um pouco de açúcar. Quando começar a ferver, jogue a farinha de uma só vez na panela, e mexa a pasta até que ela se solte das paredes da panela. Acrescente, então, a manteiga e, depois de ter mexido até que o conjunto fique bem úmido, retire a panela do fogo e deixe esfriar um pouco. Quebre os ovos, um por um, na panela, e, a cada ovo, mexa. Depois do terceiro, deite 1 colher (café) de levedo. Os 3 últimos ovos devem ser adicionados à pasta com as gemas e as claras separadas (estas batidas em ponto de neve).

Acrescente finalmente o queijo raspado. Os "sonhos de queijo" devem ser fritos em muita gordura fervendo.

O melhor modo de comer o pior espinafre

Cate as folhas e os grelos de alguns molhos de espinafre, lave e jogue dentro d'água fervendo com sal. Depois de deixar ferver por alguns minutos, retire com a espumadeira, escorrendo bem a água. Junte 2 colheres de queijo ralado e 4 de leite. Misture ainda com caldo de ½ limão, 2 gemas cozidas e raladas. (Tudo muito bem misturado, a ponto de a pessoa que não gosta de espinafre não ver mesmo o espinafre.) Sirva sobre fatias de pão frito na manteiga.

Exausta, exausta, exausta

Quando se come, o nível de açúcar no sangue equilibra-se, e a gente se sente com energia e vitalidade. Já lhe ocorreu que você está passando fome? Morrendo de fome não está, mas digo "passando um pouquinho de fome". Esse seu cansaço quase que permanente talvez venha do fato de você não comer bastante. Aliás, não se trata de "bastante" como quantidade, mas "bastante" como frequência.

Experimente essa receita: quando estiver se sentindo "exausta, exausta, exausta", coma alguma coisa. Toda a sua vitalidade pode retornar, pode desaparecer do rosto o ar desanimado, e sumir dos gestos a lassidão.

Comida pode ser remédio. Comer uma "coisinha" de vez em quando pode ser a solução para seu cansaço. Mas mesmo esse "de vez em quando" tem que ser em horas certas, predeterminadas por você. Só você mesma sabe em que horas do dia fatigam sua cabeça e seu corpo.

Seu trabalho cansa você? Eis então uma boa receita

Muitos de nós, homens e mulheres, enquanto executam uma tarefa, usam, ao mesmo tempo, freios mentais e emocionais para evitar executá-la. Quando a "cabeça" está fazendo uma coisa sem querer muito fazê-la, usamos tanta energia em forçar-nos, quanto a que usamos no trabalho propriamente dito. Metade de nossa vontade é aplicada no trabalho, e a outra metade "contra" o trabalho – como um carro freado que tenta avançar. Uma tarefa desagradável cansa dez vezes mais do que uma agradável.

O que fazer quando o trabalho desagrada? Ou mudar de trabalho – ou mudar de atitude em relação ao trabalho. Qualquer trabalho com o qual nós concordamos pode ser agradável. Se obtivermos o nosso consentimento, e concordarmos sem reservas, o cansaço diminui mesmo.

A alimentação da criança

Depois dos nove meses é muito importante que a criança comece a se alimentar de sólidos. Nesta época é preciso observar certos cuidados para que a criança aceite com satisfação essa mudança de consistência.

Os alimentos devem ser picados em pequenos pedaços, para que não haja dificuldade em engoli-los. Convém amassar com o garfo alimentos como massas, arroz, batata, legumes. À medida que a criança vai-se acostumando com essa consistência, amassam-se cada vez menos os alimentos, até que um dia seja servido apenas picadinho.

Eis algumas sugestões de pratos que podem ser oferecidos às crianças de mais de um ano: bolinho de batata (ao forno), nhoque, suflê de batata, batata-doce tostada, purê de batata-doce, bertalha, cenoura ao molho branco, pudim de cenoura, purê de cenoura com arroz, purê de ervilhas secas, suflê de espinafre e creme de chuchu.

Segue-se a receita do bolinho de batata. Ingredientes: algumas batatas, uma pitada de sal, um ovo, farinha de trigo. Cozinhar as batatas com a casca e amassá-las com espremedor de batatas. Juntar o sal e o ovo, e amassar bem. Enrolar na mão, passando um pouco de farinha de trigo para não grudar. Untar assadeira com óleo e colocar os bolinhos. Deixar no forno para dourar. Pode-se recheá-los com carne ou fígado moído.

Banho de... maionese!

Sim, minhas amigas, este é o conselho do prof. Josef Löbel, da Universidade de Praga, que dá uma receita nova para formosear a pele, não só do rosto como do corpo, amaciando-a e evitando as rugas: misturar óleo de oliva a 1 gema de ovo e passar depois por toda a pele. A mistura, de início amarelo-esbranquiçada, escurece depois, ao absorver toda a sujidade da pele. Afirma o professor que a receita é boa mesmo. Pelo menos, gostosa deve ser!

Resposta a Marina

Talvez muitas de vocês estejam querendo essa resposta, mesmo que não tenham feito, claramente, a pergunta: como é que se conversa? Na verdade, o que Marina gostaria de saber é como ser simpática e atraente na conversa com os outros.

Pois um dia desses conheci uma moça, Silvia, que é o que se pode chamar de sucesso social. Eis o que notei no seu modo de conversar, no seu modo de contato com os outros:

1º – Ela não se vangloria a respeito de si mesma, de sua família ou de suas relações; 2º – Abstém-se muitas vezes de dar sua opinião, quando vê que esta vai ferir alguém; 3º – Não comenta os problemas pessoais dos amigos que estão ausentes; 4º – Não força um assunto, evitando o artificialismo de perguntas assim: "Que livro você está lendo atualmente?"; 5º – Não faz perguntas diretas sobre a vida da pessoa; 6º – Toma parte nas discussões amigáveis, dando sua opinião; 7º – Não hesita, às vezes, em tomar iniciativa de começar uma conversa; 8º – Demonstra interesse pelas atividades dos outros; 9º – Quando fala, olha diretamente para o seu interlocutor; 10º – Procura assuntos agradáveis, construtivos.

A voga da vodca

A vodca que, antes da última guerra, só era conhecida na Rússia e em países balcânicos, aumenta de popularidade dia a dia e atualmente é quase tão conhecida como o uísque escocês. O seu nome tem origem na palavra russa vodka, que quer dizer água. Mas de água, a vodca só tem a aparência – e as aparências enganam.

Da mesma forma que o uísque, trata-se de álcool extraído de cereais, em geral do centeio ou do trigo, com uma pequena proporção de cevada (15 a 20%). Mas pode também ser feita com o álcool de batata. Quando de boa qualidade, é cuidadosamente filtrada e purificada. E não precisa ser "envelhecida", isto é, pode ser imediatamente engarrafada e consumida.

Desde tempos imemoriais, é a vodca bebida na Rússia, mas só começou a ser fabricada industrialmente em princípios do século XIX. São vários os tipos de vodca, mas os dois mais conhecidos são, naturalmente, a russa, e em seguida a polonesa. Essa última contém mais álcool e um leve sabor de anisete. Os poloneses afirmam também que a vodca Zoubrouska (que deve sua coloração esverdeada a uma planta chamada zoubrouska) é superior a todas as outras. Os russos, porém, alegam que o único interesse dessa vodca é... o galhinho de zoubrouska que boia dentro da garrafa.

A vodca é muito utilizada na confecção de coquetéis – tais como o "Moscou Mule" (1 copo de vodca, ½ de uísque, 1 limão) ou a "Vodca Fizz" (1 copo de vodca, ½ de suco de grapefruit, açúcar, soda) –, mas os verdadeiros apreciadores a bebem pura e "à la russe", isto é, de um só trago.

O copo em que se serve a vodca (deve ser pequeno, de modo a ser bebido de uma só vez, sem tomar fôlego) é preliminarmente gelado e a bebida também servida o mais gelada possível. Tem pouco paladar e nenhum cheiro, mas mesmo assim é muito agradável sobretudo se acompanhando pratos russos.

Em Moscou, segundo uma velha tradição, costuma-se, depois de beber a vodca, quebrar o copo atirando-o contra a parede ou o chão. Essa tradição é bastante conhecida no mundo inteiro, e uma hostess, mesmo que não seja soviética, provavelmente não protestará se um dos seus convidados agir assim, depois de tragar "à la russe", um ou vários copos de vodca. Mas é melhor não se arriscar...

Máscara de tomate

A máscara de tomate é adstringente, rejuvenescedora e tonificante. Se você está precisando desses três requisitos, experimente aplicá-la no rosto. Escolha 2 tomates bem maduros. Retire-lhes as sementes, esmague-os e misture-os com 1 clara de ovo batida em neve. Acrescente, gota a gota, batendo sempre: 20 gotas de tintura de benjoim e 20 gotas de água de rosas. Espalhe a mistura pelo rosto e conserve-a por 20 minutos. Retire-a com água fresca. Se sua pele for excessivamente seca esta máscara não é indicada.

Como se prepara café turco

Dizem os grandes entendidos, que é menos excitante que o café filtrado. Os menos entendidos limitam-se a louvar-lhe o gosto, realmente ótimo. Você já experimentou? A receita é simples.

Escolha um recipiente que possa ir ao fogo. Use 100g de água para cada xícara. Quando a água estiver em ponto de ebulição, acrescente 1 colher (das de sobremesa) de pó de café bem fino, uma para cada xícara. Leve de novo a ferver, retirando imediatamente do fogo. Recomece esta operação 3 vezes em seguida. Uma gota de água fria, pingada no recipiente, fará com que o pó desça ao fundo.

Omelete, como em Paris

Omelete como sobremesa parece prato exclusivamente de restaurante. Realmente lembra "tout Paris", candelabros e um maître d'hôtel sorridente. O maître d'hôtel você poderá dispensar, e você mesma sorrir, o que sempre dá certo. O jogo de luz, com ou sem candelabros, sempre se pode arranjar. E o "tout Paris" está na própria omelete, que vem à mesa toda quente, perfumada e reconfortante. Quanto à mágica, está apenas em saber fazer uma omelete, e ter "mão boa".

Não há mistério nos ingredientes. Oito ovos, 30g de manteiga, 2 colheres de sopa de açúcar, 1 copo de compota de abricó (dá um doce azedo ótimo). Naturalmente você reduzirá ou aumentará a receita conforme o número de pessoas.

– Quanto à ação: bata os ovos, acrescente a manteiga, o açúcar, e faça uma omelete dessas bem fofas. Antes de dobrá-la, recheie-a com a compota. Sirva logo. Há quem não goste de omelete adocicada. Mas, como não é para comer todos os dias, a experiência vale a pena.

Soldar os fragmentos

A melhor maneira de soldar fragmentos de objetos de gesso consiste em formar uma pasta com a seguinte fórmula: gesso – 400g; goma-arábica – 10g; água – a necessária para formar uma pasta. Esta deve ser passada em camada fina sobre as superfícies dos pedaços que se vão soldar. Juntam-se em seguida os fragmentos e deixa-se que fiquem bem apertados um contra o outro durante 24 horas.

Receita para o sweepstake

Nesse dia, como em qualquer dia de festa, você quer estar segura de que resiste ao olhar dos outros. E não há nada que dê maior segurança a uma mulher do que ter cuidado da pele.

Procure clarear, amaciar e fechar os poros de seu rosto. E, para isso, aplique máscara de beleza. A receita que se segue é especial para peles secas:

Misture – até formar uma pasta – ½ tablete de fermento, 1 gema de ovo e azeite. Aplique a pasta no rosto, com movimentos ascendentes. Deixe permanecer por 20 minutos, durante os quais você estará deitada.

Geleia de laranja: fabricação doméstica

Antigamente não havia dona de casa que não fabricasse, com o maior orgulho, a geleia doméstica. Hoje, o orgulho é ainda mais legítimo porque as receitas simples foram se perdendo com o decorrer do tempo. Vou lhe transmitir uma, de nossas avós.

Uma xícara de suco de laranja, ½ xícara de água, 6 colheres de sumo de limão, $2/3$ de xícara de geleia vegetal, $2/3$ de xícara de açúcar. Misture a laranja, o limão, a água e o açúcar, acrescentando então a geleia vegetal quente. Depois de bem misturado, coloque em forminhas untadas e deixe esfriar.

Verão: saladas –
A de Alexandre Dumas Filho

De fato esta salada foi inventada pelo autor de *O conde de Monte Cristo* que, está provado, não criava somente boas histórias.

Cozinhe batatas novas (descascadas) num caldo de carne. Corte-as em fatias, colocando-as na saladeira com mexilhões cozidos e pedaços de aipo. (Um terço menos de mexilhões do que de batatas e aipo.)

Acrescente trufas em conserva – Dumas Filho usava trufas frescas, o que para nós é impossível. Tempere com sal, pimenta-do-reino, acrescente um bom azeite de oliva, vinagre e um pouco de estragão picado.

(Uma variante de resultado ótimo: em vez de azeite e vinagre, usar limão e creme de leite fresco.)

Manchas de suor

Dissolva, num copo de água, 1 ou 2 colheres (de sopa) de amônia e, com essa mistura, esfregue com força o local manchado. Retire a espuma que se formar, e repita a operação até a mancha desaparecer por completo. Lave depois com água pura.

Imunização contra cupim

Aplique, logo que descobrir aquele farelo denunciador sob o móvel, a seguinte mistura:

Creosoto 100,0
Benzina 200,0
Ácido fênico 20,0

Molhe bem as partes afetadas para que a madeira absorva o remédio. Geralmente, com uma aplicação, o cupim é eliminado. Se ele for muito antigo e demorar a desaparecer, pode repetir o tratamento mais uma ou duas vezes. O resultado é infalível.

Para conservar o dourado dos objetos

Junte 3 partes de água a 1 parte de amoníaco, e passe essa mistura, com um pincel, sobre o objeto dourado. Deixe secar por si. Esse líquido servirá de proteção ao dourado.

Arranhões no vidro...

Se a tampa de vidro de sua mesa está arranhada, faça uma mistura de glicerina, água e óxido de ferro. Passe depois com um pedaço de flanela, sobre o arranhão, esfregando até desaparecer a mancha.

Improviso

Dizem que, para a visita inesperada, é só botar mais água no feijão. Mas quando não tem feijão? Ou quando a visita, além de ficar para jantar, não é daquelas para as quais a gente dá "feijão com arroz"?

Pois uma boa salada já resolveu muito susto de dona de casa. Não só aumenta o cardápio do dia, como se apresenta bem, enfeita a mesa e é sempre bem recebida.

A Salada Mignon tem receita rápida. Cozinhe batatas, em água e sal, descasque-as, corte-as em rodelas. Em seguida, misture-as com um ovo duro ralado, salsa picada bem fina; cebola em rodelas. Tempere com sal e pimenta. Coloque as batatas já temperadas na saladeira; deixando, porém, um "vazio" no centro: nesse espaço você arrumará filés de anchova e azeitonas pretas.

Para falar a verdade, a Salada Mignon com cerveja bem gelada já é um jantar quase completo.

Receita simples

Para depilar as suas pernas basta embeber um pedaço de algodão em sulfureto de sódio nº 3 e esfregá-lo sobre os pelos. Lave em seguida com água fria ou morna.

Ducha perfumada

Faça 1 saquinho contendo pedacinhos de sabão, malva seca e flores de lavanda, costurando-o por inteiro. Ao tomar a sua ducha, esfregue-o por todo o corpo, perfumando a pele de maneira agradável. O conteúdo dever ser renovado de 3 em 3 dias.

Olhos vermelhos

Para evitar a vermelhidão dos olhos e a aparência de cansaço, faça compressas de algodão embebido numa loção especial, e coloque-as sobre as pálpebras fechadas. Vou dar uma receita muito boa para isso, mas não vá prepará-la você mesma. Peça ao farmacêutico que o faça: 50% de água de cânfora e 50% de uma solução de ácido bórico. As compressas devem permanecer sobre os olhos fechados por uns 15 minutos, mais ou menos.

Para as suas pernas

Se as suas pernas estão ásperas e manchadas, faça uma mistura de álcool e óleo de rícino e esfregue-as com ela. Essa solução servirá para amaciar e clarear a pele de suas pernas.

Papel apanha-moscas

Dissolva 250g de óleo de mamona em banho-maria e adicione 1 colher (de sopa) de mel de abelha e 100g de breu moído, misturando bem. Sobre uma folha de papel pardo cole outra de papel impermeável e sobre esta espalhe a mistura com um pincel. Deixe secar.

Repolho bossa-nova

Para a família comer melhor não há nada tão eficaz como variar. Mas, é claro, variar não basta: variar para melhor, este é o segredo de uma boa receita. Vejamos como se pode fazer do velho repolho um prato novo: meia xícara de açúcar, meia de vinagre, 2 ovos, 1 colher (de chá) de mostarda em pó, 1 xícara de leite, 1 colher (de sopa) de manteiga, 1 colher (de chá) de sal. Os ovos devem ser batidos já com o açúcar. Acrescente-lhes o leite fervido, cozinhe tudo durante 1 minuto: misture então a mostarda e o sal com o vinagre, e derrame no creme. Agora é a hora de picar bem fininho o repolho. Derrame o creme morno sobre o repolho, e ponha tudo na geladeira. (O molho acima serve também para renovar outras saladas, dando-lhes gosto mais original.)

Luvas para banho

Abra uma bucha ao meio, retire as sementes e o miolo, lave bem e passe a ferro, ainda úmida. Corte um molde para a luva, aplique-o na bucha e num tecido forte. Una as 2 partes com um caseado e faça uma pequena alça para pendurá-la no banheiro. A parte de fazenda fica nas costas da mão e a bucha na palma, para servir de esfregão.

Estranha refeição

Dois vienenses, Steycal e Latzel, descobriram um "unguento nutritivo", ¼ de litro de azeite de oliva, dividido em várias porções, ou uma mistura de 250g de hidrato de carbono, 100g de banha de porco e 25g de albumina para ser friccionada pelo nosso corpo. Em um dia, a mistura é completamente absorvida, por meio de 4 ou 5 aplicações de 10 minutos cada uma. Pelo jeito, Steycal e Latzel são inimigos de donos de restaurantes e dos quitandeiros. Que é prático, é, mas... mas satisfará realmente ao nosso apetite?

Purificando o ambiente

Para tirar de um aposento o cheiro de mofo ou fumo ou comida, eis uma fórmula que você pode mandar aviar na farmácia sem dificuldades (ou então, comprando os ingredientes, misturá-los em casa):

Hipocloreto de cal – 50,0; Cânfora – 25,0; Álcool a 90º – 50; Essência de eucalipto – 5,0; Essência de cravo – 5,0; Água – 60 cc.

Não é necessário aquecer. Basta misturar, derramar numa vasilha, e deixar ficar no aposento.

Um coquetel notável

Para as crianças ou pessoas subalimentadas, este coquetel fará milagres, pois reúne as preciosas vitaminas A, B2, C e D: 5 gotas de óleo de fígado de bacalhau, ½ copo de caldo de tangerina, mel para adoçar, de acordo com o gosto. Misture tudo numa coqueteleira e sirva gelado.

Plantas viçosas

Eis uma receita para plantas doentes: encha 1 garrafa de água, adicione várias cascas de ovos e deixe ficar durante 1 dia. Regue a planta com esta mistura.

Surpresa de damasco

É verdade que já contamos o "enredo" desta surpresa, e que é o damasco. Mas naturalmente você não dirá o que tem dentro da massa, porque senão estraga o filme. Compre ½ kg de damasco. Faça, com 1kg de batatas, um purê leve, acrescente-lhe 1 ovo, 1 pitada de sal, e a quantidade de farinha necessária para fazer uma pasta lisa. Corte-a em quadradinhos, coloque um damasco em cada um, e, no interior de cada damasco, um pedacinho de açúcar sólido. Envolva o damasco com a massa, jogue em água fervente salgada, cubra a panela por um instante. Em seguida, deixe cozinhar com panela destampada e fogo brando.

Quando tirar do fogo, enrole cada bolinha em farinha de rosca dourada, salpique de açúcar, e sirva.

Drinque sem álcool

Se você vai receber em sua casa alguém que não pode ou não quer tomar álcool, sirva-lhe este drinque:

Num copo grande (dos para uísque), 2 colheres de sopa de mel, 2 de vinagre dissolvido num pouco de água morna. Complete com gelo picado e soda.

Receita de gelo artificial

Misture ½ kg de amônio em pó com a mesma quantidade de salitre, dissolvendo tudo em 3 litros de água. Coloque a mistura numa vasilha ou balde onde estejam as garrafas que deseja gelar.

Beba mais café

Prepare 6 xícaras de café bem forte. Misture 6 colheres de açúcar, um pouco de raspa de laranja, 6 cabeças de cravo, 1 pedaço de canela e 1 tirinha de casca de laranja. Leve essa mistura ao fogo, adicionando-lhe ½ copo de rum. Deixe ferver, mexendo com cuidado para não pegar fogo. Adicione então o café e torne a ferver. Sirva bem quente.

Bolo sem ovo

E já que o assunto da crônica de hoje se refere a comidas, eis aqui um bolo de paladar fácil e que a mais inexperiente dona de casa poderá fazer com sucesso:

400g de farinha de trigo, 250g de açúcar e 2 colheres de manteiga. Desmancham-se esses ingredientes com 1 copo de leite onde foi dissolvida 1 colher de chá de fermento em pó. Depois de tudo bem mexido, deita-se uma forma untada com manteiga e assa-se em forno quente. Este bolo fica ainda mais gostoso no dia seguinte.

Cordial de abacaxi e uvas

Nada melhor para uma noite de verão, quando se quer evitar o álcool: 2 xícaras de uvas debulhadas, 1 xícara de pedacinhos de abacaxi, ½ xícara de caldo de abacaxi e o caldo de 1 limão. Mistura-se tudo, salpica-se açúcar misturado com folhas de hortelã bem picadas e deixa-se gelar.

Um prato de flores

Não se espante, ninguém almoçará flores em sua casa. Mas na verdade o prato vem à mesa todo coberto de mimosas. Por baixo dessas falsas mimosas estarão ovos recheados com camarão. Veja como:

Cozinhe 6 ovos. Quando estiverem duros, abra-os pela metade, no sentido horizontal. Com o cuidado de não quebrar as claras, retire as gemas e separe-as num prato ou vasilha. Por enquanto, esqueça as gemas.

Prepare camarões refogados, bem temperados. Disponha as metades das claras duras no prato de servir. Para que fiquem de pé, tire uma pequena lasca na base de cada clara. Em cada uma ponha 2 ou 3 camarões. Faça em seguida uma boa maionese, do gênero espessa. Cubra com ela os ovos e os camarões, de modo a ficarem completamente escondidos.

Agora chegou a vez das gemas. Ponha-as em máquina de moer carne (usando a roda mais fina). As gemas devem sair em flocos pequenos, bem separados um do outro. Com esses flocos, cubra toda a maionese, de modo a escondê-la totalmente.

Nesse momento você já terá seu prato de "mimosas". Com tomate cortado ao longo, cheiro verde e picles, enfeite os bordos do prato, formando flores.

Uma (ótima) receita romena

Esta é de mestre-cuca romeno. Foi transmitida pelo próprio a uma senhora francesa. A senhora francesa copiou direitinho e contou o segredo à sua melhor amiga. Esta também tinha uma amiga íntima – eu. E eu tenho várias amigas íntimas: vocês. Portanto é natural que passe o segredo adiante.

Trata-se de bife de vitela ao creme de leite. Os bifes têm que ser dos bem tenros. Comece pondo um pouco de gordura na frigideira. Quando estiver quente, jogue nela os bifes – sem nenhum tempero, nem mesmo sal. Vire-os de um lado e de outro, até ficarem ligeiramente "morenos".

Retire-os da frigideira, coloque-os numa tábua de madeira ou sobre o mármore da pia, salgue-os ligeiramente. Deixe-os por ali mesmo, e trate do creme.

O creme não deve ser batido. Na frigideira, de onde não foi retirada a gordura que serviu para os bifes, derrame a metade do creme. Deixe cozinhar até ficar escuro (de 2 a 3 minutos). Só então derrame o resto do creme, cozinhando-o de novo de 2 a 3 minutos. Nessa mesma frigideira cheia do creme, jogue os bifes, fritando-os em fogo lento por alguns minutos. Sirva-os bem quentes, regados com o creme.

Dia de bolo

Dia de fazer bolo dá ar de festa em casa. Mãos sujas de farinha, criança perguntando quando fica pronto, cheiro de massa quente, a hora emocionante de abrir o forno, a hora de tirar da forma... o glacê... E finalmente o momento perfeito de experimentar.

Este é o bolo Mousseline. E os ingredientes foram calculados na base de duas pessoas: 3 ovos, 3 colheres de açúcar, 3 de fécula de batata, 1 colher de café de levedo, 1 pitada de sal. Bata as gemas com o açúcar, até que a mistura embranqueça. Misture a fécula com o levedo e o sal, e acrescente-os à mistura precedente. Passe manteiga na forma e derrame nela toda a pasta. Leve ao forno medianamente quente. Quando o bolo estiver alto e dourado, e destacar-se das paredes da forma a umas sacudidelas de experiência, vire-o com cuidado num prato para esfriar. Enfeite com glacê branco. E... boa sorte.

Uma fisionomia descansada

Depois de um dia exaustivo, para você recuperar o aspecto descansado, misture 1 gema e 1 colher (de café) de óleo canforado. Passe sobre o rosto, delicadamente, e deixe secar. Lave, então, o rosto com água morna e, em seguida, água fria. Enxugue bem. Pode fazer agora a sua maquiagem. Seu rosto terá uma aparência aveludada.

Almoço de forno e fogão

Tudo que vem em forma de suflê tem logo um ar melhor, um ar de "forno e fogão". Vejamos de que modo podemos transformar tomates em prato de receita...

Para 6 pessoas, você precisará de: 4 ovos, 60g de farinha, ½ litro de leite, manteiga, sal, pimenta e 8 tomates pequenos.

Faça um molho bechamel, fundido à manteiga, acrescentando a farinha e mexendo sempre até que esta se incorpore à manteiga. Acrescente pouco a pouco o leite quente até obter uma consistência de creme. Derrame essa mistura sobre as gemas de ovos, mexendo sem parar. Adicione então as claras, previamente batidas em ponto de neve firme, continuando a bater. Tempere com sal, pimenta, deite a preparação num prato que vá ao forno e à mesa. Disponha sobre a superfície 8 tomates bem pequenos, bem lavados. Forno brando por cerca de ½ hora.

Receita de MM

Quando você estiver com os nervos tensos e necessitar de toda a sua calma para executar uma tarefa difícil, experimente a receita de Marilyn Monroe que, antes de comparecer diante das câmaras, sempre sacode os pulsos várias vezes para distender os nervos. O resultado é imediato e surpreendente.

Tempero que não engorda

Não só não engorda, como dá graça a certas tristes dietas de emagrecimento... A finalidade de emagrecer é exclusivamente a de conseguir o emagrecimento propriamente dito. Torturar-se com uma comida sem sabor é sofrimento inútil.

Eis o simples tempero que alegrará a hora em que você come para emagrecer: misture leite desnatado com limão e 1 dente de alho esmagado. Cuidado para o leite não talhar com o limão: ponha-lhe 1 pitada de sal antes de misturá-lo.

E se seus olhos também querem sentir prazer na comida, nada impede o uso do pimentão. A cor vermelha alegrará o prato. Sem falar que o olfato também se beneficia: o cheiro do pimentão transforma uma comida em iguaria.

Receita de assassinato (de baratas)

Deixe, todas as noites, nos lugares preferidos pelas baratinhas horríveis, a seguinte comidinha: açúcar, farinha e gesso, misturados em partes iguais. Comida ruim? Para baratas é uma iguaria que as atrai imediatamente...

O segundo passo, pois, é dado pelas próprias baratas que comerão radiantes o jantar.

O terceiro passo é dado pelo gesso que estava na comida. O gesso endurece lá dentro delas, o que provoca morte certa. Na manhã seguinte, dezenas de baratas duras enfeitarão como estátuas a vossa cozinha, madame.

Cura das aftas

As aftas são pequenas bolhas que aparecem no interior da boca, formando ulcerações brancas, muito doloridas, sobretudo quando se ingerem alimentos quentes ou gelados.

Provocadas em geral pela acidez, as aftas podem ser curadas com bochechos de água bicarbonada e, em seguida, tocando-as com um algodão enrolado num palito e embebido numa solução de nitrato de prata de 10%.

Busto pequeno

Um ótimo exercício para quem possui busto pequeno e deseja aumentá-lo é ficar de pé, mãos nos quadris, fazer girar os braços até ficar com os cotovelos para a frente, o mais que puder. Fazer voltar os braços para trás, até onde alcançarem, como se fosse tocar as espáduas com os cotovelos. É um exercício que fortalece os músculos do peito e ajuda o desenvolvimento do busto.

Segredos

Segredos da boa cozinha

Quase todas as moças, ao casar, não têm a menor experiência de cozinha, não sabendo muitas delas fritar um ovo ou temperar um bife. Assim é que muitas dificuldades encontrarão ao se defrontarem com os inevitáveis problemas da administração de uma casa e todos os seus importantes serviços.

A futura dona de casa deve procurar, dentro do tempo que possui durante a semana, exercitar-se no trabalho de casa e de cozinha, principalmente. Muito útil será um curso de arte culinária, inteligentemente organizado, para que as jovens apreciem e tomem parte, ao vivo, na confecção dos pratos deliciosos que farão a alegria do marido, ao chegar em casa, cansado do trabalho e desejoso de saborear boas iguarias. Os pratos oferecidos nesses cursos têm a vantagem de ser econômicos, práticos e muito decorativos.

Ao lado do aprendizado da cozinha, é muito importante que as jovens procurem se iniciar na sublime arte de cuidar de bebês, procurando a casa de uma parenta ou pessoa amiga, que tenha criança pequena, e ajudá-la na tarefa de banhar, fazer mamadeira e trocar as fraldas do petiz. Esse é um aprendizado não só útil como também agradável, não acham, distintas noivas e pretendentes ao matrimônio?

A mulher e o preconceito

Em geral as mulheres acham a vida dos homens muito melhor e não raro procuram viver como os mesmos. O caso da mulher que há pouco tempo foi presa por haver abandonado o marido e durante 20 anos ter vivido disfarçada de homem, exemplifica perfeitamente este desejo. "É mais fácil viver no mundo como homem" foi a resposta desta criatura original, ao ser interpelada pelo juiz.

E muitas vezes o que leva as mulheres a beber nos bares, fumar, praguejar e usar calças compridas (embora, de acordo com muitos médicos, seja isto a causa de muito artritismo nas filhas de Eva), é esta espécie de "protesto masculino" que impinge uma desigualdade por vezes irritante dos direitos femininos.

E ainda hoje, continuam os protestos da mulher.

Mary Wollstomecraft, a primeira campeã dos direitos da mulher, comentou: "Os homens, se prevalecendo de sua força física, exageram tanto sobre a inferioridade das mulheres, a ponto de classificá-las quase abaixo dos padrões de criaturas irracionais."

E ainda hoje, continuam os protestos da mulher.

Recentemente, uma psicóloga de renome provou que "o preconceito dos homens de que as mulheres são inferiores, vem sendo instigado em nós há séculos e séculos; e o resultado disso é que acabam agindo como os homens esperam que o façam".

Nada de estranhar, portanto, que ainda sejamos vítimas de alguns preconceitos. De um modo geral encontram grande dificuldade em se dedicar a certas profissões masculinas. Mas seja como for, fisicamente são completamente diferentes dos homens e isto é uma coisa que jamais mudará.

Portanto, de certa forma, a mulher não foi aprisionada pelo homem, mas pela sua própria natureza fisiológica.

A origem das saias

● ● ● Perde-se nos tempos a origem do uso da saia, que foi, inicialmente, e durante muitos séculos, vestimenta masculina. Mas as mulheres, por motivo não explicado, adotaram-na como sua. Devido a isso, os homens foram abolindo o seu uso, restando alguns povos orientais, como os beduínos e os mandarins, certas castas da Índia e do Japão, que continuaram adotando-as. Também os escoceses e certos regimentos do exército grego. O problema agora é que as mulheres modernas resolveram adotar também o uso das calças. Como vai ser então? O que é que fica para os homens usarem, afinal?

Coisas da vaidade feminina

Na França, durante a Revolução Francesa, quando centenas de cabeças inocentes rolavam decepadas pela guilhotina, alguém de gosto duvidoso lançou a moda de pequenas guilhotinas, como broche, para enfeitar as mulheres do povo. E para maior realismo ao enfeite macabro, pintavam-no de vermelho cor de sangue. O surpreendente não é a imaginação doentia de quem criou os broches trágicos. E sim a coragem das mulheres que os usavam. E não eram poucas! Era moda!

A água e a gordura

O ar e a água são os alimentos mais essenciais ao nosso organismo. Pode-se viver trinta dias ou até mais, sem nenhum alimento sólido; mas, morre-se em poucos minutos de falta de ar e em poucos dias de falta de água.

Os líquidos orgânicos têm um mínimo de 90% de água e até os ossos, cujo tecido é o mais duro do organismo, contêm 40% de água. Assim, como os tecidos do nosso corpo são constituídos de água, podemos dizer que nossa vida depende do equilíbrio líquido do corpo.

A capacidade que temos de fabricar água constitui um curioso fato fisiológico. Como exemplo, pode-se citar o camelo, cuja giba é composta, principalmente, de gordura. Essa giba, a Natureza não a colocou no lombo para enfeite ou para fornecer um selim natural aos que o montam. Composta em grande parte de gordura, ela serve como depósito de água para esse animal nativo do deserto. Cem quilos de giba do camelo lhe proporcionam mais de cem de água, pode-se pois dizer que o camelo faz a sua reserva de água sob a forma de gordura. O mesmo se dá no corpo humano. Se uma pessoa ficar um certo tempo sem comer nem beber, parte de seus tecidos se transforma em água, pois esses a obtêm, não só dos líquidos, como também dos alimentos ingeridos. Dez quilos de gordura produzem, ao destruir-se, cerca de dez litros de água. Isso porque o hidrogênio da gordura toma oxigênio do sangue para formar água. E para as bebidas alcoólicas a proporção é ainda maior: de dez litros de álcool, o organismo obtém onze de água. Por isso, os que bebem muito ficam gordos e balofos.

Um fenômeno interessante é que, quando se acumula gordura no organismo, o armazenamento de água que resulta é muito pequeno. Assim, quando uma pessoa come quantidade considerável de alimentos gordurosos, perde parte da água acumulada nos tecidos (desidrata-se), de maneira que, se basearmos pelo que a balança marca, parece ter perdido peso. Mas, naturalmente, existe um abismo de diferença entre a perda de peso por desidratação e a perda de peso por destruição da gordura.

A linha das sobrancelhas

Não é necessário dizer que importância têm os olhos no conjunto do rosto. Na realidade, são a parte mais expressiva deste, e contribuem consideravelmente para marcar a personalidade de uma mulher.

E quem fala em olhos, está falando também em sobrancelhas. Hoje em dia a tendência é a de conservar o mais possível a sua linha natural. Qualquer extravagância neste sentido prejudica o rosto todo, dá um ar vulgar à pessoa. As sobrancelhas devem seguir o contorno do osso frontal, mais grossas perto da raiz dos olhos, afinando-se ligeiramente ao terminar. Como todas as linhas descendentes envelhecem o rosto, o mais indicado é terminar as sobrancelhas com um traço um pouco ascendente – mas só um pouco, de modo que o efeito seja apenas perceptível. Aliás, de um modo geral, qualquer maquiagem visível demais "a olho nu" é contraproducente.

A forma das sobrancelhas deve variar de acordo com a forma do rosto. Por exemplo, uma fronte ampla demais parecerá mais estreita se se deixar apenas um pequeno espaço entre as sobrancelhas. No caso de uma testa estreita, o espaço deve ser aumentado.

E suas mãos?

Bonita mesmo. Mas – e as mãos? Feias... Então já não se pode dizer "bonita mesmo".

O que fazer? Mil coisinhas.

Por engraçado que pareça, existe um "corte" para as unhas, não é só para cabelos...

Estude com sua manicure o corte que fica melhor, de acordo com o formato e o comprimento dos dedos. E cor, por exemplo? O esmalte escuro dá, a mãos morenas, a ilusão de mais claras, você já pensou nisso?

Se suas mãos não estão impecáveis, você piora tudo se as cobre de joias. Escolha de joias?

Por exemplo: pedra de anel em cor pálida fica melhor em mãos avermelhadas. Anéis grandes? Só em dedos longos.

E um creme, é claro. A fim de clarear e amaciar a pele das mãos. Faça massagens nos dedos, descendo pelas palmas, como se estivesse calçando luvas.

E os gestos? Os gestos são a alma das mãos. E não dependem de manicure. Dependem de você mesma.

À procura do modelo ideal

Não sei se você está tendo algum probleminha na procura de um modelo de vestido ou na procura de uma "ideia" – dessas que puxam outra e vão terminar bem longe. Vou falar, então, meio a torto e a direito, e é capaz de alguma carapuça lhe servir.

Vestido de lã? Lembre-se de que a maciez de uma lã é a graça desse tecido. Lã "cai", não "arma".

Se você gosta de saias afuniladas, justas, sinta-se à vontade para usá-las: também são moda. Mas sinta-se à vontade mesmo: a saia estreita não deve atrapalhar o seu modo de andar.

Se você gosta de jaquetas, eis algumas notícias recentes a respeito delas:

Retas quando são curtas, mais amplas e mesmo arredondadas quando compridas; sobre saia ampla, a jaqueta deve chegar à altura dos quadris, com as pregueadas, deve cobrir os quadris.

O vestido-túnica é do tipo sete oitavos, quanto ao comprimento.

A cintura? Marcada ou não, depende de seu gosto.

Os ombros? Mais para largos. Há figurinistas que conseguem esta linha larga descendo a costura do ombro.

Debrum – eis uma ideia que renova muita roupa. Um debrum em pelica ou camurça dá toda uma linha esporte a um casaco ou jaqueta.

É possível que até o fim do ano a moda nos "obrigue" a uma espécie de vestido saco, não digo o mesmo que já se tentou usar, mas uma variação do mesmo. Isto se nota numa tendência do corpo e a cintura dos vestidos a se alargarem progressivamente. Vamos ver no que dá.

Cuide bem das suas cortinas

Cortina não é simplesmente "cortina".

Cortina significa:

– não ter a casa devassada, é claro (mesmo cortina transparente impede a curiosidade de vizinhos);

– fazer da janela um quadro que finalmente ganhou uma moldura;

– dar à sala ou quarto o aconchego de "lar";

– completar com uma cor a decoração do aposento;

– poder fazer jogo de luz;

– poder "criar" com liberdade a sua própria decoração, seguindo o próprio gosto.

Você quer imaginar a diferença que há entre janela com ou sem cortina? Pois imagine olhos que não tivessem pestanas...

Novidade para olhos cansados

Mesmo que você use óculos, esse novo exercício de descanso fará muito bem à sua vista. E dará novo brilho a seus olhos.

Feche-os por alguns instantes. Cubra-os com as palmas das mãos, com delicadeza, sem fazer nenhuma pressão sobre eles. Respire fundo várias vezes. Descanse o cérebro procurando não ter pensamento. Pense numa só coisa, na cor negra.

Experimentou? Como se sente agora? Olhe-se ao espelho: até o rosto parece mais repousado. E a cabeça também.

Falha nas orelhas

Orelhas de orla bem enrolada indicam senso prático, positivo, julgamento rápido, vontade de realização.

Quando a orla é quase inexistente a pessoa é mística, idealista, não reconhecendo nos fatos o direito de desmentir as teorias.

As orelhas chatas correspondem a um temperamento seco. As espessas, um pouco carnudas, pertencem aos aproveitadores da vida.

Se nessa coleção de orelhas nenhum exemplar corresponder ao par com que você foi dotada, escolha o que mais lhe assemelha. Ou mesmo o que mais lhe agrada...

Tudo vale. O importante mesmo é ter orelhas.

Falam as orelhas

Quem tem orelhas pequenas é tímida, modesta, suave. Orelhas grandes indicam personalidade expansiva, forte, às vezes até um pouco atravancadora. As bem desenhadas revelam caráter harmonioso; enquanto as irregulares pertencem às pessoas caóticas. Pontudas: espírito crítico, podendo ir até a maldadezinha. Pontudas somente no alto: tendências materiais preponderando sobre as espirituais. Muito coladas à cabeça: docilidade, submissão, um pouco de medo. Destacadas do crânio: o contrário.

Mas acho mesmo que você não deve se preocupar com o que dizem suas orelhas. O que importa realmente é que elas ouçam, isso nem tem dúvida.

Um busto bonito

De um modo geral, a beleza do busto depende da posição da coluna vertebral. Ombros caídos significam busto idem.

Até que ponto a cultura física pode melhorar o estado do busto? A cultura física não age nas glândulas, mas nos músculos que as sustentam. Quando ocorre a tonicidade das espáduas, das costas, do pescoço e do colo, também os músculos peitorais se mantêm firmes.

Os cuidados locais – duchas, jatos de água, aplicação de hormônios – são às vezes eficazes, pelo menos durante o tempo em que são aplicados.

O modo mais seguro da correção dos seios está mesmo na cirurgia estética.

Lábios que enfeitam o rosto

D o desenho dos lábios depende grandemente a expressão de todo o rosto. Um rosto não pode ser verdadeiramente desagradável se é enfeitado por lábios macios, sorridentes, bem delineados.

Talvez a natureza não lhe tenha dado a boca de que você precisa para ter uma fisionomia harmoniosa. Coopere com... a natureza, então, sem se esquecer de que ela jamais erra completamente: isto quer dizer que corrigindo as imperfeições de seus lábios procure não exagerar essas correções.

Neste ano "usam-se" lábios cheios, generosos, francos, e pintados em tons suaves e naturais. Evite qualquer traço duro – lábios não devem ser mesquinhos nem frios.

1 – Para desenhar bem sua boca você precisará de um pincel macio e de um lápis próprio para delinear o contorno.

2 – Se sua boca é um pouquinho grande, pare o batom na dimensão desejada (sem exagerar, pois você não pode parar simplesmente na metade), depois de ter camuflado a parte não pintada com creme e pó.

3 – Nunca interrompa a pintura do lábio superior para começar a do inferior. Pinte antes inteiramente o superior: só então é que você terá a perspectiva certa para continuar o trabalho.

4 – Não negligencie seu próprio formato de boca: corrija-o, se necessário, mas sem contrariá-lo totalmente.

5 – Se seus lábios são "caídos", "suspenda" os cantos com o batom, para suavizar e alegrar o rosto.

6 – Nunca faça o "coração" da boca em duas pontas agudas. E, é claro, sorria.

Adão e as compras

Os homens se atrapalham ao fazer compras, principalmente quando não são para eles. Qualquer homem comprará um par de sapatos em cinco minutos, enquanto que uma mulher levará uma ou duas horas para isto. Uma gravata ou outra peça de roupa levarão igualmente pouco tempo. Quando se trata de comprar artigos de luxo, presentes, os homens levarão a primeira coisa que a vendedora oferecer. Ficam aliviados quando deixam a loja, como se tivessem tirado um peso de sobre os ombros.

Qualquer esposa sabe que se mandar seu marido fazer compras de artigos alimentícios, ele em meio às mercadorias comuns trará sempre novidades de preço tão alto que uma dona de casa não se atreveria a comprar. E justificam-se candidamente, dizendo que foi uma pechincha, ou que de vez em quando é bom ter luxos à mesa.

Ainda bem que os maridos não fazem compras diariamente, pois assim a despesa de armazém subiria astronomicamente, ou então, o que é mais provável, ele se acostumaria a ficar estritamente dentro do orçamento elaborado por sua mulherzinha.

"Mãos de fada"

De fada ou de ninfa, não é só passando verniz nas unhas que se conseguem as mãos ideais. Esse ínfimo cuidado não assegurará a beleza delas, assim como não é só com maquiagem que você mantém a beleza do rosto.

Epiderme seca e unhas quebradiças não enfeitam mão alguma, por mais lindo que seja o seu formato. Se este é o seu caso, experimente mergulhar as mãos num banho de óleo vegetal morno, óleo que irá regener a pele na sua profundeza, agindo como o creme nutritivo age sobre a pele do rosto. Esse mesmo óleo tem a propriedade de evitar que as unhas se partam.

Também a massagem é indispensável, se você quer ter aquele tipo de mãos que atrai o olhar. Pouse o cotovelo sobre a mesa, a mão no ar. Com a outra mão comece por massagear a ponta dos dedos, até os punhos. Termine por uma ligeira massagem no antebraço, o que avivará a circulação do sangue.

Há muitas mulheres que têm as mãos deformadas pela artrite. Um bom remédio local é a parafina, também indicada para combater o engrossamento dos punhos. Passe a parafina bem quente, com auxílio de um pincel. Aplique várias camadas. Envolva as mãos com toalhas e papéis para conservar o calor da parafina. Ao fim de três quartos de hora, ela poderá ser retirada como uma luva.

A escolha de um tom de verniz não deve ser guiada exclusivamente pela moda, mas sempre adaptada ao tom da pele, ao tom do batom, à cor da roupa. Para mãos bronzeadas, quer naturalmente, quer pelo efeito do sol, um rosa bem vivo é bastante bonito. Para peles claras, não queimadas, é muito agradável um tom de framboesa.

Em mãos, os exageros de cor são tão evidentes como as próprias mãos. Pontas de dedos que parecem ter sido mergulhadas numa poça de sangue não enfeitam ninguém. Um verniz irisado, com brilhos de pérola, é altamente contraindicado para fazer esporte, por exemplo. Aliás, para uma mulher esportiva o melhor é um tom claro, quase natural.

Navio dormitório

A mais famosa especialidade no lago Léman é um "navio do silêncio", que parte todos os dias do porto de Evian transportando a bordo, por algumas horas, pessoas que querem repousar os nervos longe de qualquer ruído. Estirados em espreguiçadeiras, sob os cuidados de enfermeiras que zelam pela calma a bordo, os passageiros dormem ou contemplam a tranquila paisagem lacustre numa atmosfera difícil de se criar em terra.

Um detalhe curioso: não se admitem a bordo pessoas com traqueíte ou outras doenças que provoquem tosse.

Plástico é melhor

Nunca use pratos de louça em vasos de plantas que estejam sobre móveis, pois a louça permite transpiração da umidade, manchando o móvel. Dê preferência a um descanso de matéria plástica.

Presente de rei

O rei Salomão, desejando presentear a sua amada rainha de Sabá, ofereceu-lhe um estojo contendo 629 pérolas escolhidas e perfeitas. Esse número, que poderá parecer extravagante, é o quadrado de 23, idade da bela rainha, nesse tempo. Presente digno, na verdade, de um rei. Mas os homens mudaram tanto, não é mesmo?

Falam os homens da volubilidade feminina

No entanto, quem já ouviu contar de algum viúvo que se tenha deixado morrer por não resistir à falta da criatura amada? E se algum houve – um fenômeno! – foi logo chamado de louco. Pois, na Índia, era costume serem queimadas as mulheres que perdiam seus maridos. Os ingleses, quando quiseram abolir essa onda de "suicídios" obrigatórios, encontraram grande oposição, e por parte, justamente, das mulheres, que teimavam no sacrifício de si mesmas, após a perda do homem amado. E foi com grande dificuldade que os civilizados europeus conseguiram acabar com aquele costume bárbaro.

Vantagens dos brinquedos

Alguns pais acham que os brinquedos das crianças são um desperdício, e evitam gastar dinheiro em bolas, carrinho, bonecas, julgando com isso estarem beneficiando a criança.

Engano. O brinquedo é tempo bem aproveitado porque faz parte do processo educativo e do desenvolvimento da criança. Enquanto brinca, ela aprende como usar as próprias faculdades, e o tempo em que está ocupada com um brinquedo, não está ouvindo coisas que não deve, interessando-se por assuntos nem sempre benéficos. Toda criança precisa brincar.

Se você gosta de fazer sanduíches

Observe o seguinte: o pão para sanduíches deve estar razoavelmente fresco, mas não demais. Corte as fatias iguais, sendo preferível mandar fazê-lo à máquina. Passe pouca manteiga e ponha o recheio apenas em uma das fatias. Coloque estas sempre em ordem, cortando depois transversalmente em uma ou duas vezes.

Sapatos cômodos

São indispensáveis para a saúde. Os calçados apertados ou malfeitos, além das dores que causam aos pés, atacam o sistema nervoso. Se você trabalha, minha amiga, uns sapatos leves, cômodos, ventilados, e de saltos baixos são os mais indicados. Os saltos muito altos provocam o deslocamento das vísceras e da coluna vertebral, e usá-los durante muito tempo pode afetar seriamente a saúde, causando efeitos que aparecerão com o tempo.

Estranha prova de amor

Entre os povos do golfo de Bengala é costume, quando o marido morre, a mulher, como prova de amor, cortar e mandar enterrar com ele um pedaço do próprio dedo. Outros povos existem que trocam suas juras de amor sincero trocando as aparas de suas unhas. Esquisito, não?

Isto sim é reconhecer os direitos da mulher!

Imagine, minha amiga, que, na Tailândia, toda mulher que chega aos trinta anos de idade sem arranjar marido, tem direito de fazer uma petição ao governo, solicitando um esposo. O chefe da nação, de acordo com a lei, designará então um de seus súditos a casar-se com a solicitante. Não seria formidável essa medida aqui no Ocidente, para acabar com a rebeldia masculina ao "casai-vos e multiplicai-vos"?

Um presente saboroso

Esta eu li em *Seleções*. "Desejando obsequiar a sua mãe com um presente caro e vistoso, um empresário de Hollywood, depois de muito percorrer as lojas e casas de raridades, encontrou e comprou um maravilhoso pássaro da Índia, que falava onze idiomas e cantava óperas. Encantado, pagou por ele a quantia de dez mil dólares. Dias depois, desejando saber a impressão da obsequiada, que morava em outra cidade, telefonou para ela, a saber se recebera o presente: "Que tal o presente que lhe enviei, mamãe?" "Ótimo, meu filho! Estava saborosíssimo! Comemos ontem mesmo ao jantar!"

Sorvetes e gelados

O sorvete, como qualquer outro gelado, deve ser tomado lentamente, porque dessa forma produz no estômago uma sensação refrescante equilibrada por uma sensação de calor. O sorvete tomado como sobremesa, moderadamente, pode servir como digestivo. Deve-se ter cuidado, porém, em não tomar gelados durante a digestão. Para que esta se processe com regularidade é necessário ao estômago uma certa dose de calor, e ingerir gelados, nesse período, seria quase que tomar um banho frio.

Carne descansada

Quando quiser conservar carne no congelador, deixe-a primeiro um dia na geladeira para escorrer uma parte do sangue. Assim, ela ficará mais macia e "descansada". E aproveite a água de sangue para regar a sua planta predileta. Nada melhor para as plantas, sobretudo as de folhagens.

Definição

Diplomata é um homem que pode ganhar numa discussão com sua mulher sem que ela perceba que saiu perdendo.

Lin Yutang escreveu

Os trajes femininos são apenas meio-termo entre o confessado desejo das mulheres de vestir-se e o inconfessado desejo de despir-se.

Uso inesperado da hortelã-pimenta

Você sabe que a hortelã-pimenta tem um cheiro muito agradável, e, colocada em armários, gavetas, cozinha, embaixo de tapetes, espalha pela casa uma sensação de "clima fresco"? Acontece, porém, que os ratos têm horror a hortelã-pimenta, e fogem dos lugares que recendem a essa folha. Assim, pois, você tem dois proveitos num só saco.

Arrogância do arranha-céu

Phillip Johnson, arquiteto americano de renome, nega que haja realmente necessidade de se construírem arranha-céus:

"Não existe, na verdade, razão nenhuma para construirmos em altura, a não ser porque assim o desejamos. Com planos apropriados de urbanismo, construções menores podem solucionar qualquer problema de espaço numa cidade... A construção em altura não passa de uma concretização de arrogância do homem moderno."

Cuidado com os ovos

Os ovos somente devem ser consumidos quando frescos, porque os germes penetram mesmo através de suas cascas malconservadas, e podem produzir graves intoxicações, mesmo fatais.

Para saber se o ovo está fresco, verifique primeiro a transparência, que é sempre maior no ovo em bom estado.

Outro modo seguro de verificar o estado do ovo: mergulhe-o numa vasilha com água e 10% de sal. O ovo fresco mergulha e vai ao fundo. O ovo estragado fica boiando.

Boca bonita: sua joia

Pinte antes o lábio superior, com pincel, marcando a reentrância do centro.

– Para ter boca jovem: não pinte até os cantos.

– Ao pintar o lábio inferior, ultrapasse um pouco a linha natural.

– O contorno dos lábios com lápis mais escuro é truque bom para a noite, mas artificial demais para o dia.

– Se o "coração" da boca é anguloso demais, arredonde as duas pontas com pincel ou lápis.

– Lábios grossos demais: passe batom só no centro, desenhe o coração sem acentuá-lo, não pinte até muito perto das comissuras.

– Boca pequena demais: aumente meio milímetro em todo o contorno dos lábios.

O acessório que renova

"Não tenho nada para vestir" é uma frase que se ouve muito, e que a gente diz muito. O que não significa a compra de um vestido novo, cada vez que "não se tem o que vestir". Mulher bem-vestida é, em geral, pessoa que "sabe" usar os acessórios. Saber usar acessórios é saber combinar, saber renovar todo um conjunto com um detalhe bem imaginado – é dar um "jeitinho" de novidade a um traje que caiu na rotina.

Os cabelos e os penteados modernos

Uma das perguntas mais frequentes sobre cabelos: cortá-los fortifica-os? Sim, no caso de cabelos "doentes". Será benéfico aparar as extremidades – um ou dois centímetros. Cabelos que tendem a bifurcar – e alguns até a trifurcar – devem ter as pontas frequentemente aparadas. Mas se seus cabelos estão em estado normal, continuarão bem, mesmo sem a intervenção cirúrgica da tesoura.

Em muitos penteados modernos é de uso "encher" a cabeleira com o próprio cabelo "desfiado" com o pente. Essa operação danifica o cabelo? Não é especialmente recomendada, sobretudo quando se trata de cabelos muito finos. Ao desemaranhá-los, principalmente, é que o dano ocorre.

O que fazer para não partir os cabelos? Ao desemaranhá-los, nunca iniciar pela raiz. É pelas pontas que se começa – e, à medida que o pedaço emaranhado permita a passagem do pente, subir mais um pouco com o mesmo. Até chegar à raiz.

Outro ingrediente indispensável para não quebrar cabelos, seja com o pente ou escova: usar paciência.

A sós

O que a mulher faz, quando o marido não está em casa e vice-versa? Comecemos pelo "vice-versa". Quando o homem chega em casa e não encontra a mulher, a primeira coisa que faz é abrir a porta da geladeira e olhar tudo que tem dentro, terminando por batê-la com força. Pega a primeira revista que encontra e lê os anúncios, depois vai até à janela e olha para fora.

Pega o cachimbo, abre a porta do bufê para procurar o limpador do primeiro, deixando cair todos os livros de receitas, guardanapos e descansos de prato e talheres. Para remediar o estrago, amontoa tudo novamente lá dentro e fecha a porta depressa. Vai até o quarto e remexe as gavetas da cômoda. Tira a gaveta do lugar e põe em cima da cama. Descobre dentro dela três bolas de tênis, tira-as e põe a gaveta de novo, no lugar. Volta então para a cozinha, abrindo outra vez a porta da geladeira, olhando dentro e batendo com força a porta da mesma. Olha pela janela e em seguida repete a rotina da geladeira.

Quanto à mulher, nos primeiros trinta minutos depois que o marido saiu de casa, arruma o cabelo em frente ao espelho, vai até à cozinha e põe as panelas no fogo, desentope o bico de gás com um grampinho de cabelo, volta ao quarto e experimenta mais uma vez o vestido novo, para ver o efeito.

Depois então, conversa com uma amiga ao telefone, guarda os jornais que estão espalhados pela casa, mas não antes de ler todos os anúncios sobre modas e assuntos idênticos. Abre a porta da rua, para ver quem tocou a campainha, lê a correspondência, arruma o quarto, experimenta de novo o vestido novo e em seguida, todos os outros que estão no armário.

Como podem ver, não existe assim tanta diferença entre um e outro...

Excesso faz mal

Existem crianças que choram, justamente porque estão alimentadas demais. Se uma criança passa bem o dia todo, tem saúde perfeita, mas na hora de dormir, depois que toma a última mamadeira, chora a mais não poder, o mesmo fato se repetindo à hora da sesta, então é porque ela se alimentou muito.

Depreende-se que a alimentação a perturbou, uma vez que a operação de mamar exige esforço e um certo grau de concentração.

Para resolver esse caso, o mais prático é não dar mamadeira à criança quando for pô-la na cama. Procure aumentar as refeições durante o dia, adicionando mais leite aos pratos que fornecer à criança.

Se você acha que não deve tirar a última mamadeira, procure administrá-la no seu colo, em vez de fazê-lo na cama. Coloque a criança numa posição confortável, amamente-a e depois de ter terminado, embale-a um pouco, fazendo antes com que arrote. Distraindo-a durante alguns minutos, é bem possível que, ao fim destes, ela se sinta melhor e possa ir para a cama, pegando no sono sem maiores dificuldades.

Ternura

A ternura é justamente o contrário do desplante, da ira ou da impertinência. É a hóspede agradável de um lar, e que nos envolve no amor. É ela que engrandece as mães, que nos dá esse sentimento que nunca farta...

A ternura é uma fonte inesgotável de bem, é a grande conquistadora que tudo consegue e tudo vence. O que ela não consegue é difícil de alcançar por outros caminhos.

No entanto, muitos a desprezam; o mundo sofre, assim, um declínio, todos se tornam descomedidos e a impertinência reina; só vemos excesso de autoridade e maneiras rudes: tanto na dona da casa, como na criança, nos filhos e nos pais.

Às vezes temos mesmo a impressão de estarmos debaixo do império da grosseria!...

Madrugada

Existe um aspecto da cidade desconhecido para muitos, quase exclusivo dos que deixam o calor da cama para o trabalho, e para quem a vida começa antes que apareça o sol...

A cidade dorme, e na fumaça das chaminés que se mistura às nuvens, aparecem os primeiros vestígios de vida...

Logo, os que lutam verdadeiramente pelo seu pedaço de pão, tomam ônibus e trens, e lá vão, amontoados e silenciosos, homens e mulheres, são os que mais se esforçam na luta implacável pela sobrevivência.

Somente quem se levanta cedo pode calcular o que a população de uma cidade consome também de pão para o espírito. São pilhas de jornais que chegam às bancas onde já os espera o jornaleiro – este grande madrugador – que depois irá distribuí-los de porta em porta para que todos saibam o que se passa por este mundo de lutas.

O valor da literatura

Era uma vez, há não muito tempo, quatro homens que morreram no mesmo dia, na mesma cidade. O primeiro era escritor e deixou 5 mil dólares; o segundo era livreiro e deixou 30 mil dólares; o terceiro era editor e deixou 500 mil dólares; quanto ao quarto, seus herdeiros dividiram entre si 5 milhões de dólares. Tratava-se de um negociante de papéis velhos.

A experiência de Sinatra

Diz Frank Sinatra que a arte de conquistar uma mulher se resume em compreender o que ela não diz... Terá Sinatra razão?

Dormir para ser bela

As horas de sono devem ser reguladas, não apenas devido à saúde, mas também para conservar a beleza. Sete a oito horas de sono por noite é o ideal. E desculpar-nos das noitadas, dizendo que recuperaremos as horas de sono perdidas dormindo de dia é tolice, pois o sono realmente reparador é o noturno. O horário indicado será de onze horas da noite às seis ou sete da manhã. Organizando assim a sua vida, a mulher consegue manter os nervos equilibrados, e todos os efeitos devastadores causados pelos nervos ou pelo cansaço desaparecerão. Como as olheiras, as rugas, a pele embaçada ou manchada, o ar de exaustão que traduz velhice. O hábito de deitar tarde apressa a chegada da idade. Naturalmente que isso não quer dizer proibição terminante para festas, bailes ou boates. Mas quer dizer proibição ao abuso. Dormindo pouco, nossos nervos ficam excitados, o corpo ressente-se do esgotamento – pois nada é mais exaustivo que a falta de um bom sono – e lá aparecem, nos olhos, na pele, nas linhas do corpo, nos cabelos, os sinais que tanto perturbam e abatem uma mulher.

Se a falta de sono compromete a saúde e a beleza, porém, o sono em excesso provoca o acúmulo de gorduras, e a obesidade é a nossa maior inimiga. Dormir dez ou doze horas, por dia, provoca o enlanguescimento, a falta de ânimo, traz hábitos sedentários e, em pouco tempo, toda a elasticidade, toda a esbeltez, tudo que era sintoma de mocidade desaparece. A mulher jovem transforma-se numa matrona indolente e sem encantos.

O sábio, portanto, repito, é dosar convenientemente as suas horas de sono, evitando o cansaço e os sinais reveladores de uma noite em claro, e fugindo à moleza e ao excesso de peso.

O cachorro-quente através da história

O popular cachorro-quente está tão intimamente ligado à cozinha norte-americana, que é quase universalmente considerado prato nativo daquele país. No entanto, há milhares de anos o homem já saboreava o ancestral de todos os cachorros-quentes que hoje correm mundo.

Primitivamente, a salsicha não era levada ao fogo e, sem nenhum tempero, carecia do sabor especial e característico de sua versão atual.

Seu aparecimento é registrado em Roma. Lá recebeu o nome de *salsus* (vocábulo latino que significa salgado) e o imperador Constantino, o Grande, o incluía entre os pratos de luxo, considerados excessivamente bons para o homem comum.

Na Idade Média, acrescentaram-lhe especiarias e obtiveram comidas gostosíssimas. Nestas, sim, já se reconhece um parente do popular sanduíche de nossos dias.

Os americanos rechearam-no de Viena, razão por que inicialmente o chamaram Wiener. Claro está, deram-lhe cor local: levaram a salsicha ao fogo, trancafiaram-na dentro de um pão e, cobrindo-a com a maior variedade de condimentos picantes rebatizaram-na: hot-dog.

Mulheres na vida de Churchill

Na vida de Winston Churchill projetam-se duas grandes mulheres. Sua mãe, Jennie Jerome – cujos antepassados lutaram sob George Washington – encaminhou-o para a política, e sua mulher, Clementine Hozier, descendente de briosa família escocesa, proporcionou-lhe um verdadeiro lar.

Diz Churchill: "Minha mãe pareceu-me sempre uma encantadora fada, de poder e riqueza ilimitados." Nos momentos difíceis de sua carreira política, agia como se ela ainda o estivesse vendo.

Sua mulher, excelente dona de casa, o fez considerar o próprio casamento o fato mais feliz de toda a sua vida.

Duplo crime

Um rapaz comparece perante um tribunal de Minneapolis. Seu crime: ter beijado a namorada enquanto guiava um automóvel.

– Condeno-o ao máximo da penalidade, pronuncia o juiz, pois fez ao mesmo tempo duas coisas que exigem de um homem a maior atenção!

Curiosidade

Antigamente, na Babilônia, o casamento era feito de forma muito interessante: as jovens à procura de noivos eram levadas em leilão ao mercado público. Os altos lances alcançados pelas bonitas eram depois divididos entre as feias, que, levando esse dote, eram por sua vez levadas ao mercado e conseguiam maridos também, atraídos pelo dote. Com esse método, é claro que os noivos pobres jamais tinham chance de arranjar mulher bonita.

Beijo fatal

Existe uma lenda que fala de um nobre espanhol, Don García de Peralta, que se apaixonou loucamente por uma jovem índia. Esta, porém, amava a um moço de sua tribo, e não aceitou as homenagens e as propostas de Don García. Furioso, o nobre mandou aprisionar o eleito de sua amada e torturá-lo. Vendo que só havia um caminho para salvar o homem que amava, a moça procurou Don García, oferecendo-se a ele pela liberdade do índio. Encantado com a vitória, Don García pôs-se a beijar os lábios da índia... caindo morto. É que a jovem besuntara os próprios lábios com um veneno violentíssimo, usado pelos índios em suas setas.

Costumes que muitos maridos gostariam de adotar

Havia na Armênia um costume que obrigava toda moça que se casava a não falar uma palavra até o dia do nascimento de seu primogênito. Ela se fazia entendida por meio de gestos e mímica. Essa curiosidade é contada no livro de um autor alemão, que afirma a sua veracidade. Estranho, incompreensível e, de certa maneira, difícil de crer-se. Mas muitos maridos gostariam de adotá-lo em suas casas, eu garanto!

Sedução masculina

Gilbert Bécaud – no concurso dos homens mais sedutores de 1961, feito na França – recebeu os votos dos membros mais jovens do júri. Françoise Sagan queria que ele recebesse todos os louros. Daniele Gaubert (fascinada por Alain Delon) queria o segundo lugar para ele. Bécaud tem trinta e três anos de idade e portanto doze a menos que seu ídolo Frank Sinatra. O que agrada nele é a mistura de fantasia e de capacidade de trabalho. Ao que parece, as mulheres de 1961 não gostam de homens fúteis, pouco sérios. Bécaud é casado e tem dois filhos. Frank Sinatra foi o número seis. Durante vinte anos foi um abandonado na Broadway. Os empresários achavam-no feio demais... E então aconteceu o milagre: descobriu-se um charme inexplicável nesse homem pequeno que parecia suportar nos ombros os sofrimentos do mundo. Quando o charme se tornou público, Sinatra transformou-se no cantor mais bem pago dos Estados Unidos. O júri votou nele sem contudo conseguir explicar a natureza da sedução que ele exerce: ele próprio inventou o "charme Sinatra" e guarda consigo o segredo da invenção.

Um rosto doce de mulher

O rosto de 1960 é rosto doce de mulher. Assim como os olhos perdem aquele ar "pisado" de quem se levantou como um fantasma no meio da noite, assim a boca não grita – pelo menos no tom do batom...

Os batons estão bem claros. Os contornos dos lábios traçados em cor mais escura, mas sem formar um contraste violento.

O batom é transparente, deixa adivinhar a pele fresca dos lábios. Qualquer tom de sua escolha, mas transparente, ligeiramente úmido, na gama dos rosados.

O desenho dos lábios? Há mulheres que até já esqueceram como a natureza lhes fez a boca. Talvez algumas tenham a surpresa de descobrir que têm um desenho muito mais bonito que o traçado com um pincel...

Mas tudo isso é coisa a ser estudada, experimentada – e adaptada. Não algo que você precise de um "retiro espiritual" para decidir, mas a verdade é que essas coisas precisam de algum tempo de observação. Porque é possível que não lhe assente o tom claro demais; talvez seu rosto exija uma cor mais resoluta. É possível que a linha de seus lábios exija aquele mínimo retoque de traço que faz toda a diferença entre o "bonito" e o "lindo". E você – isto é certo – preferirá o lindo.

Cuidado com a moda. Ela é uma generalidade, e você é um indivíduo, isto é, alguém muito particular. Conheço uma jovem cuja pele é rosada demais. Ela não hesitou em seguir a moda, e pinta os lábios num tom róseo bem pálido. O resultado? O resultado é que a gente custa a descobrir onde começa e onde acaba sua boca: tudo se misturou numa só cor informe.

Por falar em informe, o traço que acentua mais vivamente o contorno dos lábios é exatamente destinado a tirar o "informe" dos lábios. Pois quando falei na doçura do rosto não me referia a um rosto apagado e inexpressivo. Referia-me a uma doçura que não prescinde de certa firmeza.

Amor versus idade

Os especialistas no assunto afirmam que a mulher moderna prolongou de vinte anos o período mais rico de sua vida, o da sedução. E tudo isso afirmado com base biológica. Segundo as estatísticas, a longevidade humana foi consideravelmente aumentada: no século XVII, a maioria das pessoas morria pelos trinta e cinco anos, enquanto que atualmente a data fatídica gira em torno dos sessenta e cinco. Hoje, a mulher de cinquenta anos não é mais velha do que a mulher de vinte e nove anos de 1830, ou de trinta e cinco anos em 1900.

Conselho da médica Anna K. Daniels: "interesse-se pelo que a rodeia. Uma vida psicologicamente pobre é uma vida que tem pouco contato com a dos outros. Uma vida rica e feliz atrai. Viva de um modo útil, prestando serviços. Não abandone suas atividades (ou o mais tarde possível). Se você se aposentar, que seja para ir ao encontro de alguma coisa e não para abandonar alguma coisa."

Convença-se de que, se as mulheres mudam, também os homem evoluem com a idade, nos desejos e nas exigências. O amor que eles reclamam se alimenta mais de compreensão, de presença. Deseja uma plenitude sentimental mais delicada, mais profunda. A dra. Daniels cita a fórmula de Saint-Exupéry: "Amar não é um olhar para o outro, mas os dois olharem na mesma direção."

As romanas

As mulheres do Império Romano queriam as madeixas encaracoladas e macias. O ideal delas era aproximar-se da Deusa Loura.

As que eram pobres viviam na certa enrolando incessantemente os longos cabelos até conseguir a cabeça estatuesca.

E as ricas? As ricas mandavam buscar perucas louras da Alemanha. Usavam sobrancelhas falsas. Pintavam o rosto com um pó extremamente branco. Ficavam uma beleza mesmo.

As artistas de cinema

Depois do cabelo escorrido e colado à la Pola Negri, o tipo de vampe se transformou.

E aparecia esse colosso de cachinhos, imortalizado por Clara Bow, a da fotografia.

E as mulheres, cumprindo seu dever de fazer da beleza o que na época se precise como ideal, as mulheres todas adaptaram o rosto ao novo padrão.

A boca era pintada em arco de coração, boca de Cupido. As sobrancelhas bem mais altas e mais finas arqueavam-se – e sugeriam um estado permanente de *ennui*.

Clara Bow – na qual foi descoberto o fenômeno do it... O que é it? Essa pergunta equivale a perguntar-se: o que é o "quê?" Pois it é algo indefinível, que independe mesmo da beleza. É algo que atrai, um magnetismo que está ali, e não se sabe como e por quê. It é o que todas as mulheres gostariam de ter. Vale mais que a beleza.

Para quem gosta de bolo

Todo forno tem duas prateleiras. Ao assar um bolo, coloque debaixo uma bandeja de folha com água. Este pequeno estratagema fará que o bolo asse por igual, sem queimar de um lado, como tantas vezes acontece.

Você quer saber se é bonita em... Roma?

Aqui está a regra, dada por Renato Castellani, diretor de cinema. Atendendo a curiosidade de dois jornalistas quanto às proporções do corpo de uma mulher idealmente "perfeita", segundo os modernos critérios da estética, diz ele: "Cada época, cada país, até cada moda estabelecem um cânone diferente de perfeição para a mulher; em 1925 ela não devia ter nem busto nem ancas; em 1890, a cintura devia ser irracionalmente fina; aos turcos, agradam as mulheres gordas, a certos indígenas negros, as de pescoço incrivelmente longo, com anéis.

"A proporção e a beleza não residem no objeto, mas nos olhos e no coração de quem o vê. Em Roma, pode julgar-se suficientemente proporcionada e perfeita a mulher, entre 19 e 26 anos, que, andando cerca de uma hora e um quarto numa rua normalmente cheia de gente, sinta murmurar não menos de oito vezes: Bona. Esta regra não vale para outra cidade, porque bona é expressão tipicamente romana."

Os inimigos do bronzeamento

Quais são os alimentos que aceleram o bronzeamento da pele? Muita gente crê que os legumes coloridos, as saladas, a clorofila ajudam. Mas na realidade esse tipo de alimento intervém na medida em que dá vitaminas ao corpo. O que é necessário é uma alimentação variada e equilibrada – carne, legumes, frutas, com bom teor de cálcio, graças ao iogurte, a queijos, laticínios.

Inimigos do bronzeamento são, por exemplo, os produtos de enxofre, e todos os remédios destinados a fazerem o fígado funcionar. A fenolftaleína também é um fotoestabilizante, provoca lesões pigmentárias (manchas marrons ou cinza).

Inimigos "exteriores" do bronzeamento são certos cremes espessos demais, "bases" compactas, maquiagens carregadas que constituem uma tela entre o sol e a pele.

Seu pescoço

Disfarce um pescoço curto demais evitando: golas alongadas, cabelos compridos, colares apertados, mangas bufantes, ombros altos, decotes altos.

Disfarce um pescoço longo demais evitando: vestidos muito decotados e cabelos curtos demais. Prefira a gola alta, o decote afogadinho, os cabelos caídos.

Rugas no pescoço: antes de maquiar-se passe o seguinte adstringente (especial para desengordurar a pele do pescoço): 250g de água de rosas, 250g de pedra-ume.

... e sobrancelhas

Rosto oval – ruge em forma de triângulo, subindo para as têmporas, e esmaecendo para baixo. (Sobrancelhas em curva bem suave.)

Rosto redondo – ruge ao comprido, para "ovalar" o rosto. (Sobrancelhas um pouco para o oblíquo, a fim de "erguer" o rosto.)

Rosto retangular – ruge bem alto, sem espalhar para os lados; assim o retângulo é amenizado. (Sobrancelhas de curva bem firme, subindo um pouco.)

Rosto em pera – ruge perto do nariz, e ao comprido. (Sobrancelhas subindo para as têmporas.)

Rosto em coração – ruge em triângulo e bem alto. (Sobrancelhas espessas, sem muita curva.)

Rosto quadrado – ruge afastado do nariz, e em círculo, a fim de afinar a parte inferior do rosto. (Sobrancelhas não devem ser muito curvas.)

O maior jardim botânico...

● ● ● do mundo é Kew Gardens, nos arredores de Londres. Fundado em 1759, pela princesa Augusta, mãe de George III, esse jardim botânico é, todo ano, visitado por cerca de dois milhões de pessoas. Possui mais de 45 mil variedades de plantas, e um botânico pode estudar praticamente a flora de qualquer parte do mundo entre os 6.500.000 espécimes secos de seu herbário.

Estímulo aos filhos

Os pais devem ter em mente que o emprego de elogios e recompensas é muitas vezes mais produtivo que o castigo.

A criança que tenha persistido no hábito de urinar na cama durante alguns anos, mesmo quando castigada, envergonhada e rudemente repreendida, pode perder o hábito em poucas semanas com palavras de estímulo e uma simples recompensa.

Quando a criança conseguir bons resultados, deve receber elogios eloquentes. Quando falhar, não se façam comentários.

Os elogios e recompensas não devem, porém, ser distribuídos a esmo, impensadamente. As recompensas têm que ser dadas com paciência. Em algumas famílias são levadas a tal exagero que as crianças esperam ser pagas por tudo. Não se lhes deve dar nada para fazer as tarefas cotidianas de ajuda à mãe. A questão muda de aspecto, no entanto, quando se trata de implantar um hábito novo ou ajudá-las a vencer alguma dificuldade.

Modelo "contrabando"

Atualmente, estão sendo vendidos, nos Estados Unidos, sapatos com saltos ocos e desatarraxáveis, com espaço no seu interior para conter um batom, um pequeno espelho e alguns níqueis. Essa moda, curiosamente, se inspirou na tática dos contrabandistas de pedras preciosas, de esconderem seu contrabando no salto dos sapatos.

Creme

Todas as vezes que for calçar luvas para serviços caseiros, unte as mãos com um creme de nutrição. Isto evitará que as mãos fiquem secas e enrugadas.

Para amaciar as mãos

Um remédio caseiro e eficiente é o tomate. Ele não serve apenas para tempero de saladas, mas também para amaciar as mãos estragadas pelos trabalhos caseiros, fazendo desaparecer as manchas deixadas por legumes e frutas.

Você sabia...

Que a origem do nome Hortênsia deve-se a uma mulher? Pois foi Hortense, esposa do relojoeiro Lepaute, a quem o naturalista Commerson quis homenagear, a inspiradora do nome para a bonita flor.

As aparências enganam

Madame de Montespan ficou famosa pela riqueza ostensiva de seus vestidos. Usava-os de ouro, assombrando e provocando a inveja de outras mulheres da corte. Estas, porém, trataram de descobrir, que, sob aquelas vestes riquíssimas, escondia-se uma das mulheres mais malcheirosas e sujas que já houvera. E da inveja passaram ao desprezo e às anedotas.

Moças de baixa estatura...

Devem evitar os franzidos em suas roupas. Os chapéus que escolherem não devem ser muito grandes, e sem muitos enfeites. Aliás, a moça baixa deve vestir-se com simplicidade maior que a moça alta. Nas cores, porém, prefira os tons fortes. Os tons rosa e azul suave, por exemplo, devem ser evitados. Contribuirão para tornar sua figura infantil e menor ainda. Use estampados.

Quando os cabelos não são lavados

Nesta segunda aula descreveremos um quadro que só não é trágico porque trata simplesmente de cabelos que deveriam ter sido lavados e que não o foram. Isto, para um homem, pode parecer futilidade de mulher. Mas é que os homens nunca adivinharão como uma mulher é insegura a respeito de si mesma. Eles chamam o sexo feminino de "frágil", mas não entendem que um dos sintomas de fragilidade da mulher está exatamente numa insegurança que faz com que ela pense depender – e o seu futuro – de um grampo bem colocado ou uma cabeça bem lavada.

Bem, voltemos aos cabelos que não foram lavados. A solução é lavá-los. Mas esqueci de dizer que não está dando tempo de lavar, enrolar, secar. "E com cabelos sujos, não vou!" Bem, não há necessidade de ir assim. O socorro de emergência tem que levar em conta o seguinte: cabelos não lavados são cabelos oleosos, com o brilho empanado pela poeira, e com um ar de queda iminente... A solução é limpar e refrescar os cabelos. Há, no mercado, limpadores secos. São um pó que você esparge pelo couro cabeludo e espalha pelos fios com uma escova. Deixa ficar por uns dez minutos, e depois escova, escova, escova, escova, e continua escovando até que o pó some. O que aconteceu? O pó agiu como mata-borrão, a oleosidade desapareceu e a escova, ao retirar o pó, deu aos cabelos vitalidade nova e brilho. Se você não encontrar o tal pó, experimente talco. Lembre-se: se o talco ficar no cabelo, é porque você não o escovou bem.

Outro socorro rápido, no mesmo sentido: antes de enrolar cada mecha, limpe-a com água-de-colônia. Deixe ficar por uns dez minutos, e depois escove.

Rosto novo em alguns instantes

Embora moça, há dias em que o rosto parece fatigado, escurecido. Se isso lhe acontece com frequência, procure descobrir o que há de errado no seu regime de vida. (Alimentação pouco racional, excesso de preocupações etc.)

Mas suponhamos que você precise ir a uma festa ou a qualquer outra reunião, onde queira "estar bem". Naturalmente não poderá eliminar às pressas o motivo real de sua aparência cansada. Poderá, no entanto, em alguns instantes, "levantar" o rosto, dar-lhe maior vivacidade – e mesmo emprestar aos olhos aquele brilho que reflete ânimo novo.

As sugestões que se seguem são todas eficientes. Procure entre elas a que mais lhe convém.

1 – Prenda os cabelos, desnudando a nuca. Molhe um pano em água bem fria, esprema-o e aplique-o na nuca. Renove várias vezes a compressa. Você se sentirá imediatamente mais disposta. Nunca reparou que os lutadores de boxe, entre um *round* e outro, são submetidos a esse rápido tratamento? Antes de entrar em novas lutas, experimente esse tônico.

2 – Pegue os lóbulos das orelhas entre os dedos e friccione-os até torná-los vermelhos. O rosto todo receberá novo afluxo de sangue e ficará mais "vivo".

3 – Ou aplique compressas frias nas orelhas, um minuto para cada.

4 – Se o cansaço é do tipo "depressão", tome uma ducha quente seguida de jatos frios e fortes. Não demore sob o chuveiro. Tal ducha ativa a circulação, acorda o corpo todo, fazendo também com que desapareça do rosto a nuvem de cansaço.

5 – Se, ao contrário, o rosto está fatigado por excitação nervosa, substitua a ducha por um banho de imersão. Não prolongue demais o banho, senão a moleza sobrevirá.

6 – Deite-se por quinze minutos, sem travesseiro, em quarto escuro. Mas somente quinze minutos, pois, do contrário, o rosto terá um ar mais cansado ainda, e sonolento.

O banho

A água tem grande importância como estimulante e reparadora de energias, quando utilizada corretamente.

Há muitas maneiras de nos aproveitarmos de um banho, para que ele nos dê justamente aquilo de que precisamos.

O banho de imersão, tomado ao acordar, quando se precisa sair para as atividades diárias, não deve ser muito quente, nem prolongado demais. O mais conveniente é o banho rápido, de dez a quinze minutos, tépido. Depois de ensaboar bem o corpo, usa-se a escova de cabo comprido, tirando-se a espuma com água mais fresca. Seca-se a pele com uma toalha felpuda.

O banho de chuveiro tomado pela manhã, ao acordar, deve ser quente, sem ser exagerado. A ducha quente e fria alternada é muito saudável, mas poucas pessoas a suportam facilmente. Tanto o banho de imersão como o de chuveiro não devem ser prolongados, para não se tornarem exaustivos.

Para eliminar o cansaço passageiro, resultado de grande esforço cerebral, ou muitas horas de vigília, acrescenta-se um pouco de sal grosso na água do banho. Isso dará novo impulso ao organismo e dissipará a sensação de fadiga.

As abluções frias e quentes no rosto devolvem-lhe sua aparência de frescor. Nos braços e no busto elas combatem a fadiga que aparece às vezes no final do dia e nas mulheres tornam mais rijos os músculos dos seios.

A juventude do rosto está...

● ● ● no olhar. Você já viu um rosto fresco quando o olhar está "morto"? Olhar envelhecido significa rosto envelhecido.

Você sabe o que significa...
... *palming*? *Palming* tem a ver com a palma das mãos, e é um exercício perfeito para o descanso e a renovação do olhar. Você pode fazer o *palming* quantas vezes quiser: só lhe fará bem.

Em que consiste o *palming*?
É simples. Coloque as palmas das mãos sobre os olhos, sem encostá-las no globo ocular: assim como se fizesse duas conchas. Só que os olhos devem permanecer abertos, e nenhuma luz pode entrar nas conchas. Experimente. Conseguiu? Simples como água. Ponha as mãos desse jeito; respire lentamente, em repouso, sem pressa. Fique assim, sem pensar em nada, como se estivesse num cinema escuro, com tela preta. Depois procure evocar – e visualizar – uma tela do branco mais branco. Isso é um pouquinho mais difícil, mas os resultados são olhos brilhantes, repousados, jovens.

Para meias bonitas, pernas bem tratadas

Que você goste ou não de meias, o fato é que chegou a época de usá-las. De modo que vamos falar de meias, o que significa também falar em pernas.

Inútil, por exemplo, ter meias finas se você não tiver as pernas bem tratadas, isentas de pelos supérfluos. O uso de lâmina de barbear é fácil e cômodo. Ou, se você prefere, algum dos produtos depilatórios que em toda parte se vendem. Uma fricção com loção suavizante ou um creme não muito gorduroso aveludará a pele.

Você usa meia com costura? Então lembre-se de que a perna parece torta quando a costura está torta.

Um excelente exercício para revigorar as pernas (as meias ficam mais bonitas...) é andar de bicicleta. Se você não dispõe nem de tempo nem de bicicleta, mas dispõe de... um assoalho, não desanime: os movimentos de bicicleta podem ser feitos:

Deite-se no chão, levante os quadris amparando-os com as mãos, e execute grandes movimentos rotativos com as pernas, exatamente como se estivesse pedalando.

O ideal é não ter nenhuma criança por perto: todos os vizinhos terminarão sabendo que mamãe anda de bicicleta no ar.

Também sua empregada não deverá estar presente: é difícil exigir dela seriedade e respeito depois desta cena.

Voltando às meias: lave-as todos os dias. E não é só por higiene: elas se conservam melhor, duram mais. Mas não as esfregue, ao lavá-las. Comprima-as várias vezes nas mãos, depois de mergulhadas em água e sabão.

Pose, o segredo das pernas

Com as saias mais curtas, as pernas preocupam mais as mulheres. Vou lhe dizer: com pernas, a questão é mais de pose.

E eis algumas sugestões para a pose de suas pernas...

1 – Quando você estiver de pé, mantenha os joelhos juntos, mas não rígidos. O calcanhar de um pé deve tocar ou estar à frente dos dedos do outro pé.

2 – Ao sentar-se, ponha os pés para a direita ou a esquerda, a ponta de um dos pés "dando a volta" atrás do calcanhar do outro.

3 – Ao caminhar, os dedos devem apontar para a frente.

4 – Ao caminhar, mova os pés ao longo de duas linhas paralelas imaginárias, com um pequeno espaço entre ambas.

5 – E, ainda ao caminhar, limite seu passo ao comprimento de seu pé. (Em outras palavras, o passo não deve exceder, em tamanho, o tamanho do pé – está mais claro?)

Tudo isso dá às pernas graça e forma. E, para pernas sem elegância, bastam esses truques.

Mas se seu problema é perna grossa demais ou fina demais, os exercícios corretivos são também indicados.

Outra coisa que melhora o aspecto das pernas é a leveza do andar. Quanto mais pesadamente você caminhar, mais parecerá grudada à terra – e até mesmo suas pernas parecerão mais arqueadas.

Crianças que patinam em casa

Costure um par de chinelos velhos sobre um pedaço de lã ou feltro. Dê essas pantufas às crianças e diga-lhes que podem patinar, devagar, pelos quartos, pela sala, sem esbarrar nos móveis. Elas vão adorar o brinquedo e você ficará com a casa que é um espelho. Mas, cuidado! Não diga nunca aos pequenos que eles estão trabalhando.

Molho

Para qualquer molho à base de farinha e manteiga ter êxito, derrame o líquido frio (qualquer que seja) e bem devagar. Se usar líquido quente, a farinha se aglutinará, e o conjunto perde a homogeneidade.

Mercado de "jeitinhos"

A roupa preta não está propriamente velha e não está rasgada. Mas que brilho feio. A gente joga fora? Não, dá um jeito. Para tirar o brilho feio da roupa preta esfregue com um pouco de café. Passe um pano úmido, depois, e, em seguida, ferro quente.

E para limpar as golas de casacos ou capas? Ensinaram-me um jeitinho que me pareceu bem fácil: limpar com um pano embebido em vinagre branco.

E outro jeito bem jeitoso: para tirar o cheiro da geladeira, colocar dentro dela um raminho de louro. Quanto a pias encardidas, que ficam tão feias, o jeito é esfregá-las com uma pasta formada de ½ copo de soda e ½ copo de vinagre.

Recursos que rejuvenescem

Ao maquiar-se, você pode usar de pequeninos truques que a façam parecer mais jovem. Como, por exemplo, ao pintar os lábios. Com a ponta do batom ou a lápis de lábios desenhe o contorno dos mesmos com os cantos levemente para cima. A boca de cantos para cima dá um aspecto jovial à fisionomia, remoçando-a. Escolha cores claras, despreze as tonalidades arroxeadas ou carregadas. Evite pintar demais os olhos, que isso envelhece a fisionomia. Também ao desenhar as sobrancelhas, use um lápis mais claro, não o preto que endurece os traços do rosto, tornando-o mais velho. Use os cabelos curtos, num corte que lhe dê um ar esportivo e juvenil. Os cabelos presos envelhecem. Os coques, as tranças, os rolinhos e cachinhos duros também. Quanto mais fofos e soltos os seus cabelos, mais jovem você parecerá.

Evite as tonalidades escuras na sua roupa, porque as roupas escuras dão-lhe um ar severo de matrona. Menos o preto que, inteligentemente explorado, pode beneficiar muito a figura.

Preste atenção também no seu andar. O andar elástico, firme, decidido dá sempre a impressão de mocidade. O andar parado, lento, sugere a meia-idade. Nunca relaxe o corpo, deixando-o cair sobre si mesmo, "amontoar-se" como se já não tivesse músculos. Mantenha a cabeça erguida, o porte ereto. Tudo isso fará você aparentar dez anos menos. Mas o principal de tudo, o importante mesmo, é cultivar a mocidade do seu espírito, interessando-se por tudo, sendo alegre, afastando o mau humor, a neurastenia, as preocupações supérfluas. Seja jovem pelo espírito e seu corpo refletirá essa juventude.

Tratamento novo para gagos

No St. Mary's Hospital, de Londres, estão aplicando um novo tratamento para curar a gagueira – o método é tão simples que pode ser feito em casa com sucesso. Trata-se da "cura da sombra" – a pessoa que gagueja deve repetir "como uma sombra" as palavras de outra que esteja lendo alto uma revista. O gago, sem ver a palavra impressa, concentra-se exclusivamente no som ouvido, que deve ser logo repetido, como um eco.

Muitas pessoas que têm tal defeito de dicção conseguem falar fluentemente nessas circunstâncias – e o hábito da fala normal tende a se firmar. Casos severos de gagueira têm melhorado consideravelmente, nessa clínica de Londres, após um tratamento entre duas e quatro semanas.

Um repouso que embeleza

Deite-se sobre um tapete. Erga os pés, apoiando-os numa almofada alta. O quarto ou sala deve estar no escuro. E há um modo de você se rodear de silêncio? Consiga o mais absoluto silêncio, nem que tenha de usar algodão nos ouvidos.

Faça um cozimento de tília (um bom punhado para ½ litro de água). Com esse chá bem quente, faça uma grossa compressa no rosto – e, sobre a compressa, ponha uma toalha bem felpuda (assim a umidade e o calor se conservarão na pele).

Todos esses cuidados, aliás, facilitarão a você "não pensar em nada". "Não pensar em nada" é um creme muito bom...

Quanto tempo desse tratamento? Dez minutos – e você estará renovada.

Queixo duplo

Um queixo é bom, dois é demais. O que é que você deve fazer para evitar ou corrigir a nossa conhecida "papada"?

Bem: abra a boca. Não pouquinho, mas como se fosse dar uma dentada numa fruta, numa maçã. Dê a dentada imaginária, mas pouco a pouco, bem lentamente, fechando finalmente os lábios.

Outro modo de combater a papada: feche a boca, normalmente, e mastigue um alimento imaginário.

Utilidades do sal

Nem só na cozinha o sal tem entrada de rei. Você sabia que dar um pouco de água salgada a uma pessoa que desmaiou tem o poder de reanimá-la?

Bem, e agora suponhamos que você esteja sofrendo de nevralgia, o que não lhe desejo. Precisa ir ao médico, é claro, ele é quem resolve. Mas, enquanto isso, aplique no local dolorido um chumaço de algodão embebido em água bem salgada.

Banhar os olhos com água salgada é como lhes dar soro. A vista descansa, fica mais forte, o olhar adquire brilho.

E nem pense que fica nisso apenas: água salgada é bom para deter queda dos cabelos...

Rugas nas pálpebras

Um dos meios de evitar e atenuar as rugas nas pálpebras está no seguinte exercício a ser executado diariamente:

– Apoie as palmas das mãos contra os olhos fechados. Imagine um monte de carvão. Então, imagine que um gato preto está subindo pelo monte de carvão.

Você está rindo? Acontece que o movimento "interno" dos olhos, no escuro, é a melhor ginástica para seus músculos. Com o carvão escuro, você terá a imagem escura de que precisa. E o gato preto "subindo" lhe dará o movimento de que você precisa.

Outra ginástica
Olhe para um lado. Mas sem mover a cabeça.

Defeitos nas unhas

As mãos têm beleza própria. É de surpreender a frequência com que os homens falam a respeito das mãos femininas. Eles notam sempre quando não há cuidado no tratamento dado às mãos, mesmo quando o rosto se apresenta impecável.

As unhas bonitas são o ponto de exclamação para mãos atraentes. Se as suas unhas não são tão bonitas quanto deveriam ser, aqui estão dez maneiras para corrigir as faltas que possam ter.

Dê às unhas largas uma aparência mais estreita, deixando uma linha de cada lado da unha sem pintura, ao manicurá-las.

Fortaleça unhas quebradiças, suplementando com cápsulas de gelatina – as proteínas em sua defesa.

Proteja e endureça as unhas muito moles, que sofrem com a ação do esmalte frequente.

Amacie as cutículas que se partem facilmente, mergulhando os dedos, à noite, em óleo morno.

Retire a pele dura dos cantos das unhas, com uma lixa, não usando tesoura.

Evite calosidades nos cantos das unhas, lixando-as e dando-lhes formato oval, sem cortar muito fundo.

Faça com que as unhas curtas pareçam mais longas, aplicando o esmalte em toda a unha, em vez de deixar meia-lua e as pontas sem verniz.

Conserte uma unha quebrada da seguinte maneira: Aplique o verniz, coloque um pedacinho de pano de gaze sobre o esmalte molhado e deixe secar. Aplique outra camada de verniz-esmalte.

Para unhas quebradas no sabugo, use unha artificial, que será removida logo que a sua tiver crescido no tamanho desejado.

Desista das cores vistosas, se não tem facilidade de fazer as unhas com frequência; aplique verniz incolor ou dê brilho com polidor de camurça.

A experiência de Hitchcock

Alfred Hitchcock, o mestre absoluto de suspense cinematográfico, conta que deve isso a um episódio de sua infância...

Um dia, seu pai, sabendo que ele "fizera gazeta", organizou, com o auxílio de um amigo, uma caçada ao menino que terminou com o jovem Alfred sendo preso e passando uma noite na cadeia. Isso deu origem ao "pavor do fugitivo" e ao "terror do acuado", que ele sabe tão bem comunicar a seus personagens por já haver passado pela mesma experiência.

Importância de uma refeição

Nunca é demais repetir que a primeira refeição é a mais importante para o organismo. Isto porque ele, depois do repouso, é capaz de assimilar mais e melhor os alimentos ingeridos. Em segundo lugar, porque ficou muitas horas sem alimento e terá desgastado as suas reservas. O almoço deverá ser uma refeição leve, pelo inconveniente da hora, deixando ao desjejum oportunidade para um lauto repasto.

Na Inglaterra, o *breakfast* é rico de coisas saborosas e nutritivas. É tradicional o prato de flocos de aveia cozidos no leite, a geleia de laranjas, o creme de fruta cozida, peixes defumados, ovos com bacon ou presunto, tudo regado por numerosas xícaras de chá. Na Holanda, servem-se muitas variedades de pão, presunto, queijo, manteiga, mel, leite ou café com leite. Nos Estados Unidos, sucos de frutas, ovos com bacon, cereais, muffins, e leite.

Devemos, mirando-nos nesses exemplos, procurar modificar nosso desjejum, acrescentando-lhe, pelo menos, os sucos de frutas, tão saudáveis ao organismo, especialmente pela manhã. O ovo quente, a torrada com manteiga, e um copo de leite podem completar a refeição, para quem não se acostuma de maneira nenhuma a comer pratos gordurosos pela manhã.

Um café reforçado, rico e variado, pode ser composto assim: algumas fatias de pão tostado, mel e geleia, um ovo cozido, suco de fruta, ou um copo de leite, e flocos de milho.

Uma novidade antiga

Eis um grande tratamento para peles secas ou desvitalizadas, esquecido por muito tempo e agora redescoberto. Trata-se da cataplasma oleosa. O método é o seguinte: enquanto um pouco de creme (à base de lanolina) é aquecido em banho-maria, põe-se em água bem quente umas quatro bandas de gaze. Quando o creme estiver amornado e as compressas muito quentes, faz-se com esses ingredientes uma espécie de sanduíche que se aplica sobre o rosto, cobrindo-o com uma toalha felpuda também embebida em água quente. É uma operação que precisa da ajuda de terceiros, porque as toalhas, à medida que esfriam, devem ser substituídas seguidamente, pelo espaço de meia hora.

Olhos pequenos?

Bem, você não pode operá-los... Nem adianta arregalá-los. O jeito? O jeito é um truque de maquiagem.

1 – FAÇA uma ponta bem fininha num lápis marrom ou cinza – lápis preto, jamais. Comece sua obra de arte pelo canto interno dos olhos.

2 – DESENHE um traço fino que vá cobrindo, na pálpebra, a raiz dos cílios superiores.

3 – NOS cílios, passe rímel marrom, cinza ou azul (preto endurece o olhar e limita o contorno dos olhos).

4 – A ESCOVA deve estar, apenas, úmida de rímel.

5 – PARA recurvar bem os cílios, o truque é começar sempre pelas suas pontas.

6 – DE noite, faça, no canto externo, um pequeno triângulo azul ou verde ou castanho ou cinza ou malva.

Embelezar cabelos brancos

Cabelos brancos podem se tornar sua coqueteria, seu motivo de atração. Mas precisam ser cuidados, enfeitados.

OURO NO BRANCO – Para alourar os cabelos brancos, molhe-os com uma mistura de duzentos e cinquenta gramas de tintura de ruibarbo e duzentos e cinquenta gramas de água.

BRANQUEAR CABELOS BRANCOS – O feio dos cabelos brancos está no tom amarelado ou acinzentado. O que pode fazer para branqueá-los? Depois de lavá-los com xampu, lave-os com 1 litro de água ao qual você terá acrescentado 2 colheres (das de sopa) de água oxigenada.

PRATA NO BRANCO – Uma coisa linda em cabelos brancos é o reflexo prateado. E é tão fácil conseguir! Basta usar anil na água de lavá-los. Quanto anil? A mesma proporção que daria certo na sua roupa branca.

O anel conjugal

A aliança, símbolo que hoje a maior parte das mulheres usa com tanto orgulho, tem sua origem bem humilhante para nós, mulheres. Na Antiguidade, os maridos escravizavam as suas mulheres prendendo-as com algemas ou grilhões. Daí se originou esse delicado e romântico anel de ouro, que hoje nos dá tanto prazer usar.

Nós, à mesa

Etiqueta à mesa? Questão, na maioria das vezes, de bom senso. Eis alguns exemplos: Não coma com excesso de gula... Não beba com a boca cheia... Procure manter os dedos limpos... Não leve uma garfada à boca enquanto não tiver deglutido o bocado que já estava na própria... Que o bocado não seja maior do que sua boca pode conter... Não fale com a boca cheia... Não demonstre mau humor, suceda o que suceder... O bom humor transforma um simples prato num manjar... Não se apoie na mesa com os braços, pouse nela apenas as mãos e antebraços, até perto do cotovelo... Não aproxime o rosto do garfo, e sim o garfo da boca... Tudo isso você já sabe pelo menos um pouco.

Mas o que muita gente esquece é que: se não se sentir "natural", o melhor é fingir naturalidade – pois nada há de mais incômodo que uma pessoa pouco à vontade como comensal... Uma ideia puxa outra, mas que a ideia de estar comendo não puxe apenas assunto de comida. Tenho uma conhecida que, à mesa, só consegue associar o prato de que está se servindo com outros que, no passado, lhe foram servidos. Não o faz por mal, mas acontece que todo o mundo se sente um pouco logrado pois a esta senhora só ocorrem lembranças de pratos fabulosos... Resultado: o assunto pega. E eu mesma acabei um dia por me ouvir dizer com saudade: "Assado bom é o que eu comia na casa da vovó..." E a pobre dona da casa que o dia inteiro se esforçou para preparar um jantar bom, sente-se pobre, frustrada e tola. A menos que se encha de uma justa indignação.

Às vezes a solução é dar um jeito

Pois fubá de milho dá jeito em mancha de mofo. Quando esta é daquelas que não saem mesmo com nenhuma escovadela ou limpeza, tente ensaboar o tecido manchado e fervê-lo em seguida num pouco d'água com duas colheres de fubá de milho. Deixe depois corar um pouco.

E se você tem rendas finas – o que é uma fonte de preocupação pois são difíceis de se conservar – lave-as em leite morno não fervido, enxaguando-as depois em água, onde tenha posto uma pitadinha de açúcar. Passe a ferro quando ainda estiverem úmidas, com o ferro não muito quente. Quem pensava que leite desse jeito em rendas?

Se suas pernas estão ásperas, manchadas, não as jogue fora, já que não pode comprar outras: experimente fazer uma fricção com uma mistura de álcool e óleo de rícino. As mesmas pernas, com esse jeitinho, ficarão com a pele macia e clara.

O que as unhas dizem... (E o que eu digo)

Podem-se diagnosticar doenças pelas unhas? É o que dizem muitos médicos. Unhas pálidas? Linfatismo. Vermelhas demais? Má circulação. Azuladas? Desnutrição. Amareladas? Mau estado do fígado e, às vezes, icterícia iminente. De coloração irregular? Circulação irregular. Unhas roídas? Problemas não resolvidos...

Mas nem só a saúde revelam. Esmalte descascando? Relaxamento. Compridas demais? Vontade de ter garras. Cortadas retas, como de homem? Sinal de bobagem.

E por falar em unhas: um dos bons modos de fazer com que as adolescentes parem de roer unhas, é mandá-las uma vez por semana à manicure. Quando as unhas estão com verniz a mocinha pensa duas vezes antes de estragá-las com os dentes. Tornar uma pessoa digna de ter vaidade significa dar-lhe importância. E quem se sente importante procura elevar-se à altura de sua própria importância.

Estou vendo que comecei falando em unhas e terminei em conversa diferente. Um dia voltarei a falar na importância de se ser importante.

Poros dilatados

Para os poros dilatados, passe no rosto, duas vezes por dia, um pouco de leite cru, deixando ficar cerca de 15 minutos. Lave o rosto com água de rosas. As principais causas dos poros dilatados são fadiga e excesso alimentar.

Os chicletes

Para remover chicletes de tapetes e assoalhos encerados, usa-se gasolina ou removedor. Para tirá-los de roupas de lã ou de algum móvel nada melhor do que um pano ensopado em querosene.

O vinagre e a pele

O vinagre é um antigo auxiliar da beleza feminina, se bem que perigoso para a pele. No entanto, limpa algumas manchas mais resistentes. Deve-se ter o cuidado de passá-lo sobre a pele, acompanhado de um creme protetor, para evitar efeitos cáusticos.

Alimentos que são remédios...

O mel, além de fortificante, ajuda a limpeza do sangue e não engorda... O nabo é indicado para os nervosos, não sendo aconselhável, porém, abusar do seu uso. A cenoura é remédio para os asmáticos, o limão para as gripes, doenças do pulmão, febre, reumatismo e tosses. A alface é ótima para combater a insônia. O aipo é a medicação fornecida pela natureza para o reumatismo e a dispepsia nervosa, além de revigorante.

Economizando ovos

Às vezes a gente se prepara toda para fazer um bolo, e à última hora descobre que não tem em casa a quantidade certa e recomendada de ovos. E no entanto ali está a receita, implacável... Mas há remédio: para cada ovo omitido, adicione à massa ½ colher (das de chá) de fermento em pó, e 2 colheres (das de sopa) de leite.

Bolo prende-marido

Não. Não é nenhum bolo especial, pode ser esse mesmo que você faz de vez em quando. O segredo está aí, não fazê-lo "de vez em quando", mas sempre, regularmente, variando apenas a forma e a apresentação. Os homens gostam de comer bem, e cabe a nós, mulheres, providenciar para que à mesa haja sempre alguma surpresa gostosa. Como sobremesa, como acompanhamento para o lanche, para o chá, ou para o café da manhã, ou mesmo como guloseima de toda hora, o bolo, sem grandes requintes, fácil de fazer, pode ser a salvação da dona de casa, que quer ver seu marido e seus filhos satisfeitos. Esse assunto foi-me sugerido pela leitura de uma notícia de que uma linda jovem senhora de Los Angeles foi desclassificada do pleito para a eleição de Mrs. América porque não sabe fazer bolos. Portadora de outros admiráveis dotes, inclusive de grande beleza, não possuía esse, e foi sumariamente desclassificada. Muito certo o julgamento da comissão. Uma dona de casa que não sabe fazer um bolo! Realmente, é inadmissível. Como os juízes desse concurso geralmente são homens, vocês podem tirar as suas conclusões. Como veem, um dos segredos de prender marido está bem à mão. É tratar de aproveitá-lo.

Recipientes

Cremes, bolos e claras batidos em vasilhas de alumínio ficam escuros. Use somente para este fim recipientes de louça, vidro ou ágata.

Manchas

Para tirar manchas a seco, de roupas, passe sobre a parte afetada um pouco de benzina e polvilhe-a em seguida com talco de banho. Coloque um papel de pão e passe ferro quente em cima. Depois, basta passar uma escova, tirando o excesso de talco e pendurar a peça ao ar livre, durante duas horas. A benzina não deve ficar perto do fogo, pois é altamente inflamável.

Sapatos molhados

Quando seus sapatos se molharem na chuva, não os ponha para secar ao sol ou em lugar quente, pois isso resseca o couro e deforma os sapatos. Recheie-os com papel de jornal, passe em toda a superfície do couro uma boa camada de graxa e deixe-os de lado até ficarem totalmente secos.

Olhos cansados

Se seus olhos estão cansados, vermelhos ou inchados, molhe-os com um pouco de água e sal ou água com ácido bórico. Coloque mechas de algodão embebidas em água gelada com creme nas pálpebras. Isto serve para qualquer tipo de cansaço visual. Sempre que tiver dez minutos livres, use esse processo, que seus olhos muito lucrarão.

Rosas contra pulgas

B oa maneira de afugentar pulgas dentro de casa, é espalhar nos cantos e sob os móveis algumas pétalas de rosa. O perfume põe as pulgas para correr.

Picadas de insetos

U se compressa embebida em amônia. Quando se trata de inseto que deixa o ferrão no lugar em que pica, como a abelha e o marimbondo, é bom retirar o ferrão, antes de fazer o tratamento com a amônia.

Sangue... para fortificar o sangue

O método do doutor Mourney-Nettmann de injetar o sangue do próprio paciente, como tratamento para o organismo debilitado, continua produzindo notáveis resultados em muitas moléstias infecciosas. Em muitos casos de gripe, mesmo, tem sido empregado esse método com sucesso. Reumatismo articular, angina crônica, febre tifoide, escarlatina e pneumonia, em seus períodos iniciais, podem ser combatidos assim.

Fora com as traças!

Bom processo para afugentar as traças nos meses frios é colocar algodõezinhos molhados em benzina nos cantos de seu armário. A roupa de lã limpa com benzina tem o dom de assustar os terríveis insetos.

Seu andar...

Ao andar, mantenha a cabeça erguida, os ombros nivelados, para trás, ventre encolhido. Evite dar passos muito largos ou muito curtos. Os pés para frente. Evite andar com as pernas duras ou afastadas. Ao pisar, pouse primeiro o calcanhar sobre o solo. Um porte elegante é importantíssimo para uma mulher que deseja ser bonita.

A origem do "banho-maria"

A expressão muito conhecida das donas de casa, "banho-maria", tem sua origem na Idade Média. Os alquimistas, muito supersticiosos, tinham como protetora de seus trabalhos e profetisa, a irmã de Moisés e Aarão, Maria. Por esse motivo, ligaram o nome de Maria às suas experiências, principalmente aquelas em que usavam água. Daí veio a expressão de que aquilo que é posto a ferver sobre ou dentro da água tem o nome de "banho-maria".

Mãos mais claras...

Para limpar melhor as mãos, é bom juntar um pouco de açúcar ao sabonete comum. Além de aumentar a espuma, o açúcar faz desaparecer as manchas e amacia as palmas das mãos.

Para os seus nervos

Se você é nervosa, um dos muitos sedativos caseiros é o queijo, sabe? Não convém abusar, porém, porque ele pode prejudicar a sua digestão atacando também o fígado.

Se você tomou muito banho de sol...

Está com a pele queimada demais, muito escura, pode esfregar uma rodela de pepino e enxugá-la com uma toalha macia. O tratamento com pepino clareia a pele e ainda ajuda a amaciá-la.

Impressão e Acabamento:
GEOGRÁFICA